AEQUOR BLUE
THE ULTIMATE GUARDIAN

JORGE SILVA

Este libro no puede ser reproducido total ni parcialmente en ninguna forma, ni por ningún medio o procedimiento. Cualquier reproducción sin el permiso del autor constituye un delito.

Esta obra es una idea original de ficción. Nombres, personajes, lugares e incidentes son producto de la imaginación del autor, cualquier parecido con la realidad, personas o eventos, son mera coincidencia.

Somos el universo.

A mi hermano Abraham, liberaste tu energía vital para seguir el ciclo, te extrañamos y esperamos con ansias nuestro encuentro una vez más.
Noviembre 1989 - Septiembre 2017

Ángel Ureña, diseño de portada.

CONTENIDO

AEQUOR BLUE

THE ULTIMATE GUARDIAN

"Raza humana, raza frívola que no te importa comerte a ti misma y extirpar tus sentimientos para ocultar la oscuridad de tu ser; no eres más que el mal disfrazado bajo los rayos del sol, dejas a un lado tu inocencia mientras cometes vandalismo".

Prólogo

Desde un principio la raza humana se ha cuestionado la razón de su existencia, motivando a muchos a dedicar su vida para encontrar el significado y origen de todo. A lo largo de los años numerables personajes conocidos iniciaron una revolución partiendo de aquella interrogante, despertando en innumerables otros un hambre y sed por la verdad, sus ideas y sueños han germinado.

Hoy en día abrazamos su legado, siguiendo sus prácticas seguimos alimentando el árbol esperando ser la generación que presencie sus frutos.

Este es el camino, sabemos que somos parte del todo, y que tomar responsabilidad sobre nuestros actos nos llevara a una experiencia plena en este mundo. El observar desde un punto equitativo nos aleja de la muerte del pensamiento y de los estragos que las malas acciones causan, nos previene de la austeridad que trae consigo las falacias disfrazadas de verdad absoluta, como se mal práctica la moral, política y creencia religiosa.

Tu despertar es muy importante, todos habitamos el mismo planeta. Compartimos además un mismo ideal, darle sentido a nuestra existencia.

La vida, debería ser una aventura amena y no un martirio constante e hiriente.

Me pregunto ¿Acaso serás tú quien libere y guíe a las personas de este mundo? Una batalla por la libertad está comenzando ¿Estás listo para entrar en acción?

Todo inicio con un sueño el cual me mostraba el peligro que se acercaba al planeta, estaba siendo testigo, fue tan real y profundo que a la mañana siguiente pude recordar sin dificultades, lo curioso es que el mismo sueño se repitió en más de tres ocasiones en un lapso de diez años lo que llamo mi atención e indicó mirar hacia atrás, hacia mi infancia, mostrando los sucesos y situaciones que me habían marcado, que ya había olvidado, pero hoy salían a la superficie como un rayo pequeño de luz entrando a un espacio oscuro como un recuerdo vago; fue cuando recordé como desde entonces veía y asimilaba la vida con un enfoque diferente a los demás, me daba cuenta de lo bueno que podemos ser y lo malo que podemos también a tan corta edad, creía haberlo visto todo pero estaba equivocado, mi inmadurez no me permitía ver el todo.

En innumerables ocasiones me percate de la existencia de un sentido especial poseemos naturalmente, aunque no tenía la certeza de que otras personas lo practicaran, sin lugar a duda lo constate en varias ocasiones y es que tan solo con concentrar nuestros pensamientos en un deseo logrando traerlo a nuestra realidad. Crear un futuro inmediato, también contamos con sensores de alerta los cuales nos avisan del momento exacto en que tenemos que tomar una decisión, pero no dejando ver las consecuencias, es tan solo una alerta innata que puede ser ignorada o tomada en cuenta "acción", y que en cuestión de corto tiempo muestra un resultado "reacción" entonces con tal claridad podemos recordar el punto exacto cuando fuimos advertidos de esta toma de decisión.

La educación y el entorno en el que nos engendramos forman un papel muy importante en nuestra formación y personalidad, pero no importa cual lejos nos encontremos de nuestro propósito, todos camino que hayamos iniciado nos llevara tarde o temprano a lo que nos corresponde.

¿Cómo es posible qué todos siendo de la misma especie con la misma sangre nos arrojemos al fuego unos a otros? Debemos despertar, mirarnos por un instante al espejo, ver nuestro alrededor y no para quedarnos perplejos solo observando desde nuestro punto mental, sino para darnos cuenta de lo que somos, lo que tenemos y en lo debemos empezar a trabajar para mejorar nuestras vidas dando lo mejor de nosotros hacia nosotros y hacia todo lo que nos rodea siendo capaces de dirigirnos con rectitud, identificando en donde están los obstáculos haciendo lo mejor para no caer en ellos, identificando lo bueno de lo malo eligiendo lo que debe ser, la verdad, la honestidad, manteniéndonos en equilibrio para así ayudar al equilibrio de la sociedad y del mundo en que nos tocó habitar ya que no es necesario buscar otro planeta con vida para conquistar, mientras matamos este que nos acoge con calidez, porque sabemos que le hacemos daño, debemos ayudar a cuidar y mantenerlo con vida.

Si la vida del hombre ha sido predestinada por un ser superior, si esto fuera así nada más nuestra existencia en si fuera vana, ya que no habría ninguna razón por la cual existir puesto que seriamos entes programados sin ninguna responsabilidad. Es el miedo a aceptar que somos parte del universo, que somos materia que se transforma, que sigue en existencia, que somos energía vital a su vez, es esta energía vital la cual nos da el sentido de ser entes animados con responsabilidades pues compartimos la experiencia de vivir al tiempo que millones de seres y por tal motivo la responsabilidad de ser y dejar ser; por lo tanto "nuestro sentido de existencia es la decisión".

Nuestras decisiones son las que construirán un camino para bien o para mal, lo que significa que tendremos un camino hostil y áspero o con más probabilidades de buenaventura.

Nuestra mente es tan poderosa y cada uno de nosotros debemos saber cómo utilizar tal poder para tomar las mejores decisiones y entonces trazar lo mejor posible el camino durante la experiencia en la que nos encontramos materializados.

Todo aquello que crea división obstruyendo con velos de mentiras y falsos ideales a la verdad del universo debe terminar, si no lo hace por voluntad propia entonces es momento de que tú le pongas un alto.

1 PROTEJAN AL MUNDO

Itziar: En el principio del tiempo en la creación del planeta entre todos los elementos existentes, cuatro fueron los esenciales y combinándose entre sí, la tierra, el agua, el fuego y el viento, no solo crearon fertilidad, también quedaron al servicio del planeta para mantener un equilibrio y como ser vivo que también es, entonces ser las defensas en contra de plagas dañinas; con su debida paciencia la vida se esparció por su suelo, aguas y cielos, llegando más tarde la humanidad, la mujer y el hombre, que con su conocimiento, explotaron y utilizaron a las demás especies existentes en su entorno para progresar y protegerse, para alimentarse y más tarde para matar por diversión y cruel satisfacción, estos son los seres especiales originadores del bien y el mal.

Cientos de años en este planeta generación tras generación, y en la actualidad el bien y el mal han adquirido conciencia propia y buscan erradicarse el uno al otro, la humanidad ha perdido su esencia en la naturaleza y hoy por hoy vive en el conflicto de derechos y privilegios, ha creado diferencias entre si llevándolos a aniquilarse unos a otros, pero también han aparecido personajes que vinieron a luchar por la equidad y la unión entre los pueblos con el fin de beneficiar y preservar la vida, muy pocos son quienes dan seguimiento a su responsabilidad.

El bien y el mal son esenciales para la humanidad, así como el agua, la tierra, el fuego y el viento lo son para el planeta tierra. ¡Abramos los ojos! Detengamos todas las malas acciones de destrucción pues mañana será muy tarde para arrepentirnos porque somos el futuro de nuestro pasado acabemos con el prejuicio, suplicio, corrupción y tantas cosas que nos aquejan, es momento de despertar, momento de actuar, despertemos juntos para un mejor presente y futuro.

—Una gala de aplausos hace resonar el recinto.

Presidente del consejo: Agradezco al joven Itziar por sus palabras en este discurso, es un honor para mí entregarle esta medalla por su valor, tenacidad y preocupación por la conservación del medio ambiente y fauna marina.

Itziar: Al contrario, el honor es para mí por permitirme pertenecer a sus filas en la lucha para la protección de nuestro entorno, nuestra casa, además de poder educar a la población con nuestras prácticas.

—Al finalizar la convención y haberse despedido de los miembros del consejo el joven Itziar sale por una puerta trasera rumbo a su casa, cuando dos maleantes asechan a una anciana y al tratar de robarle su bolso uno de ellos la arroja el piso y comienzan a correr al percatarse que alguien los ha visto.

Anciana: ¡Ah, ayúdenme!

Itziar: No se mueva de aquí. —Sin esperar corre tras ellos.—Aquí tiene lo tiraron en la huida, con qué razón querían hacerle daño, al parecer no tomaron nada.

Anciana: Gracias jovencito.

—La mujer gira su cuerpo y se va, agradeciendo, mientras tanto alguien se acerca.

Copper: Te felicito, tus palabras han sido muy emotivas, pero ¿No crees que tu mensaje no fue escuchado?

Itziar: ¿Perdón?

Copper: Hablaste mucho, pero las palabras se las lleva el viento muy fácil.

Itziar: Es ahí, en donde como rocas, nosotros tenemos que estar para educar a la población a actuar con cordura para tener una vida extensa y plena.

Copper: ¿Acaso buscas la vida eterna? Debes entender que la muerte es también parte de la vida y este mundo tendrá su momento tarde o temprano.

Itziar: ¿Hablas en serio, acaso no percibes el sufrimiento alrededor del mundo?

Copper: Lo único que percibo es la profundidad de tus palabras y como tal seguirán estando en la profundidad de tu ser, nadie te escucha pues esta superficie ensordeció ¿Aún no te das cuenta?

Itziar: ¿A dónde quieres llegar?

Copper: Solo soy realista, deja la cursilería de lado ¿Cómo piensas proteger a este planeta y a sus habitantes si ni siquiera pudiste protegerla a ella? ¿Acaso ya lo olvidaste? Aparte de cobarde, resultas tener mala memoria.

–Un recuerdo lejano y triste en Itziar llegaba, cuando de pequeño fue junto con sus padres a la playa, en donde misteriosamente su madre se desvaneció en un abrir y cerrar de ojos, ni su padre se dio cuenta en qué momento exacto desapareció, incluso hubo búsqueda marítima sin rastro alguno del cuerpo.

Itziar: No puedo explicarlo, yo solo era un niño.

Copper: Entonces, ¿Cómo quieres ayudar a este mundo?

Itziar: ¿Quién eres? ¿Cómo sabes eso?

Copper: ¿No sabes quién soy? Yo fui elegido para esta ponencia, ya tenía todo preparado, el consejo nacional del medio ambiente me eligió, pero alguien se dio cuenta de tu existencia creyendo que tu discurso exponía y manejaba mensajes más directos y enfocados, tan poco les pareció todo el trabajo que arduamente he realizado durante toda mi vida.

Itziar: Pero ese no fue mi problema yo solo cumplí con lo que me pidieron además…

Policía: ¿Todo bien jóvenes?

Copper: Seré tu sombra. –Mientras Itziar se gira, este se desvanece en el aire.

Itziar: ¡Ah!

Policía: ¿Eh, a dónde fue el otro?

Itziar: No lo sé.

Policía: Ve con cuidado, últimamente ha aumentado la delincuencia por estos rumbos.

Itziar: Si.

–Aturdido por lo sucedido y sin darle mucha importancia se retira.

Itziar: ¡Oye! ¿Qué sucede ahí?

—No muy lejos de ahí en la oscuridad de un parque algo extraño sucedía, una sombra se adhería al cuerpo de una persona causándole incontenible dolor; apenas y se distinguían las siluetas.

Itziar: ¿Estás bien? ¿Necesitas ayuda? —Llega a él tomándolo del hombro.
Copper: ¡Que no ayudaras a nadie, ya lo he dicho antes!
Itziar: ¿Qué?
Copper: ¡Es momento de que entiendas que tu destino en este planeta no es más que perder, el fracaso es lo que rige tu existencia! Si creías que me habías quitado la oportunidad de lograr mis propósitos te has equivocado.
Itziar: ¿Pero de qué estás hablando?
Copper: Me he dado cuenta de todo, ¡Tú y el consejo me han hecho quedar como un perdedor y no lo soy!
Itziar: Te repito que yo no tuve nada que ver con los cambios.
Copper: Pero era mi oportunidad de brillar, había esperado tanto ese momento, el día para ser reconocido internacionalmente.
Itziar: Lo siento mucho.
Copper: Serán otros quienes sentirán mi enojo.
Itziar: ¿A qué te refieres?
Copper: Sígueme si quieres averiguar.

—Con aquella ira en sus ojos, aquel personaje ágilmente se pone de pie y comienza una carrera desenfrenada.

Itziar: ¿Qué sucede con este tipo? —Va tras él.

—De regreso al auditorio un estruendo deja a los presentes atónitos.

Copper: ¿Qué pasa, interrumpo?
Presidente del consejo: ¿Hijo qué haces?
Copper: ¡Yo no soy tu hijo! Pero si responderé a tu pregunta, estoy aquí porque quiero exigir lo que me pertenece.
Organizadora del evento: Así es, necesitamos ayuda, alguien vino a...

—Un rayo de energía golpea la mano de quien llamaba a la policía, dejando caer su teléfono celular.

Copper: Pero que pocos modales tienes ¿No te enseñaron a no interrumpir las conversaciones de los demás? Tienes un segundo para que desaparezcas de mi vista.

—Caminando hacia ella, pisa el teléfono destruyéndolo.

Organizadora del evento: ¡Sí!
Copper: En cuanto a ustedes, saborearan el agridulce sabor de la venganza.
Miembro del consejo 1: ¿Quién es?
Presidente del consejo: No lo sé.
Copper: Ni siquiera me reconocen, no me extraña siendo que ustedes aplastaron mis sueños y mis metas ¡Es por eso, por lo que morirán!
 —Lanzando un ataque.
Itziar: ¡Espera!
Copper: ¡Farsantes, el consejo del medio ambiente es una organización de estafadores a quienes solo les interesa lo que les conviene!
Presidente del consejo: Nuestra misión es velar por los intereses del planeta, nosotros…
Copper: ¡Calla! —Lo toma del cuello.
Itziar: ¡Déjalo en paz! —Se acerca a aquellos dos.
Copper: ¿De verdad? Lo sabía esto fue un complot.
Presidente del consejo: ¿De qué hablas?
Copper: Ya veo aún no saben quién soy, que rápido se olvidaron de mí.
Presidente del consejo: ¿Carlos?
Copper: Demasiado tarde. —Arroja al suelo al presidente del consejo.
Itziar: ¿Eres Carlos?
Copper: Sí.
Itziar: Pero qué fue lo que paso, tú no eres la misma persona.
Copper: Pues ya ves que no.
Presidente del consejo: Carlos imaginamos que vendrías, pero no en estas condiciones ¿Dime qué sucedió contigo? ¿Qué está pasando?
Copper: No te preocupes, no tardaré mucho.
Miembro del consejo 1: Espera no tienes que hacer esto, siempre hemos sido un equipo.

Copper: Desde luego, tramaron su traición contra mí en equipo, eso no lo dudo.

Miembro del consejo 2: Creímos que Itziar y su discurso era lo idóneo para este evento, lo que necesitamos son aliados, no enemigos.

Copper: Me traicionaron y eso para mí basta, ya no quiero más de sus discursos, en cuanto a ti. −Refiriéndose a Itziar. −Me alegra que me hayas seguido, no solo para presenciar sino también para formar parte de este espectáculo.

Itziar: ¡Carlos!

−Un aura oscura rodeo a Copper mientras que entre sus manos rayos de energía con resplandores en tono cobrizo fueron almacenándose más y más, mientras que el suelo que todos pisaban comenzaba a crear fisuras y luego de un potente estruendo, aquel recinto con los ecos desesperados de la gente, quedo en silencio e inundado con una espesa capa de humo.

Itziar niño: ¡Mamá! −Internado en un sueño.
Mamá: ¡Itziar, Itziar!
Itziar niño: ¿Mamá, eres tú?
Mamá: ¡Vamos, levántate, despierta!
Itziar: ¿Mamá?
Columbae: ¡Vamos despierta!
Itziar: ¿Eres? −Cae desmayado una vez más.

−Recostado sobre un sillón Itziar era atendido por una joven.

Itziar: Mi cabeza.
Columbae: ¿Te encuentras bien?
Itziar: ¿En dónde estoy?
Columbae: Estas en un lugar seguro.
Itziar: El consejo, ¿Cómo están ellos? −Quitando la toalla de su frente.
Columbae: Todo está bien, no te preocupes, por suerte nadie resulto herido de gravedad.
Itziar: ¿Pero qué paso? Todo parece un sueño.
Columbae: No fue un sueño, desafortunadamente, estos sucesos están aumentando con frecuencia.

Itziar: ¿Quieres decir qué hay personas con poderes sobrenaturales? Es mejor que me vaya ahora. —Levantándose del sofá.

Columbae: ¡No sé, aún no lo descifro!

Itziar: No entiendo.

Columbae: Francamente, no sé cómo decirlo.

Itziar: Lo que paso allá, no es normal.

Columbae: De acuerdo. —Respirando hondo. —Mediante un sueño se me indico que debía encontrarte y protegerte.

Itziar: No estoy para bromas.

Columbae: No fue ninguna casualidad llegar y rescatarte.

Itziar: Gracias por tus atenciones, tengo que irme.

Columbae: Ten, esta es mi tarjeta.

Itziar: Gracias de nuevo. —Se marcha sin más.

Columbae: Eres tú quien me trajo aquí.

—Al día siguiente, Itziar para saber un poco más de lo ocurrido en el evento ambientalista decide comprar el periódico estatal y nacional, divagando por la plaza central, además trato de investigar con algunas de las personas que presenciaron el altercado sin lograr obtener la información que esperaba.

Itziar: Todo esto es muy extraño, la nota dice que el consejo y varios asistentes se llevaron un gran susto cuando una persona en contra de grupos ambientalista entro al recinto y trato de detonar una bomba casera, por suerte fuerzas especiales lograron estropear dicho acto, lo que evitó una tragedia. —El teléfono suena. —¡Hola! ¿Cómo estás? No se me olvidó, te veré ahí.

Copper: Eres fácil de encontrar. —Mirándolo de cercas.

—Por unos momentos Itziar pensando en aquella llamada, observaba detenidamente a una familia de turistas tomando fotos en el parque y pasando un buen rato, este se disponía a marcharse cuando luego de un flash de la cámara, el padre de aquella familia se sintió mal y callo de rodillas repentinamente, al levantar la mirada a este le cambio el color de su pupila a un tono cobrizo, entonces un joven que pasaba justo en el momento se acercó para ver que le sucedía pues la esposa del primero le hablaba desesperada y este no respondía.

Joven: ¿Señor le sucede algo, está bien?
—Sin responder lo tomo de la camisa arrojándolo contra un puesto de cerámica, lo cual hizo mucho ruido.

Esposa: ¡Ah! ¿Qué te pasa? ¿Por qué lo hiciste? El solo trataba de ayudarte.
Esposo: ¡Ah!
Hija: Papá.
Esposo: ¡Mi cabeza!
Copper: Destrúyelos. —Ordenaba telepáticamente.
Esposo: ¡Maldito! —Con risa desquiciada corre hacia Itziar quien ya se encontraba a media plaza, tumbándolo al suelo.
Itziar: ¡Quítate de encima!
Esposo: Te lo advertí, seré tu sombra.
Itziar: ¿Qué?

—Apenas y pudo tragar saliva, más confuso no podía quedar luego de escuchar aquellas palabras, en tanto aquel hombre cayó desmayado sobre él.

Esposa: ¡Amor, llamen a una ambulancia por favor!

—Aturdido no por el golpe sino por la confusión de aquellas mismas palabras que Copper le menciono antes, se retira del lugar corriendo hasta llegar a un callejón en donde es interceptado por un desconocido.

Carlos: Oye amigo, ¿Tienes fuego?
Itziar: No, no fumo.
Carlos: Haces bien, Itziar.
Itziar: ¿Qué? Oye no sé lo que sucede contigo, pero todo tiene un límite.
Carlos: Quieres que me esfume.
Itziar: Si esas son tus palabras, sí.
Carlos: Esta bien.

—Del centro de su mano, extrañamente comenzó a salir humo hasta quedar cubierto completamente.

Itziar: ¡Pero que rayos!

Carlos: ¡Soy invencible! —Al disiparse el humo, aquel mostro su identidad.

Itziar: ¡Te transformaste!

Copper: Soy Copper y tú eres historia...

Columbae: ¡Eso si yo lo permito!

Copper: ¿Ah?

Itziar: ¿Tu?

Copper: ¿Permitirme? ¿Acaso te pedí permiso? ¡Copper smoke!

Columbae: ¿Qué es esto? —Tose al ataque de Copper el cual la cubrió en humo.

Copper: En cuanto a ti niñito. —Con rapidez lo toma del cuello.

Itziar: ¡Ah, no puedo zafarme!

Copper: ¡Esto es lo que mereces por haberme robado mi lugar, por haberme humillado!

Columbae: No tan rápido. —Golpeándolo con un tubo en la espalda.

Copper: ¡Ah! Te vas a arrepentir, los dos se arrepentirán de lo que me han hecho. —Convirtiéndose en humo desaparece ante la mirada atónita de Itziar y Columbae.

Itziar: ¿Desapareció?

Columbae: Dame tu mano. —Ayudándolo a ponerse de pie. —¿Ahora si me escucharas?

Itziar: No hay otra alternativa.

Columbae: Afortunadamente se marchó sin hacernos daño.

Itziar: Si me lo hubieran contado, jamás lo hubiera creído

Columbae: Me alegra saber que no iré sola a consultar a algún psiquiatra ¿Verdad?

Itziar: Que día y apenas son las diez de la mañana.

Columbae: ¡Creo que necesito algo dulce para el susto!

Itziar: ¡Vamos! Te invito una paleta helada.

Columbae: ¿Paleta helada?

Itziar: Si, de frutas naturales.

Columbae: Nunca he probado una.

Itziar: Dime ¿Eres policía o del cuerpo de bomberos?

Columbae: ¡No! —Soltando una risa encantadora.

Itziar: Es solo que, no entiendo como llegue a tu casa.

Columbae: Todo pasó tan rápido, la verdad es que tuve una premonición.

Itziar: Entonces es verdad.

Columbae: Si, me pasa casi todo el tiempo, fue en mi niñez cuando tuve mi primera   premonición.

Itziar: La capacidad de ver el futuro.

Columbae: Aunque no es lo que yo quiera ver, sino lo que el universo me muestra, de   verdad me alegra saber que estás bien.

Itziar: Entiendo que corría peligro y me porte como un tonto, gracias por tu ayuda.

Columbae: Sabes, hace diez años fue la primera vez que tuve una de estas visiones, pero no supe cómo actuar. Ya lo había vivido antes, sabía que en ese vuelo corríamos peligro, pero siendo una niña no me fue dada la credibilidad que yo esperaba por parte de mis padres, por más que trate de evitar aquello, no pude hacer nada y ni yo sabía que pasaba, solo los abrace muy fuerte. −Recordando.

Columbae niña: ¡Mami, no quiero ir, tengo miedo!

Madre: No te preocupes tu papá y yo estaremos contigo.

Columbae niña: No, no quiero que ni tu ni papá suban al avión.

Madre: Ya es hora, mi princesa Columbae.

Padre: Amor, no temas siempre te ha gustado volar, vamos que tu lugar favorito nos espera.

Columbae: No pude impedirlo, por lo que tuve que subir aun sabiendo lo que pasaría, apenas el avión se elevó y algunos desperfectos se presentaron, el piloto ordenó el regreso inmediato, y cuando el avión regresaba al aeropuerto surgió lo que temía.

Piloto: ¡Perdemos fuerza, algo está fallando, los controles no responden!

Copiloto: Mayday...mayday.... ¡torre de control!

Torre de control: Aquí torre de control, lo escucho.

Piloto: Tenemos un problema, solicito permiso para aterrizar de emergencia, los controles no responden.

Torre de control: Permiso concedido, la pista número1 permanece lista para su regreso.

Padre: ¿Qué sucede Carol?

Aeromoza: Señor aterrizaremos de emergencia por favor aseguren sus cinturones.

Columbae niña: ¡Mamá!

Madre: ¡Todo estará bien hija!

Padre: ¡Sujétense bien, mi amor todo estará bien!
Columbae niña: Papá, mamá, lo siento mucho soy una mala hija, yo.
Padre: Tú eres una niña muy noble, en cuanto aterricemos
regresaremos a casa.
Madre: Columbae no temas.

—Los tres se dieron un afectuoso abrazo mientras aquel sonido
ensordecedor dejo de escucharse, estando a poca distancia de
aterrizar, el avión cae a tierra impactándose en los límites del
aeropuerto, mientras bomberos y patrullas acudían al lugar, los
encargados en torre de control observaban el desplome inmutes a la
escena.

Columbae: Era inevitable presenciar por segunda vez la muerte de
mis padres, antes del accidente pude abrazarlos tan fuerte como
nunca lo había hecho antes en mi vida, para cuando desperté mis
padres ya no estaban a mi lado; un doctor amigo de la familia fue
quien me recibió con la mala noticia, esa que yo ya sabía mucho antes
de iniciar el vuelo, desde entonces viví y crecí alejada del mundo
siempre pensando que debería de haber actuado y hablado de alguna
u otra forma para evitar su muerte, me sentí culpable.
Itziar: ¿Culpable?
Columbae: Si, por saber lo que pasaría y aun así haber dejado que
pasara.
Itziar: No fue tu culpa.
Columbae: Sin notarlo me había sumergido en una oscuridad y
soledad, separándome del resto de las personas, aún en medio de una
multitud me sentía muy sola; hasta que un día escuche una voz que
me solicitaba ayuda, tratando de ignorarlo cerré mi libro y aumente el
volumen a la música pero todavía continuaba escuchando esas
palabras de auxilio, me asome por la ventana y no había nadie afuera
ni siquiera había pájaros cantando, al cerrar la ventana y girarme hacia
la oscuridad del cuarto, allí frente a mí se mostraba en la pantalla del
televisor cientos de figuras del mundo que me dejaron paralizada,
animales y nuestro planeta se mostraban en crisis, sufriendo y
entonces aquella voz hiso eco en mi cabeza "ayúdame", al momento
la televisión se apagó y las luces se encendieron y apagaron tal como
si fuese un suceso paranormal, después las ventanas se abrieron al
mismo tiempo dejando al sol entrar a mi habitación, poco a poco me

aproxime a la ventana y allá afuera se encontraban docenas de personas, pájaros cantando, perros jugando y el bullicio del tráfico.

Itziar: Pero anteriormente no había nadie...

Columbae: Exacto, si estas visiones se me han otorgado para ayudar entonces no me importara ir por el mundo sea donde sea que me lleven, quizás estas visiones me den las respuestas que necesito y con suerte me llevaran a mi destino.

 Itziar: Proteger el destino, cambiar el futuro.

Columbae: Por algo llegué a ti y es algo por lo que están detrás de ti, no puedo pensar en otra cosa ahora más que descifrar esto.

Itziar: Comprendo, aunque lo que acabamos de presenciar no es natural, dime ¿Cómo es posible que una persona común pueda mutar, desaparecer frente a ti? No lo entiendo.

Columbae: El universo está lleno de misterios.

Itziar: Me pregunto si es solo él o son varias las personas como él entre nosotros.

Columbae: Ya sabemos por qué se la pasa acechándote, ahora debemos encontrar una solución al problema.

Itziar: No podemos dar parte a la Policía.

Columbae: Al morir mis padres y haber cumplido mi mayoría de edad, tuve que hacerme cargo de la empresa que ellos construyeron, mi padre creo y manejo la línea "wings for you".

Itziar: ¿La línea aérea wings for you? Esa línea es muy prestigiosa, quiere decir que tú.

Columbae: Así es, soy ahora quien dirige la empresa.

Itziar: Cada vez me sorprendes más, tu agenda ha de estar muy ocupada ¿Qué haces aquí perdiendo tu tiempo?

Columbae: De ninguna manera, si estoy aquí es porque creo en mí y creo en las visiones que adquirí desde muy pequeña, quiero llegar hasta el fondo de esto, sea donde sea que me lleve, nunca lo considerare pérdida de tiempo y ¿Tú a qué te dedicas?

Itziar: Estoy estudiando la maestría en Oceanografía, además pertenezco a un club para resguardar flora y fauna marina, asimismo mantengo mis estudios dando tutela a estudiantes entre otras.

Columbae: No hay duda de que el mundo es de quien camina y quienes miran caminar, no importa en qué lugar te encuentres siempre tienes que dar tu mejor esfuerzo.

Itziar: Por cierto, quede de verme hoy con el grupo ¿Te gustaría acompañarme?

Columbae: Me ahorras el esfuerzo.

Itziar: ¿Por qué?

Columbae: De otra forma tendría que seguirte como una espía. –
Apenada.

Itziar: Me sonrojas. –Suben a su auto hacia el lugar de encuentro.

Itziar: ¡Juan!

Columbae: Parece que no hay nadie.

Itziar: ¿En dónde estás hermano?

Juan: ¡Por acá!

Itziar: Vengo acompañado.

Juan: Muy bien, pensé que ya no vendrías, ¡Hola!

Columbae: Hola.

Juan: No me digas que es tu. –Secretamente.

Itziar: Ella es Columbae, una amiga, la invité a ver de cerca nuestro
trabajo.

Juan: ¡Perfecto! Pasen ya estoy terminando la comida, pónganse
cómodos.

Itziar: Gracias, tengo hambre, Columbae frente a ti esta un verdadero
chef muy reconocido en el puerto.

Juan: No exageres, la verdad es que, si soy chef, pero solo trabajo en
eventos especiales la mayor parte de mi tiempo la dedico a la
conservación de nuestro sistema.

Itziar: Totalmente.

Juan: ¿extranjera?

Columbae: Si, del país del norte.

Juan: Ok, ¿Qué te trae por acá?

Itziar: Que importuno eres Juan.

Columbae: Bueno en realidad hubo dos cosas que me llamaron la
atención en este lugar, primero vine a encontrarme con una persona
especial y en segundo porque hace un par de días una extraña luz
cayó del cielo precisamente en esta zona.

Juan: Ah sí, al parecer fue un meteorito con una luz verde no usual,
pero no encontraron nada en el lugar, aunque todavía siguen en la
exploración por fragmentos.

Columbae: Me encantaría ir a ver ese lugar, por cierto, veo que es
ardua su dedicación y el amor que le tienen al puerto y al mar.

Itziar: ¿Ah?

Juan: ¿Dices?

Columbae: El rescatar la vida marina es el mensaje que se respira en esta habitación fácilmente. —Mirando las paredes cubiertas por fotografías.

Itziar: Si, realmente estamos comprometidos y trabajamos duro no solo por nuestro puerto sino también por el mundo pues todo se halla ligado.

Columbae: no me equivoqué, estoy en el camino correcto.

Juan: Somos como los peces que nadan en contra de la corriente, nos esforzamos día a día por educar a la población acerca del poder que tienen en sus manos, queremos que se enteren que podemos utilizar ese poder para mejorar y preservar los ecosistemas.

Itziar: Son malas prácticas que han adquirido, pero nunca es tarde para corregirse, si las personas usaran su instinto no tirarían basura en las calles y si tuvieran misericordia no lastimarían a otras especies como lo hacen cruelmente solo por esparcimiento.

Columbae: Lo entiendo.

Juan: Bueno ya está todo listo.

Itziar: En segundos conocerás a alguien más del grupo.

Juan: 5,4,3,2,1,0...

Joshua: ¡Ya llegué!

—Joshua es uno de los integrantes del club el más loco y extrovertido.

Joshua: ¡Wow pero que manjar!

Juan: ¡Aquí hay alguien presente, compórtate!

Joshua: ¿Qué? Ah, hola, Itziar. —Acercándosele al oído. ¿Es tu novia? No me habías platicado de ella, está muy bonita y te está mirando.

Itziar: ¡Joshua, ella no es mi novia!

Columbae: Que pena.

Itziar: Lo siento.

Columbae: No te preocupes.

Itziar: Él es Joshua, espía secreto, es quien nos mantiene al tanto de lo que pasa.

Joshua: Wow, se ve delicioso. —Comienza a comer sin pedir permiso.

Juan: Vamos, comamos antes de que este tragón termine con todo.

Itziar: ¡Pruébalo, te va a gustar!

Joshua: ¡Esta riquísimo! —hablando con la boca llena.

Juan: ¡Esta es una de mis especialidades ceviche!

Narrador: Todos ansiosos a la reacción de Columbae.

Columbae: Esta rico y la presentación es muy buena, pero tiene un sabor peculiar no se parece al que he probado antes.

Juan: Es porque está libre de productos de origen animal, resultaría ser una contradicción si comiera lo que protejo.

Itziar: Juan es vegano.

Columbae: Me da gusto, yo lo he sido por mucho tiempo.

Juan: Cuando estás en un ambiente como nosotros te das cuenta de la realidad, lo que tienen que sufrir los animales al ser sacrificados para nuestra alimentación, otras especies cazan por hambre mientras que el ser humano desafortunadamente mata por gusto, juzgan mucho al estilo de vida vegano pero la verdad es que el consumo animal es una gran mentira, nosotros podemos sobrevivir plenamente con proteína vegetal.

Joshua: Muchas de las personas encargadas de sacrificar estos animales van perdiendo su humanidad, se vuelven de sangre fría y muchos de ellos llegan al punto de disfrutar hacerlo, les divierte el dolor ajeno y en ocasiones les hacen sentir más dolor con tal de divertirse aún más, la humanidad es cruel con el resto de las especies en este mundo.

Itziar: Es también por eso que te invité, quise que experimentaras otra cara de nuestra sociedad y nuestro mundo.

Columbae: Yo también estoy en contra del maltrato animal, no hay nada que pueda justificar el dolor que les hacemos experimentar, los hemos convertido en victimas innecesarias tan solo por cubrir nuestras necesidades vacías, las corridas de toros y el uso de animales en circos, vivir enjaulados siendo torturados y cruelmente maltratados no es lo que merecen todas esas especies.

—Joshua comenzó a moverse estrepitosamente de un lado a otro haciendo muecas y tornando su color facial a morado y es que se le atoró algo en la garganta creando un momento de pánico, Columbae sin titubear se puso de pie ágilmente y le practicó primeros auxilios, ayudándolo a expulsar lo que se había quedado en su garganta.

Joshua: Ah, gracias.

Todos: ¡Ah!

Joshua: Pero es que me acorde de algo, venía a decirles lo último que me enteré, los raptores atacaran esta madrugada en la playa escondida.

Itziar: ¿Aún no escarmientan? No debemos permitir que lleven a cabo sus planes.

Juan: ¿Y por qué no lo dijiste antes Joshua?

Joshua: ¿Con tanta hambre tú crees qué iba a acordarme?

—Todos ríen a la ocurrencia de Joshua.

Columbae: ¿Por qué no dan parte a las autoridades?

Juan: Es confuso sabes, aún no existe una unidad especial para cubrir estos casos, así que no podemos utilizar su personal y equipo a nuestro antojo, pero estamos a un paso de lograrlo.

Itziar: ¡Vamos Joshua ayúdame a subir el equipo al bote!

Joshua: Si ya voy.

Columbae: Gracias por la comida estuvo delicioso.

Juan: No es nada, no lo había visto así en mucho tiempo.

Columbae: ¿Itziar?

Juan: Si, es un buen chavo, aunque tiene mucha fuerza, en ocasiones es el más débil, pero sabe ser líder.

Columbae: Ya lo creo. —Ordenando la mesa.

Juan: Gracias, por tu ayuda.

Stella: ¿Y aceptarías también mi ayuda?

Juan: ¿Stella, cuando llegaste?

Stella: Hoy mismo, así que ya estoy en casa.

Juan: ¡Muchachos, vengan!

Itziar: Stella que gusto de verte.—Dando un cálido abrazo. —¿Cómo estuvo ese viaje?

Stella: Muy bien, aunque siento mucho el no poder haber llegado a tiempo para asistir a la convención ambiental, t has esforzado mucho y tu trabajo está siendo reconocido.

Itziar: La verdad que tenerte ahí hubiera sido fantástico, pero cada uno tiene su propia misión ¿Qué tienes bajo ese vendaje?

Stella: No es nada, la verdad es que fue agotador, llegamos a donde teníamos que hacer frente, el grupo de excursión al que formaba parte era el mejor, ya que había ambientalistas y conservadores de varias partes del mundo. Lamentablemente no pudimos hacer mucho ya que masacraron a cientos de seres indefensos, pero sin duda hemos alzado la voz, ahora que ya ha pasado la temporada de caza la pelea continuara en los juzgados para tratar de detener todo tipo de derecho de caza de animales sea el tipo que sea. La crueldad es lo que debemos erradicar de nuestra sociedad.

Itziar: Lo que tienes en tu brazo es de cuidado.

Stella: ¡No, lo mío es nada comparado con las masacres que se llevaron a cabo!

Joshua: ¿Stella?

Stella: Me hubiera gustado darles de puños para que sintieran un poco el dolor y así pararan de causar tanto daño a esas criaturas indefensas.

Itziar: Eres muy fuerte.

Columbae: Eres muy valiente.

Juan: Ok, chavos tenemos trabajo que hacer, saldremos esta madrugada.

Joshua: El equipo ya está listo solo nos falta esperar la hora de salida.

Stella: Veo que tenemos una nueva integrante.

Itziar: Lo siento no las presenté, Stella ella es Columbae, Columbae, Stella.

Stella: Mucho gusto, eres muy bonita.

Columbae: Gracias, el gusto es mío.

Itziar: Ella salvo mi vida durante el altercado en la convención, por eso la invite.

Joshua: ¿También a ti?

Juan: Así que eres una heroína natural.

Itziar: Ella se arriesgó por mí ¿Verdad?

Columbae: No fue nada.

Stella: Bienvenida al club, aquí no usamos capaz ni antifaces, pero si peleamos con todas nuestras fuerzas.

Columbae: Gracias.

Stella: No se vayan sin mí, solo necesito hacer un reporte y estoy con ustedes.

Itziar: Te ves agotada, deberías quedarte a descansar.

Stella: ¡Existen momentos en los que tu deber es no descansar sino pelear y mi deber es apoyarlos!

—¡Sí! —Con euforia todos responden, esa misma noche.

Joshua: La lluvia no para.

Juan: Si porque llueve malo y si no llueve también, a ti nadie te da gusto.

Itziar: Es casi la hora de irnos. —Un rayo cae y estremece.

—¿Columbae estas bien?

Columbae: Si, es solo que le tengo un poco de miedo a los rayos.

Itziar: Conozco un método para quitarte el miedo, lo aprendí de mi madre, ¡Ah rayos!

Joshua: Aquí va de nuevo. —Mirando a Juan.

Juan: Ese ya es un truco viejo, chequemos lo que falta.

Itziar: Algo cayó en mi ojo.

Columbae: Permíteme ayudarte, no veo nada.

—De esta manera, Itziar distrajo a Columbae del temor que sentía por los rayos, con el pretexto de que una basura entro a su ojo, utilizando la conversación para bloquear el miedo, hasta que la tormenta eléctrica termino.

Stella: Es hora de irnos.

Itziar: Bien, terminamos.

Columbae: Jamás me dijiste cuál es tu método.

Itziar: En si lograste hacer a un lado tu miedo, concentrándote en algo más. Cuando sientas temor por algo enfócate y supéralo, ningún miedo es superior a ti a menos que lo consideres.

Columbae: Ya dejo de llover.

—La información que Joshua tenía fue correcta, al llegar a la playa un grupo de saqueadores ya habían iniciado su tarea de excavar en donde las tortugas mantenían sus nidos.

Malhechor 1: ¡Vamos apúrense!

Malhechor 2: Esta ves si nos llevaremos una buena lana.

Malhechor 3: ¿Cuantos nidos habrá?

Malhechor 4: No lo sé, pero démonos prisa.

Malhechor 5: ¡Hey por acá está el premio mayor!

Malhechor 2: ¡Hecho!

Malhechor 1: ¡Vamos ve por las redes y las cubetas!

Malhechor 4: Malditas Tortugas.

Malhechor 5: Valió la pena el viaje.

Malhechor 2: Este trabajo es muy fácil te lo dije.

Malhechor 3: Ahora tenemos que inmovilizarla. −Pisando a una tortuga.

Malhechor 1: Yo me encargo de eso. −Tomando un hacha en sus manos.

Itziar: ¡Alto! −Iluminando con lámparas de alta intensidad.

Malhechores: ¡Que!

Juan: ¡Están cometiendo un delito, es mejor que las liberen y se vayan de aquí!

Malhechor 3: ¡No les hagas caso, dale!

Malhechor 1: ¡Espera! Verán es mejor que ustedes sean quienes se marchen, de lo contrario. −Caminando hacia ellos.

Joshua: Estos puños ya quieren romperte los huesos.

Malhechor 2: Si eso es lo que quieres.

Joshua: Sera un placer.

Malhechor 1: Se van por las buenas o por las malas. −Sosteniendo el hacha en sus manos mostrándola a la ofensiva.

Itziar: Cobardes, dejen eso y peleen a mano limpia.

Columbae: ¡No es necesario llegar a los golpes!

Malhechor 3: Ya escucharon muchachos no sean violentos con estas señoritas!

Itziar: Estas señoritas los van a hacer llorar.

−Inesperadamente el jefe de los malhechores ataca a Itziar quien está al frente de su grupo, cubriendo a la misma vez a Columbae del ataque, lo que inicia una riña mano a mano, para desventaja de aquellos saqueadores nuestro grupo son cintas negras en artes marciales, aprovechando todo esto Stella filma y transmite en vivo lo que sucede para utilizarlo como prueba ante la alcaldía y generar euforia y apoyo en las redes sociales.

Malhechor 4: ¿Y tú qué piensas qué estás haciendo niñita tonta? Dame esa cámara.

Stella: Sonríe a la cámara.

Malhechor 4: Dije que me la entregues. −Acercándose demasiado.

Columbae: ¡Que sonrías! −Un golpe en el estómago con la rodilla, paraliza al sujeto.

−Por un momento el jaloneo permaneció, ni un grupo ni otro cedía hasta que el más débil cayo.

Malhechor 1: ¡Vámonos! Esto no se quedará así, ya habrá otro momento.
Itziar: Cuando quieran otra paliza.
Malhechor 1: ¡Vámonos!
Itziar: ¿Están bien?
Joshua: Sí.
Juan: ¿Y la cámara?
Stella: A salvo, gracias a Columbae.
Itziar: Me alegra que hayas venido.
Joshua: Creo que le quebré los dientes a uno.
Stella: Que bien, no les dejaremos el camino libre, esto sostendrá nuestro programa de protección y con ayuda del alcalde al fin lograrán nombrar una unidad especial en la conservación de la flora y fauna en la entidad.
Itziar: ¡Lo logramos!

—Los cibernautas que seguían el suceso en vivo mostraban su apoyo y jubilo durante la emisión.

Columbae: ¡El amanecer!
Stella: Verdad que es hermoso.
Juan: Regalos como este son los que la madre naturaleza nos da a diario, es por eso por lo que estamos aquí.
Columbae: Si, lo entiendo.
Joshua: Ah, creo que es hora, pero de ir a dormir no creen.
Juan: Si yo también tengo mucho sueño.
Columbae: Espera, gracias por haberme invitado, me gustó mucho haber participado, nos cubrimos en burbujas de un lugar feliz pero la verdad es que hay realidades que no vemos y necesitan nuestra atención.
Itziar: Al contrario, me alegra que hayas experimentado y comprendido nuestro compromiso con el planeta y con cada especie que lo habita. En este preciso momento alguien está siendo cruel con algún animal inocente ¡Eso tiene que parar!
Columbae: Juan, Stella, Joshua me dio mucho gusto conocerlos también.
Stella: El gusto es nuestro, eres bienvenida.
Joshua: Pateemos traseros en otra ocasión.

Juan: Oh visítanos para comer, lo que te apetezca.
Itziar: Nos vemos luego, la acompañare a su casa.
Juan: De acuerdo. —Mientras se alejan Juan, Stella y Joshua.

Itziar: ¿Gustas un café?
Columbae: Te aceptaría dos.

—Esta vez Itziar y su grupo salieron triunfadores y Columbae pudo
apreciar la belleza de un amanecer, pero en la realidad no siempre se
gana, cada mañana el mundo despierta entre sombras que acechan
como esos saqueadores y faltan protectores, héroes que eviten las
tragedias, el abuso y las malas acciones de la gente contra otras
especies indefensas e incluso entre ellos mismos. Algo tan simple
como no tirar basura al suelo te convierte en un super héroe.

—En tanto una junta se llevaba a cabo en el grupo denominado "La
Familia Legendaria" a la cual Copper asistía.

Ander: Deben enfocarse en la misión, la hora está más cerca que
nunca, no podemos desperdiciar más tiempo vayan a lo seguro
debemos adueñarnos de toda la energía posible cuanto antes.
Silver: El mundo no dejara de girar sin ti Copper.
Copper: Le aseguro que no fallaré, seguiré en marcha con su plan, es
solo una rencilla personal, pero le hare llegar cuanta energía recolecte
señor Ander.
Gold: ¡Es un novato!
Silver: No creo que debamos perder el tiempo con él, no sabe lo que
quiere.
Ander: Mi paciencia por recobrar este mundo ha llegado a su límite.
Gold: Estamos a un paso, mi señor.
Ander: Copper se te ha dado una gran oportunidad, no me hagas
quedar mal.
Copper: Y se lo agradezco mi Señor, no le defraudaré, voy a
conseguirle mucha energía se lo aseguro.
Ander: Más te vale Copper, invocaste mi ayuda e intercedí por ti,
ahora es momento de que me pruebes que no eres tiempo perdido y
que harás más de lo que eres capaz. Es por eso por lo que te
intercambiaré a Europa.

Copper: Haré lo que usted me pida, sin embargo, deme la oportunidad de recolectar una vasta cantidad de energía de ese puerto como símbolo de mi lealtad.
Ander: Tienes 24 horas.
Copper: Si.

2 GUARDIANES ELEMENTALES

Al día siguiente, Itziar y Columbae se encuentran en la plaza principal donde se ponen a tratar de armar el rompecabezas de lo que está pasando. La vida en el puerto transcurre como si nada pasara en el mundo.

Columbae: Que extraño.
Itziar: ¿Qué pasa?
Columbae: Siento una fuerza extraña en este lugar, hace que mi corazón se agite, esto es diferente, jamás me había sentido así.
Itziar: ¿Otra visión?
Columbae: ¿Qué es este sentimiento? Jamás lo percibí de esta manera. ¿Itziar cuál es nuestra misión en este planeta?
Itziar: ¡Debemos protegerlo!
Columbae: ¿De dónde proviene? Es un sentimiento de mucho dolor, es muy pesado.
Itziar: ¿Estas llorando?
Columbae: Mi corazón se agita con esta nostalgia, no puedo explicarlo.
Itziar: Esta vez Copper no nos caerá de sorpresa, vamos muéstrate Copper.

−Empuñando sus manos, sin imaginar que quien llegaba a ellos sería un cachorro.

Zita: ¡Espera! −Corriendo tras el cachorro.
Itziar: Hola ¿Cómo te llamas? Kosmo.−Lee en su broche.
Columbae: Que encantador. −Secándose las lágrimas.
Zita: ¿Por qué me hiciste correr tanto Kosmo?
Itziar: ¿Es tuyo?
Zita: Gracias por detenerlo por mí.

Itziar: Debes tener mucho cuidado con él, puede lastimarse.

Zita: Lo siento, no volverá a suceder, mi nombre es Zita mucho gusto.

Columbae: Mucho gusto Zita, sin duda tiene mucha energía.

Itziar: Mucho gusto Kosmo y Zita.

Zita: Gracias, Kosmo no vuelvas a correr de esa manera.

Itziar: El nombre de Kosmo es muy acorde a la presencia que muestra.

Naturae: Nuestra esencia primordial elige nuestro nombre.

Itziar: Ah, ¿Nuestra esencia primordial?

Columbae: Tiene una presencia enigmática. —Dice en voz baja.

Zita: Ah, mi nombre significa niña alegre. —Sonriendo.

Naturae: Muchas gracias por todo, es momento de irnos Zita, se nos hace tarde.

—Girándose camina alejándose de ellos.

Zita: ¡Sí! les agradezco mucho, por favor acepten esto. —Les entrega unos gafetes. —Gracias por todo, espero verlos pronto, despídete Kosmo.

—Kosmo ladrando corre al lado de Zita hasta alcanzar a Naturae.

Columbae: ¿Quiénes eran? Siento la pronta necesidad de ir tras ellas.

Itziar: Es certero que volveremos a encontrarnos, son un par de pases.

Columbae: Si no me equivoco ella es… —Entonces el teléfono celular de Itziar irrumpió.

Itziar: Permíteme, hola estoy bien ¿Y tú? Si lo sé, jamás se me podrá olvidar, ¿Estás ebrio? Es muy temprano, será mejor que hablemos cuando estés en tus cinco sentidos.

—Mientras Itziar bajaba su mano lentamente Columbae lo observaba.

Itziar: Lo siento, ¿Decías?

Columbae: Iré a explorar el lugar a donde cayó aquel meteorito.

Itziar: De acuerdo nos vemos luego, en una hora tengo clase en la facultad.

Columbae: Esa niña, Zita.

—Apenas Itziar se volvió hacia su auto hizo una llamada a su padre.

Itziar: ¿Por qué sigues empeñado en eso? Yo no tuve la culpa...
Papá: Pero si no fuera por tu maldita obsesión por el mar, ella aún estaría aquí.
Itziar: No sabía, no tuve la culpa ¡Yo era solo un niño!
Papá: ¡No quieras deslindarte de tu culpa! Desde el día de tu nacimiento ella corría peligro, ¡No has traído más que desgracias a nuestras vidas!
Itziar: ¡Basta, si pudiera cambiaría el lugar por mi madre!
Papá: Al morir ella, también te fuiste tú. −Desconectando la llamada.
Itziar: Entonces, ¿Por qué no me dejas en paz?

−Vagamente el recuerdo vino a su mente, un mediodía cálido, él junto a sus padres jugando en la arena antes del accidente, abrazando a su mamá y dándole un beso en la mejilla:

Los tres estaban fascinados haciendo volar sus cometas en la playa, encandilados por la luz del sol, de pronto una nube oscura paso por el lugar, sintiendo una ráfaga de viento más fuerte, entonces notaron como el cometa que ella volaba caía al mar y ellos al voltear a verla, ya no estaba; comenzaron incrédulos a gritar su nombre y a buscarla en los alrededores lo que llamó la atención de otros bañistas y se agregaron a su búsqueda. Itziar sin poder comprender miraba como su padre llamaba a su esposa desesperado y en llanto, en tanto la gente se acercaba, un hombre se había arrojado al agua y luego de varios intentos no logro encontrarla; los paramédicos llegaron, pero nunca la encontraron, se había desvanecido así nada más, a pesar de todo Itziar no pudo odiar al mar de lo acontecido, al contrario, se resguardo en el pues sentía que su madre se había convertido en parte del mar.

−Al siguiente día en la escuela.

Profesor: Recuerden que siempre tienen que concordar sus resultados con la base del problema, comparándolos es la manera más segura de demostrar que está correcto. −El timbre de la escuela anunciando el final del día.−Los salvo la campana, no olviden revisar las páginas 78 a la 86 les aseguro estará en el examen final. Así que aparte de   asistir al concierto pónganse a estudiar, el examen es la próxima semana.

—Luego de su última clase todos los alumnos del campus hablan del evento playero que se aproxima, todos están muy emocionados, rápidamente salen y en medio de risas y algarabía se van, Itziar en tanto llega hasta una banca a leer un libro.

Stella: ¿Por qué tan pensativo?
Joshua: ¿En dónde dejaste a tu novia?
Itziar: No es mi novia ¿Qué hacen aquí, acaso no tienen clases?
Joshua: ¿Estas bromeando?, Hasta maestros y directivos quieren asistir al gran evento, todos van a esta fiesta además irán las chicas de "Sugar Sugar Girls", las mejores porristas del estado.
Juan: Así que decidimos venir por ti para irnos juntos.
Itziar: Ok, tengo que avisarle a Columbae, le enviaré un mensaje.

—El teléfono de Columbae timbra al mensaje, pero hay algo que impide que ella lo conteste. Dentro de una iglesia Columbae se mantenía agitada, pero de pie mientras pocos de los feligreses que visitaban el santuario permanecían desmayados sobre el suelo del lugar.

Copper: ¿Creíste qué este lugar te salvaría de mí? Corriste aquí pensando que soy un demonio y que no podría entrar a un santuario.
Columbae: ¿Quién eres?
Copper: No importa, dentro de poco solo serás un cuerpo sin vida tirado en el suelo como cualquier basura ¿Acaso crees qué tendré consideración contigo solo porqué eres mujer? Te mataré lentamente.
Columbae: ¡Estás demente!

—Una pelea se comenzó dentro de aquel recinto en donde Copper sin piedad alguna, azotaba a Columbae una y otra vez hasta dejarla inconsciente, justo al momento de darle el golpe de gracia.

Copper: La siguiente persona será Itziar, les di mi palabra de que me iba a vengar de ambos.
Silver: ¿Es así como sigues las instrucciones Ander? de ninguna manera permitiré que un aprendiz me haga perder el tiempo de esta manera, no me caes bien. —Dirige un ataque certero que hace estremecer a Copper.

Copper: ¡Ah!
Silver: Yo no tengo tanta paciencia, tienes una última oportunidad, la próxima vez no me detendré en eliminarte. —Se gira y se desvanece.
Copper: ¡Maldita sea! —Sin esperar se esfuma, dejando atrás a Columbae.

—Esa tarde en el evento, los asistentes no paran de gritar mientras el presentador inicia con el programa del evento.

Rocko: ¡Sean bienvenidos a esta gran fiesta! de verdad que agradable contar con toda la banda, quiero decirles que hoy les tenemos una gran sorpresa, la nueva imagen del pop rock estará con nosotros, pero antes démosle la bienvenida a "Sugar Sugar Girls".

—Entonces las porristas entran en acción mientras todos miran atentos a cada uno de sus movimientos, Itziar y sus amigos llegan justo en el momento.

Joshua: Miren, de lo que nos estábamos perdiendo, si no fuera porque al niño se le ocurrió irse a cambiar de ropa a su casa, ¿Itziar, porqué eres tan egoísta?
Itziar: Hey ya estamos aquí, esto apenas está comenzando.
Stella: No le hagas caso...
Juan: El ambiente esta genial ¿Quieren algo de tomar?
Stella: Yo sí, ¿Vienes? —Refiriéndose a Itziar.
Itziar: Aquí los espero. —Checa su teléfono, pero Columbae no responde aún.

—De repente alguien jala su playera por atrás y cuando se gira descubre la silueta de una joven bajo una túnica color naranja.

Zita: ¡Sabía que vendrías!
Itziar: Bueno solo fue casualidad, sabes, es un evento universitario y no creo que tu estés en nuestra facultad.
Zita: Nada es casualidad en esta vida.
Itziar: Eres una niña muy extraña.
Zita: Ya veo, no sabes aún ¡Que romántico! —Haciendo muecas de amor.
Joshua: ¿Llego Columbae?

Stella: No creo, no parece ser ella.

Juan: Vamos, déjenlo en paz.

Joshua: Me pregunto, ¿Quién será? Es un suertudo apenas llegamos y ya está coqueteando, debo preguntarle por tips.

Zita: ¿Cuál es tu nombre?

Itziar: Itziar.

Zita: Itziar ¿Qué no es un nombre de niña?

Itziar: Lo eligió mi madre.

Naturae: Guerrero que mira por el mar.

Itziar: ¿Eh?

Naturae: Zita, ya casi es tu turno.

Itziar: ¿Cómo sabes?

Zita: Si, Naturae.

Itziar: Mucho gusto. −Extendiendo su mano.

Naturae: El gusto es mío, soy Naturae, nos veremos luego, es momento de irnos Zita.

Zita: ¡Esperó que disfrutes el show!

Joshua: ¿Quiénes son ellas?

Itziar: Tengo la misma pregunta.

Rocko: ¡Démosle un fuerte aplauso a "Sugar Sugar Girls" por su participación en este gran evento!

Público: "Sugar, sugar, sugar".

Rocko: Ellas volverán al escenario más adelante, ahora con gran agradecimiento démosle la bienvenida a una exponente de la música ¡Pop rock! Que sigue marcando con paso firme en la industria musical; déjenme decirles que ella mientras se encuentra de vacaciones en nuestro puerto, ha aceptado venir y presentar su más reciente material, ¡Damas y caballeros, 3:33 Wake up!

Público: ¡Ah! No lo puedo creer, es ella, ¿De verdad está aquí?

Rocko: ¡Con ustedes, Zita!

Itziar: ¿Eh?

Joshua: ¡Soy tu fan número uno!

Itziar: Zita.

Zita: ¡Muchas gracias, es un honor para mí estar aquí! por favor escuchen esta melodía, en especial tú. −Entre la multitud mira fijamente a Itziar.

—Zita cierra sus ojos, mientras Itziar recibe un abrazo de sus amigos Stella, Juan y Joshua.

Joshua: Parece como si te dedicara esa canción a ti Itziar, a menos de que me esté mirando a mi
Itziar: Bromeas.
Joshua: ¡Zita te amo, da tu mejor esfuerzo!

3:33 Wake up!

There's only one way we can create a better place in this planet,
hold my hand don't be afraid.
(intro)
I woke up in the middle of the night, 3:33 as usual
grab my sweater to run with my dog.
Unbelievable how big we think we are, just look up the stars
brightly shining telling us we are not alone.
a battle is close, and you have a pair of wings
the paths where we'd go may seem to dark sometimes,
remember those stars they expected you to fly and to shine
We are their sky!!

Wake up, it's time to go!
You must face your fears
wake up its time to go!
You'll never be alone again.
This may seem so unreal, going through the skies.
is not a dream, open your wings
and fly so high elemental guardian!

One: Terra comes to the fight
Two: Aqua come to the fight
Three: Ventus comes to the fight
Four: Ignis come to the fight
Now we must fight on!
We must fight on!
We must fight!

A battle is close, and you have a pair of wings
the paths where we'd go may seem to dark sometimes,
remember the stars they expect you to fly and to shine
We are their sky!!

Wake up, it's time to go!
You must face your fears
Wake up, it's time to go!
You'll never be alone again.
This may seem so unreal, going through the skies.

is not a dream, open your wings
and fly so high elemental guardian!

Itziar: ¿Momento de despertar? ¿Qué es este sentimiento?

—El tiempo se ha detenido para todos excepto Itziar, quien miro hacía todos lados y vio a sus amigos con lágrimas en sus ojos y decían, es tiempo de proteger al planeta tierra. Una extraña aura fue rodeándolo mientras su piel se erizaba, de repente se transportaron a otra dimensión, entre la oscuridad Zita e Itziar se miraban de frente.
Zita: Itziar.
Itziar: Zita, ¿quién eres?
Zita: Ven conmigo el planeta está en peligro.
Itziar: Los ataques que he recibido, ¿Están ligados contigo?
Zita: No, pero necesitamos de tu ayuda para reconstruir.

—El planeta tierra apareció al fondo y poco a poco fue marchitándose hasta mostrarse en cenizas.

Zita: Es momento de despertar, guardian elemental, hay una amenaza que se ha fortalecido y trae consigo malas nuevas, una revolución está a punto de dar inicio.
Itziar: Columbae, ella.
Zita: Si.
Itziar: Cuenta conmigo.
Zita: Después del concierto, sabrás todo.

—Regresando a la realidad, al finalizar la canción, fanfarrias y amenizados coros se hicieron resonar, el público aplaudía sin parar la participación de Zita presentando su más nuevo material.

Zita: ¡Gracias, por favor síganme apoyando!
Rocko: Wow, ¡Eso fue fenomenal!
Stella: Itziar.

—Mientras ella sale del escenario, Itziar la sigue con su mirada y paso a paso se abre camino entre la multitud para poder alcanzarla, en su mente la imagen de sus amigos en lágrimas y la noche pasada cuando

Columbae asistió al rescate de las tortugas, rosando su mano sobre Joshua y Juan, mientras la mano de Stella lo soltaba lentamente, mientras este se alejaba. Cuando llego a la parte trasera del escenario buscando a Zita, ella se marchaba en un automóvil sin decir adiós.

Itziar: Zita.
Carlos: Se han marchado, llegaste tarde. —Aparece detrás.
Itziar: Columbae, vamos, contesta mis mensajes.
Carlos: No volverás a escuchar de ella.
Itziar: ¿Qué?
Carlos: Digamos que estará indispuesta por una eternidad.
Itziar: ¡Carlos, estás loco!
Carlos: Tú has creado un monstruo conmigo y ahora tienes que asumir las consecuencias.

—Al tocarle el costado le da una descarga de energía que lo manda al suelo. Entonces en el aire apareció un portal dimensional.

Silver: ¡Copper!
Carlos: ¿Silver?
Silver: Se te abrieron las puertas de nuestra casa y se te dio la oportunidad de enmendar tus faltas, pero sigues empeñado en hacer lo que tú quieres.
Carlos: No demorare.
Silver: Sigue con lo tuyo, no te preocupes, que yo me encargaré de lo demás...
Carlos: Es un pesado. —Mientras Silver desaparece.
Rocko: ¿Se están divirtiendo?
Publico: ¡Sí!

—Antes de que el maestro de ceremonia siguiera, una gran distorsión se hizo escuchar, un sonido tan agudo que la mayoría reaccionó tratando de proteger sus oídos.

Silver: Primer ataque inmovilización. —Luego de un relámpago se le ve flotando en el aire sobre aquel escenario.

—Quienes vieron aquel resplandor, quedaron inmóviles de medio cuerpo hacia abajo, muy pocos son los que pudieron huir, el público restante gritaba desesperados al no haber una excusa lógica al no poderse mover con libertad.

Juan: Ah, ¿Qué es esto? No puedo moverme.
Joshua: ¿Quién es él, porqué está flotando en el aire?
Stella: ¡Ah!
Itziar: Stella, ¿Qué está sucediendo? —Al escuchar el grito de su amiga.
Carlos: No me interesa en lo mínimo, lo único importante aquí es terminar contigo de una vez por todas, quebrarte cada hueso, desaparecerte. —Dándole una patada en el estómago, luego se transforma a Copper.
Itziar: Aún no me explico que es lo que está sucediendo, pero debo hacer algo.

—Gran disturbio se escuchaba a consecuencia de los estragos de Silver en contra de las personas reunidas en el evento; fue cuando Itziar sintió un gran enojo e impotencia al no poderlos ayudar, recordando las palabras de Copper que él no era capaz de ayudar a alguien, así mismo recordó a su mamá y los reproches de su padre.

Itziar: ¡No más, ya no es tiempo de correr sino de enfrentarse al enemigo!
Copper: ¡Morirás y una vez mas no podrás protegerlos!
Itziar: ¡Suficiente! —Golpeando con su puño el suelo, encerrándose en una esfera azul.
Copper: ¿Qué? —Acercándose poco a poco a él.
Itziar: ¡Mis amigos me necesitan!
Copper: ¿Maldito, de dónde sacaste fuerzas?

—Al gritar, aquella esfera de energía detonó, arrojando a Copper contra una estructura, Itziar corrió apresurado hacia donde estaban sus amigos al otro lado del escenario.

Silver: Segundo ataque, derramamiento de...
Itziar: ¡Detente!
Joshua: ¡Itziar!
Silver: ¿Qué?
Itziar: Esto no está bien, no sé qué está sucediendo, pero tienes que parar esto.

Joshua: ¡No podemos movernos!

Silver: Tú eres el capricho de Copper ¿No es así?, No me sorprendería saber que escapaste de él, es tan débil.

Itziar: ¿Por qué no pueden moverse?

Silver: Yo estoy cumpliendo con mi trabajo, lo que aquel tonto debería de estar haciendo.

Itziar: ¿Quiénes son y qué quieren de nosotros?

Silver: ¡Vine a tomar su energía vital, no interfieras en mis planes!

Itziar: Que no interfiera, a estas personas no las vas a lastimar, así que déjalas ir.

Silver: Que fácil, me voy a retirar tan pronto substraiga su energía vital.

Itziar: ¿Energía vital? No tienes ningún derecho.

Silver: Que pena quiero informarte que lo he hecho durante mucho tiempo, estos seres mantienen al mundo en decadencia, mi deber es exterminarlos, incluyéndote.

Juan: ¿Nos quiere matar?

Stella: ¿Qué es este juego?

Joshua: Somos cientos de personas aquí, no creo que sea un juego.

Itziar: No tienes ningún derecho de quitarles la vida, tú no sabes lo que hacen ellos para proteger este planeta y los seres que viven en él.

Copper: Silver tiene razón nuestra obligación es eliminar a quienes destruyen este mundo, nosotros almacenamos la energía humana y una vez que hayamos recaudado la necesaria, tomaremos cada ciudad y el mundo entero.

Silver: ¡Silver attack! —Atacando directamente a Copper. —Tienes una boca muy grande, diste la espalda a tu misión, ahora estas fuera de esto, ni siquiera pudiste derrotarlo; cualquiera es superior a ti, eres un insignificante humano, parte de la escoria.

Copper: Vendí mi alma al diablo. —Lastimado tras el ataque de Silver.

Stella: ¿Itziar? Pase lo que pase debes seguir adelante...

Itziar: Tendrá que pasar sobre mi cadáver primero.

Joshua: ¡Itziar!

Itziar: No iré a ningún lado, no se quien seas, pero debes pelear con tus puños y no escondido detrás de tus trucos.

Copper: Creo que puedes protegerlos.

Itziar: ¿Copper?

Copper: Después de todo fui cegado por mi ira, no me lo perdonaré a mí mismo.

Juan: ¡No te preocupes por nosotros, Itziar, escapa!
Itziar: ¡No voy a dejarlos!
Juan: ¡Vamos, vete, no tienes que probar nada, tu eres nuestro hermano!
Joshua: ¡Es verdad, vete!
Copper: ¿Qué he hecho?
Silver: Ya dejen de parlotear.
Copper: Perdí mis estribos, mi único deseo fue siempre el de proteger, hoy he traído solamente muerte, me perdí en medio de la luz.
Stella: Itziar, corre por favor.
Itziar: Stella, Joshua, Juan.
Silver: ¡Segundo ataque: derramamiento de sangre!
Itziar: ¡No!

—De sus manos gran cantidad de energía rosa-metalizada surge, creando rayos eléctricos que rodean una esfera de luz la cual dispara directo a Itziar y Copper que al pasar sobre la multitud les va robando su energía vital incluyendo a los amigos de Itziar. Silver ve sin remordimiento alguno el pasaje de su ataque donde varios cientos de personas perdieron la vida en un abrir y cerrar de ojos, y allá esta Copper con su ropa desgarrada, en el suelo, Silver mira desconsideradamente los cuerpos carbonizados.

Silver: Que débil has sido Copper, todo un fiasco.
Copper: Que tarde ha sido el haberme dado cuenta de lo equivocado que estaba.
Silver: ¡Eres un fracaso!
Copper: En ocasiones quienes creemos estar en el camino correcto, fácilmente nos equivocamos y nos perdemos sin darnos cuenta, lastimosamente lo he comprendido demasiado tarde, si es verdad nosotros lo estamos destruyendo todo, pero eso no da motivos para iniciar una masacre como la que hoy me pesa sobre los hombros, ¡Silver!
Silver: ¡Silver Attack!
Copper: ¡Carlos, es mi nombre!

—El último ataque se encargó de eliminar por completo a Copper, Silver por su parte extiende su mano derecha para sostener la energía reunida y luego desvanecerse en el aire. La imagen del lugar tan escalofriante y llena de miedo será el primer ataque de mayor impacto con un mensaje al resto de la población y la excusa que traerá a reporteros, científicos y curiosos, para estudiar este hecho y la conexión de este con los sucesos extraños que se han venido observado alrededor del mundo. En tanto a Columbae se le ve despertar en una cama de hospital.

Columbae: ¡Oh no, Itziar!

—Quitándose el suero, sale sin autorización del lugar en shock y corriendo, encontrándose con la conmoción de patrullas y ambulancias que aprisa van en la misma dirección que ella, más tarde llego al lugar del ataque en donde Silver sin compasión algún había tomado la energía vital de tantas personas inocentes; Columbae entra al recinto por una entrada alterna la cual no está custodiada.

Columbae: ¿Quién pudo haber sido capaz de algo tan atroz? Que cruel Stella, Itziar, Joshua, Juan, perdón por no llegar a tiempo. — Aquellas figuras de ceniza comenzaban a desmoronarse.

Reportero: Así es, lo que ha ocurrido aquí no es más que un acto detestable fuera de este mundo, según algunas de las personas que presenciaron este suceso nos dicen, que no se explican como un hombre volaba sobre ellos y no pueden explicar qué clase de arma utilizo para causar tanto daño.
Conductor del noticiero: Has podido concretar esto con alguna autoridad.
Reportero: Ellos no han querido mencionar nada al respecto, la situación parece ser muy crítica ya que han cubierto la zona con miembros militares, espera en estos momentos se acercan a dar señalamientos.
Jefe de Policía: Público en general hoy nos ponemos de luto ante lo que hace menos de una hora sucedió aquí, no tenemos una respuesta aún de lo que ha pasado, realmente reprobables estos hechos, fortaleza a los familiares de las víctimas; les pedimos a quien tenga un familiar o amigo desaparecido que acudan al plantel B universitario en donde será el lugar para denunciar desapariciones, pero principalmente les pedimos respeto por favor. Nosotros haremos lo

posible por identificar a las víctimas y nos hemos declarado en estado de emergencia, toda jurisdicción publica está a la disposición para dar con el paradero del o los responsables. —Empuñando sus manos.

Reportero: ¿Señor tienen un estimado de víctimas?

Jefe de Policía: Aún estamos tratando de contar, pero el número hasta hace un momento era de 654, les rogamos discreción, el puerto Manzanillo se ha declarado zona de desastre y en luto ante esta crisis.

Reportero: ¿Señor cree usted qué se trate de un acto terrorista?

Jefe de Policía: Quien o quienes perpetuaron actuaron deliberadamente a sangre fría, les pido a los medios de comunicación que, por respeto a la comunidad, no lucren con este suceso utilizando el amarillismo, gracias.

Reportero: Ya escucharon lamentable suceso, al parecer todas las víctimas se encontraban en un evento universitario, no sabemos exactamente qué está pasando aquí, así que nos mantendremos alertas a la información que las autoridades brinden.

Conductor del noticiero: Muy triste en verdad lo que sucede, estaremos a la espera de nueva información, en unos momentos aparecerá en su pantalla los números de ayuda y los lugares a donde pueden acudir en caso de tener algún desaparecido.

—Más tarde en casa de Columbae.

Columbae: Lo siento Itziar no pude protegerte, esto se está yendo fuera de control y yo no sé qué hacer, mi deber era protegerte a ti y a ellos, lo siento. —Tocan a la puerta.

Columbae: Itziar, ¡estas vivo! —Al abrir la puerta este cae en rodillas.

Itziar: Columbae…

Columbae: ¿Itziar? —Abrazándolo fuertemente.

Itziar: Ya no están, ¡Me los han arrebatado!

Columbae: Stella, Juan, Joshua.

Itziar: ¡Ya no están!

—Sin darse cuenta, una gran masa de energía comienza a circular a su alrededor iluminando aquel cuarto, increíblemente su esencia se exterioriza. Lentamente ambos se separan una del otro, con los ojos cerrados, mientras que sus cuerpos flotan a centímetros del suelo.

—En tanto Silver se reunía con Ander en una dimensión paralela.

Silver: Señor.

Ander: ¿Qué has hecho?

Silver: ¡Mi trabajo! −Ve de reojo a Gold quien está a un lado de Ander.

Gold: Copper, resulto ser un iluso.

Silver: Era un inmaduro, no tenía las cualidades necesarias para ocupar el cuarto puesto como comandante, no vale la pena perder el tiempo ni esfuerzo con perdedores como él.

Gold: Hiciste lo correcto, además reuniste una muy buena cantidad de energía vital.

Ander: Ya veo, sigan con su misión, no debemos perder más tiempo.

Silver: Puedo sentir una energía creciendo en este lugar. −Sintiendo algo extraño.

Gold: Si, está incrementando.

Ander: Recluten marionetas, hagan su trabajo más fácil; a partir de hoy atacaremos colectivamente con ayuda de las Animated Shadows nos esparciremos a lo ancho y largo de la tierra conquistando y tomando la energía vital de los humanos, es momento de hacer público nuestra declaración de guerra.

Silver: Sí.

Gold: Se acerca nuestro momento señor.

Ander: Muy pronto.

−Al mismo tiempo, Itziar y Columbae envueltos en esta gran energía que comienza a girar alrededor de ellos aún más rápido que antes, hasta que los hace desaparecer teletransportándolos al muelle del puerto en abrir y cerrar de ojos.

Columbae: Itziar, ¿Cómo llegamos aquí?

−Itziar sin ningún gesto facial y con su mirada perdida permanecía de pie a su lado.

Columbae: ¿Qué es lo que pasa?

Itziar: Dime que no fue verdad.

Columbae: Lo siento.

Itziar: Quizás fue un sueño, a lo mejor es una de tus premoniciones ¡Vamos despiértame!

Columbae: Yo quisiera que fuera un sueño también, pero, esto es la realidad, además lo que nos acaba de pasar a ambos fue una teletransportación.

Silver: Así que ustedes fueron los que desplegaron tanta cantidad de energía ¿Sera acaso que Copper estaba tras de ti por esta energía? Es muy tarde ya para averiguarlo, no podemos dar marcha atrás, lo siento. —Riendo siniestramente.

Itziar: Reconozco esa voz.

Silver: Por un momento pensé que habías muerto al lado de Copper, ¿Cuántas vidas tienes gatito?

Itziar: ¿Tu? —Recordando la muerte de sus amigos.

Columbae: ¿Quién eres?

Itziar: ¡Es quien asesino a mis amigos, él es quien los alejo de mi lado y es quien va a pagar por ello! —Corre hacia Silver para golpearlo.

Silver: ¡Un momento! —Crea una barrera de energía que paraliza a su oponente. —Si no fuera por la imprudencia de Copper, tus amigos seguirían con vida; tanto tú como yo tenemos razón para estar enfadados con él.

Itziar: ¿Por qué?

Silver: No eres amenaza para mí, puedo destruirte en cualquier momento. —Lo suelta.

Gold: ¿No me digas qué estos dos son dueños de esa energía?

Silver: A mí también me sorprendió.

Gold: Démonos prisa con ellos.

Silver: Aunque puede que no sean tan comunes como parece.

Gold: Entonces acabemos con ellos cuanto antes.

Columbae: ¿Itziar qué sucede?

Itziar: Él estaba con Copper, ellos son quienes cometieron la masacre.

Gold: Silver, no has estado mucho tiempo en este lugar y ya tienes mala reputación, nunca olvides tus modales.

Silver: ¿Qué puedo hacer conmigo mismo? No me gusta perder el tiempo.

Itziar: ¡Basta, ustedes asesinaron a mis amigos, no puedo permitir que sigan con vida, no puedo!

Columbae: ¿Itziar?

Itziar: ¿Por qué lo hicieron? Ellos no les dieron motivos.

Silver: ¿Y qué harás, ponerte a llorar?

Itziar: Maldito, te hare pagar lo que le has hecho a mis amigos. −
Corre y tira un golpe detenido sin problema alguno por Silver.
Silver: Te daré otra oportunidad ¡Vamos, tira tu mejor golpe!
Itziar: No estés jugando conmigo. −Lleno de rabia regresa lanzando
golpes.

−Silver sin hacer tanto esfuerzo los esquivo uno a uno, hasta que
decide tomarlo del pecho, colocando su palma abierta; sin hacerse
esperar Itziar toma de los brazos a Silver tratando de   librarse, pero
es en vano, entonces un campo de energía aparece alrededor de Itziar
y Silver en donde ondas de aire giran alrededor de ellos, elevando una
polvareda. Silver suelta a Itziar rápidamente, el polvo comienza a
disiparse y puede verse a Itziar a unos pasos al frente de Columbae y
del otro extremo a Silver y a Gold a diez metros de retirado.
Silver: No me hagas reír, es esta la forma como piensas vengarte, te
mostraré como se pelea ¡Silver attack!
Itziar: Ah, que erróneo estas, si tan solo utilizaran ese poder para bien
de la humanidad.
Silver: ¡Suficiente parloteo, te eliminaré de una vez por todas!

−Llevando su mano derecha en puño hasta sobre su hombro
izquierdo, conteniendo energía.

Columbae: ¡Ah! −Exponiendo sus manos, el suelo alrededor de ella
comienza a temblar.
Silver: Así que tú eres la dueña de esta extraña energía, no veo caso
de seguirla   malgastando.
Gold: Aunque podría existir otro camino para ustedes.
Silver: ¿Qué tienes en mente Gold?
Gold: Podrían unirse a nuestras filas.
Columbae: ¿Qué?
Itziar: ¿Bromeas?
Silver: Ahora que lo pienso, no suena nada mal, si se unen a nosotros,
les será otorgado un gran poder, además podrán seguir viviendo en el
nuevo mundo que construiremos.
Itziar: Tú eres un asesino, ¿Por qué crees qué somos iguales? −Corre
una vez más y tira otro golpe, aunque es detenido sin dificultad
alguna.

Silver: ¿Aún no entiendes con quién te metes? —Tomándolo del cuello lo azota contra el suelo.

Itziar: ¡Ah!

Columbae: ¡Detente!

Silver: Te unes a nosotros o te borro en este momento. —Rayos salen de su mano que comienzan a electrocutarlo.

Itziar: ¡Ah, jamás!

Columbae: ¡No lo hagas!

Gold: ¿A dónde vas? —Con un abrazo la paraliza no permitiéndole llegar hasta donde Itziar.

Silver: ¡Decidan ahora, únanse a nosotros o prepárense para morir!

Columbae: ¡Ah!

Itziar: ¡Columbae!

Gold: ¡Decídanse ya!

Silver: El juego ha terminado.

—Alrededor de los cuatro, corrientes de aire aparecen formando un furioso tornado, Columbae e Itziar quienes estaban siendo amagados, quedan libres cuando Silver y Gold sienten la furia de este tornado; los cuatro son levantados como plumas para luego caer no muy retirado uno del otro.

Itziar: ¿Estás bien?

Columbae: Sí.

Silver: Eso fue divertido, hazlo una vez más.

—Itziar mira hacia ella, mientras un aire arrasador llega de repente deteniendo el camino a Silver, Gold mira de reojo a sus costados.

Ventus: ¡Se ha escuchado por los cielos el mensaje de batalla!

Itziar: ¿Qué?

Columbae: ¿Quién?

Silver: ¿En dónde estás?

Ventus: ¡He atendido al llamado, soy Ventus, guardián del elemento viento y demando esta tierra con el poder que se me otorga!

Itziar: ¿Ventus?

Columbae: ¿Guardián del elemento viento?

Silver: Rata nefasta.

Gold: Interesante.

—De las manos de este nuevo personaje una apresurada energía se dispara hacia Silver y Gold, convirtiéndose en un monstruoso tornado, sin embargo, ambos escapan desvaneciéndose antes de poder ser tragados completamente.

Ventus: Guardianes, han acudido al llamado, acompáñenme.

Columbae: ¿Nosotros?

Ventus: Vamos a un lugar menos transitable. —Llegan al final del muelle.

Itziar: Es absurdo, todo lo que está pasando ¿Qué es todo esto?

Ventus: Me doy cuenta de que no fui el único guiado a ustedes, seré claro y directo, nuestra misión es recuperar al mundo de las garras de la destrucción.

Columbae: Ventus, ¿Por qué nosotros?

Ventus: Somos los elegidos que libraran al mundo del mal, desgraciadamente la situación cada vez es más crítica, nuestra reencarnación es la señal del cambio necesario que se acerca.

Columbae: Ellos, ¿Por qué cometen tanta atrocidad?

Ventus: Se hacen llamar "la gran familia legendaria" y han iniciado una revolución, particularmente roban la energía que mantiene con vida a las especies, pero solo toman la energía almacenada en los humanos.

Itziar: Cazan humanos.

Ventus: Si.

Columbae: ¿Cuál es la razón? ¿Por qué lo hacen?

—Antes de seguir con la explicación, una tropa de Animated Shadows llega al lugar para atacarlos, han sido enviados por Silver y Gold.

Ventus: Manténganse atrás de mí.

Columbae: ¿Qué son esas cosas?

Ventus: Animated Shadows, hoy no obtendrán más energía porque en este momento las borraré de la faz de este mundo ¡Ventus tornado!

—Creando un tornado Ventus y los otros permanecían en el ojo protegiéndose de las Animated Shadow cuales al querer ingresar al remolino son destruidas, sin embargo, mientras unas se disipaban, otras aparecen.

Columbae: ¡Son demasiadas!

Ventus: ¡Ventus Ráfaga!

—Animated Shadows, entes animados servidores de la gran familia, que van robando la energía de los humanos, auto reproduciéndose.

Ventus: Quieren sobrepasar mi poder, nunca había peleado con tantas como ahora.
Columbae: Creo poder ayudar en algo. —Creando barreras de protección.
Ventus: Buen trabajo.

—Aquellos seres oscuros comenzaron a atacar al mismo tiempo, lo que daba menos oportunidades de recuperación, hasta encarcelarlos mientras que se apilaban una a una sobre ellos. Fue entonces cuando una energía de color verde comenzó a resplandecer bajo todas aquellas Animated Shadows hasta crear una explosión que los libera de su cárcel.

Ventus: Yo me encargaré del resto, ¡Ventus ráfaga! —Eliminando al resto de sombras.
Animated Shadows: ¡Animated!

—Luego de eliminar a aquel gran número de seres oscuros, otros nuevos aparecieron, aunque se esperaron en atacar simplemente los rodearon.

Itziar: ¿Columbae?
Terra: ¿Yo?
Ventus: En hora buena, has despertado tu verdadera identidad, Terra.
Itziar: ¿Terra?
Terra: Soy Terra, ¿Guardián del elemento tierra? —Llorando.
Ventus: Guardián Terra has despertado.
Terra: Por fin, esta es la razón de mi nacimiento, mamá, papá, por fin se quién soy; Itziar lo ves no estoy loca.
Itziar: Columbae, eres una mujer muy fuerte.
Ventus: Terminemos con ellas.
Terra: ¡Terra Estruendo!
Ventus: ¡Ventus Tornado!

—Ambos de pie cubriéndose las espaldas quedan en su forma de ataque.

Terra: ¡Wow, no puedo creerlo!
Ventus: Has logrado despertar tu verdadera identidad como guardiana, buen trabajo.
Terra: ¡Gracias!
Ventus: Siento no haber llegado a tiempo, pero ya estoy aquí.
Itziar: eh.
Ventus: El planeta se divide en cuatro sectores, mi sector está en Europa y junto con el guardián Ignis, nos encargamos de mantener el equilibrio juntos. Ustedes han nacido en este sector y por tanto les pertenece pelear y defender las Américas.
Itziar: Entonces, ¿Soy un guardián también?
Ventus: Así es, pero nuestro despertar llega a su debido tiempo, sin embargo; este lugar parece encerrar algo más que un punto de encuentro es por eso por lo que decidí acudir cuanto antes, su energía me guío a ustedes.
Terra: ¡El ataque de hoy! Debemos detener a los responsables.
Itziar: Estos poderes, ¿Cómo puedo obtenerlos?
Ventus: Llegaran en su debido tiempo, veras…

—Relata el momento en que accedió a dejar su vida cotidiana para convertirse en guardián, a la edad de 16 años, él vivía en un orfanato; mientras juega fútbol con otros huérfanos, una de las asistentes llama a su mejor amigo.

Asistente: ¡Tristán, acércate! —Acompañada de una pareja.
Tristán: Oriol, es la misma pareja del otro día.
Oriol: Creo que sí.
Asistente: Han hecho muy buena elección, Tristán, es muy buen chico, una persona muy noble; acércate, Tristán, recuerdas de nuestra platica acerca de la conexión entre ustedes, Tristán, a ellos les gustaría ser tu nueva familia.
Tristán: ¿Pueden también adoptar a Oriol?
Asistente: Ya hablamos de eso, no pueden hacerlo, lo siento.
Tristán: ¡Pero no quiero dejarlo solo! —Se aleja corriendo.
Oriol: Tristán…
Asistente: ¿A dónde vas?

—Súbitamente Oriol se acerca a ellos.

Oriol: No se preocupen, él estará listo en un momento. —Va en busca de su amigo.

Asistente: Gracias.

Oriol: ¿Qué sucede?

Tristán: Es que ellos vienen a firmar los papeles de adopción.

Oriol: ¡Me alegra mucho, al fin vas a tener una familia, un hogar!

Tristán: Pero ¡Tú eres la familia! No me quiero ir sin ti.

Oriol: No te preocupes, yo estaré bien… Sabes la directora me dijo que había varias familias interesadas en mí, tienes que ir con ellos, en cualquier momento yo también partiré.

Tristán: ¡No quiero separarme de ti! —Dándole un fuerte abrazo.

Oriol: Aunque vayas lejos jamás nos separaremos, me mantendré en contacto contigo a diario ¡Vamos! Te están esperando, esta es la oportunidad que tanto anhelaste y no habrá otra, además, ellos son buenas personas, estoy seguro de que cuidaran de ti.

Tristán: Por favor, no me sueltes.

Oriol: ¡Jamás te soltaré! El mundo es muy pequeño, estoy seguro de que algún día no muy lejano volveremos a encontrarnos.

Tristán: ¡No sé a dónde iré, pero ten por seguro que te buscaré y volveremos a estar juntos!

Ventus: Más tarde, mientras él se alejaba con su nueva familia, yo subí hasta la azotea del edificio pues el último motivo que tenía para vivir se había marchado pero no pude detenerlo, porque sería muy egoísta de mi parte; así que decidí lanzarme al vacío sin ninguna otra esperanza, cuando caía, fue entonces que alguien me llamo y me hizo saber que mi principal razón de existir era fundamental para el mundo y al atender al llamado estaría protegiendo el mundo de Tristán, no dude ni un segundo en tomar la decisión. Al pisar el suelo, me di cuenta de mi transformación como Ventus el guardián del elemento viento, fue ahí que comprendí que mi vocación era la de proteger y para poder hacerlo tenía que escapar de aquel lugar y comenzar mi entrenamiento. Una luz guío mi camino y desde entonces he viajado protegiendo a este mundo y a las personas que lo necesitan, desde un principio ayude a los ciudadanos en emergencias sin hacerme notar, luego mi área de trabajo fue creciendo, pero en los últimos años la amenaza ha aumentado considerablemente y creo que

el arduo entrenamiento al que me he sometido por fin dará frutos, una vez que terminemos con la amenaza que aqueja al planeta, entonces tendré un mundo mejor que ofrecerle a Tristán.
Itziar: Lo siento.
Ventus: No, la vida me ha hecho más fuerte e independiente, decidí no involucrarme sentimentalmente hasta que todo esto terminé.
Itziar: Yo acabo de perder a mis mejores amigos y no me siento fuerte sino todo lo contrario.
Ventus: ¡Vamos, de pie! —Extendiéndole la mano.
Terra: Yo también estaré a tu lado, debes ser fuerte.
Itziar: Si. —Quedando de pie, junto a ellos.

—Un ligero soplo de viento llega de repente al lugar llenando de ansiedad a los tres, cálida esencia que impregna el lugar, una sensación que hace latir agitadamente su corazón y hace que su piel se erice con tal presencia.

Naturae: Guardianes del planeta tierra.

—Itziar gira rápidamente su mirada al escuchar la voz de esta persona, Terra también al igual que Ventus hacia dónde provino aquella voz.

Itziar: Esa voz...
Naturae: Han respondido al llamado.
Ventus: Naturae.
Naturae: El momento ha llegado, la amenaza está creciendo y el planeta   necesita de ustedes para su equilibrio.
Ventus: Señora todo está listo, los cuatro elementales están a su disposición.
Terra: ¿Cuatro elementales? Eres la misma persona de entonces. —Recordando su encuentro anterior.
Itziar: ¿Proteger?
Terra: ¿Itziar la reconoces? Es la misma persona que encontramos días atrás con aquella niña y el cachorro.

—Itziar seriamente avanza unos pasos en dirección opuesta a ellos mas no lo suficiente, Naturae lanza una pequeña esfera de luz azul hacia él, esta se materializa en agua y como hilos recorre el cuerpo de Itziar, quien juega con ella con sus manos y luego la deja caer al suelo.

Naturae: ¡Tú eres un guardián protector también, Aqua guardián del elemento agua!

Itziar: No, he perdido a mis amigos y ya no tengo a quien proteger en este mundo.

Terra: ¿Itziar?

Naturae: Cada uno de ustedes tiene una responsabilidad, una misión que cumplir.

Itziar: Yo no quiero.

Naturae: Esta es la razón de tu existencia, no puedes correr de tu responsabilidad.

Itziar: ¿No se dan cuenta? No he podido proteger a mis seres queridos ¿Cómo vienes a pedirme qué proteja a este mundo?

—Mientras tanto desde un punto cercano, Silver y Gold los observan sigilosamente, cuando una tercera persona se hace aparecer, automáticamente son transportados a otra dimensión.

Silver: ¿Sucede algo?

Ander: Gold, Silver, el efecto domino será activado ¡Dentro de muy poco tiempo este mundo será purificado!

Gold: Señor Ander.

—Crea en el suelo un portal por el cual se comunica con los integrantes de la gran familia legendaria.

Ander: Si les he encomendado a ustedes esta misión es porque creo que ustedes tienen el mismo deseo que yo, recuperar nuestra libertad y poder así guiar a este planeta y a nuestra familia hacia la prosperidad, así como cada uno de ustedes confió en mí, yo confió en ustedes para alcanzar el éxito sobre esos intrusos que solo destruyen y acaban con lo que nos pertenece ¡Es momento de ponernos de pie y salir a derrotar a quienes una vez nos arrebataron todo, es hora de atacar, defendamos nuestro mundo y obtengamos la victoria!

—En aquel oscuro lugar se escuchan unos tacones acercándose.

Ander: Sus cuerpos provienen del suelo y como tal deben retornar a él, que irónico, la plaga que mata a esta tierra fertilizara la misma con sus cenizas.

Gold: Así será, mi Señor.

Roser: ¿Quién será el verdadero intruso en este planeta? Para ellos nosotros estamos equivocados, aunque nosotros sabemos que estamos haciendo lo correcto, ellos lo creen para si también, cada uno ve lo que quiere ver.

Ander: Bienvenida.

Roser: ¡Señor!

Ander: Acaso creen ustedes que si las cosas fueran diferentes nosotros estuviéramos aquí, si fuimos puestos en este camino   fue por una razón importante, es por eso por lo que confió en ustedes en todos los aspectos.

Roser: Silver, Gold.

Silver: ¡Roser!

Roser: Así que Copper resulto ser un fiasco.

Gold: Bienvenida, tercer comandante de la gran familia.

Silver: Señor hemos identificado a poseedores de una energía especial muy concentrada, se hacen llamar guardianes elementales.

Ander: Háganle saber a los elementales que tomaremos el control de este planeta, estamos listos para el gran acto que nos hará recuperar la tranquilidad y la victoria sobre la Raza Humana ¡El Armagedón!

Gold: ¡Así lo haremos, derrotaremos a quien se oponga!

Silver: ¡Hagámoslo!

Roser: Así sea.

−Alrededor del mundo personajes que pertenecían a la gran familia legendaria escuchaban atentos al llamado de Ander no solo en las sombras, pero también a la luz del sol, entre las masas caminando en las grandes ciudades, hospitales, escuelas; personas de la sociedad que atendían y servían al poder de Ander, el siniestro mensaje provocó un grito perturbador que también los elementales lograron escuchar.

−De regreso al Muelle.

Terra: ¿Qué fue eso?

Ventus: Aún permanecen cerca. −Mirando de reojo las cercanías.

Naturae: Aún sin saber que eras la reencarnación del elemento Aqua, tu disponibilidad para proteger esta tierra es reconocida.

Itziar: ¿Yo?

Zita: ¡Me alegra volver a verte Itziar!

Terra: Pero si es la misma niña.

Zita: Nuestra misión es reestablecer el balance natural.

Itziar: Apenas eres una niña.

Zita: No me subestimes.

Terra: Eso quiere decir que tú eres el cuarto elemento.

Ignis: No puedes escapar a tu responsabilidad, cada uno de nosotros ha tenido que dejar atrás su vida material, lo que hemos vivido o construido, para responder al llamado, cada uno de nosotros ha sacrificado su vida; es nuestro deber y propósito ver por este planeta, ser vigías en las madrugadas y soldados en las batallas.

Itziar: Dime algo Zita, ¿Están tus padres con vida?

Zita: ¿Mis padres biológicos?

Itziar: Si dime ¿Viven?

Zita: Es muy probable, la verdad es que jamás los conocí, fui abandonada a la intemperie, fue gracias a Naturae que estoy con vida.

Itziar: Naturae, es muy extraño que los cuatro provenimos de familias disfuncionales ¿Acaso tienes algo que ver con la desaparición de mi Madre y la de los padres de ellos?

Terra: ¿Qué?

Naturae: Desafortunadamente, estamos en un mundo de revolución y despertar, en donde las personas viven en la lucha de elegir entre practicar lo correcto o lo erróneo para sí mismos y su entorno, los seres humanos son la especie dominante en este planeta, en ellos rige la decisión y el futuro de las demás especies y la de ellos mismos; en tanto ustedes son quienes rigen el poder de los elementos naturales, de ustedes depende que la vida del planeta tierra este en equilibrio. Por lo tanto, temo informarte que la casualidad de que todos ustedes tengan familias disfuncionales no depende de ustedes ni de mí, sino de las decisiones que sus padres tomaron y también de su propio destino.

Itziar: Ahora recuerdo, ustedes estuvieron ahí en el evento.

Terra: ¿Eh?

Itziar: Y teniendo estos poderes ¿Por qué no intervinieron?

Naturae: Lo siento, sé que es muy difícil para ti.

Itziar: Tú no lo sabes ¡No sabes que es perder a tus amigos, a tu familia!

—Itziar recuerda lo acontecido luego del ataque de Silver, en otro punto de la misma playa, despertó alejado de todos.

Itziar: ¡Stella, Juan, Joshua... los demás! —Agitadamente se levanta, viendo hacia el lugar de los hechos. Tengo que regresar, mis amigos me necesitan Stella, Juan, Joshua. Esto debe ser un sueño, no pudieron haber muerto, tengo que llegar allá. —De pronto tropieza y cae a la arena, su mirada esta nublada por el llanto.
Naturae: ¡Este es el momento de despertar a tu verdadera identidad!
Itziar: ¿Quién está ahí? No tengo tiempo, mis amigos me necesitan.
Naturae: Ellos ya no están.
Itziar: Calla ¡Ellos no pueden morir, no deben hacerlo! si tan solo hubiera sido más fuerte, si me hubiera arriesgado, ellos seguirían conmigo. Golpeando fuertemente la arena.
Naturae: La devastación que aqueja al mundo solo puede terminar con la acción de los elementales, debes desatarte de todo y venir conmigo.
Itziar: ¡No, tú no entiendes, ellos son mi razón para seguir adelante!

—Poniéndose de pie comienza una carrera por la playa. Al fin llega exhausto al lugar del ataque, sin embargo, el área ya ha sido acordonada y tanto fuerzas policiacas como del ejército se mantienen vigilando, prohibiendo la entrada a curiosos.

Itziar: Pero ¿Qué es todo esto? ¿Por qué tuvieron que ser tan crueles?

—Al ver la escena comienza a sentir su cuerpo pesado, empuñando sus manos, corre cruzando el cordón amarillo llegando hasta donde sus amigos: Stella, Juan y Joshua quienes permanecen en la posición que tuvieron al momento de morir.

Itziar: ¡Oh, no! —Al intentar tocarlos estos se derrumban, e Itziar llora inconsolablemente.

—A los gritos de Itziar varios uniformados corren para sacarlo de ahí lo antes posible, sin embargo, no pudieron evitar que las personas que se encontraban ahí mantuvieran la cordura, iniciando un cantar de llanto, mientras que un par de personas caían desmayadas, todos mostrando su lado vulnerable.

—De regreso al Presente.

Naturae: Nosotros no podemos involucrarnos directamente.
Itziar: Fue muy frio de su parte, ¿Cómo poder observar una matanza sin hacer algo para impedirlo?
Zita: Nuestro propósito es recuperar la estabilidad ambiental, recuerda "Si este mundo pierde el equilibrio, toda vida existente en él también se perderá" debemos darles prioridad a las cosas.
Itziar: No dejo de pensar que ellos son inocentes que no merecían la muerte, ellos también atendían al llamado de proteger este planeta.
Zita: Crea un mejor lugar para las futuras generaciones, esa es la razón principal de tu existencia.
Naturae: Es la energía vital lo que mantiene en movimiento al universo, por favor atiende al llamado.
Terra: Hagámoslo juntos Itziar.
Itziar: ¿Es esta la razón de mi existencia? Siempre lo quise así, me refugié en ellos cuando mi madre desapareció y crecimos buscando en convertirnos en super héroes, como los que veíamos en televisión, contar con poderes que defenderían a todos.
Terra: Y así se convirtieron en héroes, aunque sin super poderes lograron muchas metas, este es el siguiente paso.

—Entonces tres ataques combinados sorprenden, el primero llegando del cielo.

Ventus: ¿Qué es esto?
Zita: ¿Quién ataca?
Gold: ¡Soy el ángel dorado quien tomará su energía vital, el primer comandante de la gran familia legendaria, Gold!
Zita: ¡No te será fácil!
Ventus: Cubran a Naturae.
Terra: Si.
Zita: Nuestro deber es combatir a cualquier intruso que venga con intenciones destructivas, me pregunto si estás listo para sentir mi flama ardiente ¡Ignis elemento de fuego!
Gold: Tomaré esa energía quieran o no ¡Golden Attack!

—Antes de que aquel ataque de Gold llegara, Zita se transforma y contra ataca.

Ignis: ¡Serpiente de Fuego! —Ambos ataques chocan sin lesionar a una u otro.

Roser: Pongan su energía a nuestra disposición y no sufrirán.
Terra: ¿Quién eres tú?
Roser: ¡Soy la tercera comandante de la gran familia, Roser!
Ignis: Al atacarnos se convierten en intrusos de este mundo.
Ventus: ¿Acaso no saben con quién están tratando?
Gold: ¡Vamos, entreguen su energía vital!

—Ventus se da cuenta de una tercera persona detrás de Itziar.

Silver: Gold, en estos momentos no podemos actuar sutilmente, sino quieren rendirse, entonces tomemos su energía a la mala, yo soy el segundo comandante de la gran familia, Silver.
Itziar: ¡No olvidaré lo que le has hecho a mis amigos, jamás!
Ignis: ¡Itziar!
Itziar: Jamás entenderás lo que mis amigos significan para mí, y si este es el único medio para derrotarte, entonces aceptaré este poder.
Gold: ¡Anillos Dorados!
Ignis: ¡Ah!

—Ignis queda inmovilizada por uno de los anillos dorados de Gold mientras trata de proteger a Itziar, por su parte Terra y Ventus también quedan atrapados por el mismo ataque al cubrir a Naturae; una vez atrapados reciben una fuerte descarga de electroshocks.
Terra: ¡Ah!
Ventus: Ignis debemos sacarla de aquí.
Ignis: Entiendo.
Silver: Somos tú y yo ahora ¿Qué harás al respecto?
Itziar: Juan, Joshua, Stella ellos no tenían nada que ver, ninguno de ellos merecía morir de esa manera.
Silver: ¿Qué te puedo decir? Seguramente estaban en la hora y lugar incorrectos.
Itziar: Eres un insensato.
Naturae: Itziar naciste para nadar contra la corriente.

Itziar: ¡Ah!
Gold: ¡Gold Attack!

—Pronto los tres encadenados reciben otra fuerte descarga, debilitándolos aún más.

Itziar: ¡Columbae!
Terra: Existen momentos en los que tu deber es no descansar sino pelear. —Poniéndose de pie lentamente. —Ellos realizaron su misión, lucharon para proteger a este mundo, no puedes rendirte ahora que más te necesitamos ¡No puedes abandonar sus esperanzas! — Rompiendo los anillos que la mantenían prisionera.
Itziar: Ah, espera, estás lastimada.
Terra: Esto no es nada comparado con tu sufrimiento.
Itziar: Mis Amigos. —Agachando su mirada.

—Ignis y Ventus se ponen de pie y rompen aquellos anillos dorados.

Gold: Acabemos con ellos ¡Golden Attack!
Roser: ¡Dark Thorns!
Itziar: ¡Ya no correré, el momento ha llegado!

—Un aura azul cubre a Itziar, el cual comienza a elevarse y extendiendo sus manos, se mira flotando.

Itziar: ¡Puedo sentirlo, esta extraña sensación, no cabe duda es la fuerza del mar!
Terra: Itziar.
—Itziar cierra sus ojos mientras se lleva sus manos al pecho y en el ataque simultáneo, dagas negras de Roser aparecen en dirección a los elementales y estas alcanzadas por el ataque de Gold, toman fuerza maximizando su poder, Itziar abre sus ojos y entonces se aprecia una esfera de agua fluyente a máxima velocidad que lo rodea para después precipitarse hacia el exterior, impidiendo que el reciente ataque de Roser y Gold los alcance y así esta explosión de agua deja a la vista a Aqua transformado.

Aqua: "Nosotros los elementales protegeremos este mundo de todo aquel que atente contra él"

Naturae: Guardián Aqua…

Ignis: Bien dicho, no permitiremos que lleguen al corazón del planeta.

Gold: Si trabajan con nosotros el mundo prosperará, erradicaremos a la raza humana, entonces el equilibrio será el fruto de nuestro pacto.

Ventus: De ninguna manera, esta batalla tiene que ser limpia.

Silver: ¿Limpia? si no lo has notado, la raza humana está en decadencia y con ella arrasará con todo si no le ponemos un alto.

Roser: Nosotros estamos dispuestos a arrasar con todos ellos antes de que causen más destrucción.

Aqua: Hay personas inocentes que actúan con bien, es por ellos que lucharé.

Terra: Si nos apresuramos, detendremos la destrucción que se acerca.

Gold: Es por eso de nuestra misión, nosotros somos el futuro, uno de paz y armonía.

Ventus: ¿Es por eso por lo que quieren tomar nuestra energía?

Gold: Hasta ahora ha sido un malentendido, tenemos una meta a cumplir.

Naturae: Las especies tienen que coexistir o perecer juntas.

Ignis: ¡Naturae!

Aqua: Eso suena bien, si quieren vivir en paz y armonía tienen que cooperar con ello, en lugar de matar y lastimar sin compasión.

Silver: No es tan sencillo como parece.

Aqua: ¿Eh?

—Entonces un estruendo aquejó aquel recinto cuando Ander se hizo aparecer y del cielo bajo en medio de una parvada de Animated Shadows que oscurecieron el lugar.

Ander: Es un placer conocer en persona al corazón del planeta y a sus guardianes, los elementales.

Gold: Señor Ander.

Ander: Me preguntaba porque tardan tanto con algo tan simple, solamente tienen que robar su energía vital es todo.

Ventus: ¡Ventus Tornado!

—En coordinación con su cuerpo Ventus da vida a cuatro tornados que se levantan al cielo hacia Ander y estos arrasan con todas las Animated Shadows.

Ander: ¿Quieren oponerse a mí, pero si seguir permitiendo que esa basura de humanos los mate lentamente?

—Sin aviso alguno Ander extiende sus brazos al frente y descarga una fuerte cantidad de energía oscura.

Aqua: ¡Elementales!

—Al momento los cuatro saltan y cubren a Naturae, recibiendo ellos aquel fuerte ataque que los eleva con dichas descargas de energía y luego caen precipitados.

Ander: ¿Es esto de lo que ustedes son capaces? Buenos para nada, tráiganme su energía.

—Rápidamente Gold se acerca hasta Naturae, cuando mira en cámara lenta como Ventus se interpone entre ellos logrando tomarlo del brazo.

Ventus: No lograras tu cometido. —Crea un remolino de viento feroz el cual envuelve a ambos y forcejeando en medio de este los dos son levantados y azotados con tal fuerza.
Roser: Juego de niños, ¡Dark Thorns!
Terra: ¡Yo te haré frente a ti y a quien atente contra ella! —Creando un campo de protección que obstaculiza aquel ataque.

—Roser salta siendo una vez más interceptada por Terra, Roser Utilizando lianas de poder y con tal inercia ata a la otra, ambas siguen una pelea a varios metros de ahí cuando Terra logra golpear a Roser con un potente Terra estruendo, ambas caen drásticamente.
Aqua: Estás listo.
Silver: No me hagas reír.
Ignis: Seré yo quien te haga frente ¡Serpiente de Fuego!
Aqua: ¿Ignis?

—Su fuego ardiente en forma de serpiente se alza y corre a enrollarse a Silver, mientras este rompe aquel poder, llega Ignis a pegarle directamente, aunque él reacciona con un "Electroshock" muy a tiempo lo que crea una explosión ardiente arrojándolos en sentidos opuestos y aturdidos entre shocks de energía.

Ander: Parece que haré el trabajo por mi cuenta. —Almacenando
energía oscura entre sus manos.
Naturae: Ander.
Aqua: No tan rápido.
Ander: Eres una repugnante cucaracha. —Disparando un ataque
directo a Aqua.
Aqua: ¡Ah! —Su cuerpo es alzado en el aire y retorcido.
Aqua: Ignis, Terra, Ventus… —Los ve a cada uno de ellos.

"Escuchad el canto del Universo".

—En aquel instante en donde los elementales hacen su esfuerzo por
proteger a Naturae y en el que Ander intenta imponer con fuerza sus
ideales, una extraña voz se escucha y bajo el azote de energía Aqua
permanece de pie mientras que todos los caídos comienzan a
reaccionar.
Aqua: No me importa quien seas, no te saldrás con la tuya en cuanto
a ustedes es mejor que se pongan de pie ahora, si es que quieren que
pelee a su lado.
Terra: Aqua.
Ignis: Te escucho.
Ventus: Hagámoslo.
Aqua: ¡Elementales!
Terra: ¡Terra Estruendo!
Ignis: ¡Serpiente de Fuego!
Ventus: ¡Ráfaga de Viento!
Aqua: ¡Torrente Marino!
Ander: ¡Ha! —Sin decir palabra, lanza un contra ataque.

—Aquellos cuatro aprovechando la euforia de Aqua, combinaron sus
poderes para atacar a los miembros principales de la gran familia
legendaria, con velocidad un gran tornado de agua, tierra, fuego y
viento se alzó como un brazo hasta Ander, el cual resistió y su ataque
era succionado sin problema por aquel tornado, mientras que Roser,
Silver y Gold retrocedían ante la arrasadora inclemencia aquella, por
su parte Naturae y los elementales no les perdían de vista.

Terra: Que energía tan poderosa.
Aqua: ¿Es éste el verdadero poder de un guardián?

Naturae: Nos retiramos.
Ignis: Si.
Ventus: Como usted ordene.

—Cuando tal remolino dejo de moverse, una torre quedo en su lugar. Los elementales los abandonan.

Gold: Desaparecieron.
Ander: Insolentes, han decidido su destino, ya nos volveremos a encontrar.
Silver: No tardaré en localizarlos.
Ander: No, ya tendremos otra oportunidad con ellos ahora lo más importante es seguir con nuestro plan, el efecto domino.
Gold: El área de África está lista.
Roser: Lo mismo digo de Europa, tan solo espero sus órdenes.
Silver: Asia nos espera con ansias.
Ander: Perfecto, vayan y den iniciación al juego, luego regresaremos al continente americano a terminar el trabajo que le correspondía a Copper, yo me encargo de los elementales.
Silver: Adios.
Roser: Bye-bye.
Gold: No tardo.
Ander: Gold…
Gold: Dígame.
Ander: Falta muy poco, el momento de vengarnos está muy cerca.

CADA DIA ES UNA NUEVA OPORTUNIDAD PARA
CONVERTIRTE EN LA PERSONA QUE SIEMPRE
HAS SOÑADO SER.

3 MIRA A TU ALREDEDOR

–Una entrevista con el sociólogo y ambientalista Abraham O. se lleva a cabo en un noticiero:

A lo largo y ancho del mundo acontecimientos que han ocupado las primeras planas en los periódicos y los noticieros tienen que ver con la violencia y odio, estos dos factores se han salido de control drásticamente, abriendo las puertas a otros problemas como consecuencia, todo esto es parte de la irracionalidad de la creación, los entes que fueron diseñados para resguardar el planeta tierra y crear un equilibrio de igualdad, han fallado, desquebrajándose sus pilares, han ido desquebrajando lo que les rodea, mal administrando lo que les fue heredado, un claro ejemplo de esto es el problema ambiental, somos en nuestro conocimiento la especie más ignorante, pues aunque sabemos el daño que provocamos al abastecer nuestras necesidades, lo seguimos haciendo y todavía sabiendo que existen otros medios para suplir esos catastróficos métodos, no lo hacemos por el simple hecho de explotar hasta llenar esos bolsillos haciéndonos tontos nosotros mismos. Todos somos cómplices de la matanza, crueldad y avaricia al consumir ciertos productos pues apoyamos sin quererlo así a estos organismos, sin darnos cuenta estamos cavando nuestra propia tumba llevándonos a otros de paso, de igual manera promoviendo la esclavitud no solo a animales sino a nuestra misma raza.

Poner en práctica hacer lo correcto parece difícil de lograr, abiertamente digo que el pilar principal que sostiene a esta excusa es el valor económico, para un padre o madre de familia que sostiene a sus hijos(as) con un sueldo mínimo, el consumir productos indispensables para sus necesidades diarias no incluye el ponerse a pensar en cual afecta menos al ecosistema en si, sino piensa en cual se adapta mejor a su bolsillo; tanto como al gran empresario que no puede dejar de perder miles y miles de ganancias tan solo por sacar del mercado ese producto suyo que envenena al mismo consumidor y que contribuye a la extinción de especies en este planeta.

¿No sabes cómo cambiar y ser mejor? comienza por no tirar basura en las calles, se voluntario de alguna organización ecologista, que ayude y libere a los animales. Ayuda a tu prójimo y deja de cometer malas acciones en contra de los demás que es suficiente con los problemas y experiencias que cada uno carga.

Por favor no lastimen a los seres indefensos, ellos no son inferiores a ustedes, ellos no cuentan con las habilidades que ustedes, es por eso por lo que no pueden defenderse, en la mayoría de los casos esos indefensos animales son sometidos, aterrados, a lo que seres sin piedad sean capaces de hacerles, seres que ya no pueden llamarse humanos; los animales tienen sentimientos y sienten el dolor, paremos de hacer maldad a otras especies. Cuantas especies viven en cautiverio en este momento ¿Te gustaría saber qué es lo que experimentan día a día hasta morir? No es difícil encontrar casos de esta índole ya que está al alcance de todos y lo vemos o presenciamos, y aun así seguimos apoyando su tortura, ellos necesitan de nuestra ayuda, no compres animales porque no sabes en las condiciones que las personas les hacen vivir.

Ciudadanos, no se duerman, despierten; digan no a la corrupción en nuestra sociedad, hagan valer su voz y sus derechos. Cada persona en este mundo no es más ni menos que la otra, todos somos iguales, somos una misma especie, tengan los principios para poder distinguir lo bueno de lo malo, no se dejen utilizar por personas corruptas que tratan de enriquecerse ilícitamente, no teman ante la opresión y no se aparten de la verdad. "Este planeta es la única razón del porque existen", no es la fama ni el dinero, la pobreza o pandillerismo, empleen el poder del sentido común para liberarse del caos, la esclavitud, la arrogancia y la inequidad; vivan y dejen vivir, disfruten y dejen disfrutar a otros porque nadie vive más de cien años con la misma fuerza vital.

Las piezas del rompecabezas están allí esperando para que alguien se anime a unirlas y el mensaje es individual, debemos de utilizar nuestros conocimientos, fuerza y voto en pro del medio ambiente y cada especie existente. no permitan que la negligencia e ignorancia obstaculicen su camino hacia el futuro, eso es lo que obtendremos a cambio, un nuevo día con nuevas oportunidades para seguir disfrutando, coexistiendo con el resto de los habitantes.

Conductor: Gracias Abraham O. por concedernos la entrevista, algo más que quieras decir para terminar.

Abraham: Gracias por brindarme este espacio para transmitir mi mensaje, pueden leer más en mi e-book gratuitamente, consideren un momento para descargarlo, recuerden el mundo les hace un llamado. La verdad es que me gusta decir las cosas como son, pues no todas las personas entienden de la misma manera.

Conductor: Gracias una vez más, amigos "un llamado de esperanza" es el nombre de esta publicación, es una reflexión para ponerse en práctica.

Abraham: Gracias una vez más.

—Luego de terminar el segmento y sin ya nada que tener que hacer allí, Abraham decide marcharse, desde que salió de la televisora se sentía complacido por haber promovido el mensaje y su libro, después de manejar un buen rato por la autopista, por medio del retrovisor se da cuenta de que algo o alguien lo sigue, como es de noche solo mira siluetas; hasta que en un punto deshabitado orilla el carro y al salir entonces lanza un suspiro profundo al sentir en su rostro el fresco viento de la noche, gira un poco su cabeza sobre su hombro y dice:

Abraham: No han tardado en responder. —Cae súbitamente.

—Luego de escuchar un extraño sonido en el viento, una lluvia de ataques sublimes le hieren, aunque sutil, mortal.

Abraham: He cumplido mi propósito en este mundo, al fin podré regresar a las estrellas.

—Sonidos de motocicletas llegan al lugar y dos siluetas corren a auxiliarlo.

AEblue: Llegamos tarde.

AEred: Brilla y vuelve a brillar una vez más, eres libre.

Abraham: He visto el rostro de la muerte y tiene unos ojos muy dulces.

–Entonces el cuerpo de Abraham comienza a desintegrarse en chispas de luz, esta es la mera representación de lo que es la energía vital esparciéndose por medio del viento en aquella noche, de regreso al ciclo del universo.

AEblue: ¿Estás listo?
AEred: Desde el momento en que nací.
AEblue: Entonces vamos.

–Aquellas dos siluetas se montan en sus motocicletas e inician a toda prisa su marcha hacia la ciudad de Los Ángeles.

"El sentido de sobrevivencia es la mera razón que motiva a las especies a seguir adelante".

"Las ideas que se nos han inculcado sobre la inmortalidad y la vida eterna en este plano, no se compara con lo que realmente el universo nos ofrece y en lo que muy pocos se atreven a indagar".

"Vivimos en una sociedad que miente en nuestra cara, y nosotros hemos creído en cada una de esas mentiras sin poner resistencia, pero todo termina e inicia con la verdad".

Ander por su parte continua con su estrategia, aumentando su ejército conforme gana terreno. El efecto domino le ayuda a robar la energía, exterminar a las personas y a la vez crear un nuevo miembro, una nueva Animated Shadow.

Los continentes no son solo presa de Ander y la gran familia legendaria, también muestran notaciones climáticas adversas que se han enfatizado en los últimos días, como era de esperarse, instituciones políticas y privadas más que enfocarse en la realidad que aqueja a millones de personas persisten en mirar por sus intereses financieros y de poder.

Los noticieros giran sus miradas a lo que está aconteciendo, la población alrededor del mundo asustada comienza a volcarse a las calles en donde con marchas en silencio exigen orden y doble concientización en medio del caos existente. La torre creada por los elementales se mantiene acordonada herméticamente, la zona es declarada zona de peligro, en tanto a los habitantes de esta región, aunque no forzados si se les ha hecho saber de una movilización voluntaria para desalojar el área.

Una de estas marchas se lleva a cabo en el área norte de América, en donde un alto número de personas se hacen presentes en las calles principales de la ciudad respondiendo al llamado para exigir que todo lo que está sucediendo haga un alto, la mayoría de las televisoras tienen cobertura máxima en estos acontecimientos haciendo presencia desde sus helicópteros, desde luego la policía está presente para frustrar cualquier atentado.

Gold: Todo servido en bandeja de plata. —Desde la cima de un edificio.
Roser: Ellos nos hacen el trabajo aún más fácil, tontos.

—Una nube oscura pasa por el lugar, alarmando a los presentes ya que el día es más que soleado, de pronto cientos de sombras aparecen a los costados y rodeándolos crean una jaula perfecta, lo que llena de pánico a las personas de la orilla.

Gold: Esta es la señal que estaba esperando ¡Golden Attack!

—Corre y salta al vacío, su ataque de ser un rayo de luz se divide en cientos de hilos que van directo hacia las personas y al ser tocadas caen sin razón aparente al suelo robándoles su energía vital, la gente perturbada y llena de pavor grita tratando de alejarse del lugar, sin poder escapar; la mayoría de los miembros de policía inician una serie de disparos hacia las sombras, al no encontrar reacción alguna dejan de disparar mientras llaman a la base para pedir refuerzos, aquellas sombras comienzan a atacar a los presentes, por su parte los helicópteros muestran una toma de la masa de gente y la magnitud del peligro, verdaderamente son una presa fácil, entonces una de las cámaras se enfoca en Gold y le hacen un acercamiento al notarlo entre la multitud caminando y riendo, mientras todos corren despavoridos.

Piloto1: ¿Pero qué demonios es esto? La multitud está siendo atacada, lo que nos temíamos ya está aquí en la ciudad; esto no se mira nada bien ¿Pueden ver lo que yo veo ahora? Esa persona está caminando entre la multitud mientras todos marcan su espacio ¿Será acaso quién esta perpetuando este ataque?
Noticiero: Nos estamos enterando que unidades de la policía y paramédicos ya han sido delegadas para atender este caótico suceso.
Piloto1: No sé cómo describir esto pero que impotencia de no poder hacer algo.
Noticiero: Por favor mantente con nosotros.

Roser: Parece que a Gold le gusta llamar la atención, sin embargo, yo lo haré a mi estilo, aunque este es uno de mis ataques que menos uso y no por el hecho de no funcionarme sino porque no es tan práctico, pero creo que con la ayuda del viento lograra su propósito ¡Pétalos de rosa, espárzanse!

—Roser luego de pensar mucho, lanza su ataque, y frente a ella se aprecia como cientos de pétalos rojos salen disparados, con ayuda del viento y la inercia caen desde lo alto sobre la gente, estos, al tocar a una persona se le pega de tal forma que no puede quitarla absorbiendo la energía sin dificultad de su víctima.

Gold: No solo es fácil sino divertido, ¡Mueran!
Roser: Terminaremos antes de lo planeado, ¡Pétalos de rosa, espárzanse!

—Una ocasión más los pétalos son lanzados al viento con el mismo propósito sin embargo esta vez cada uno de ellos se rompe en el aire mientras caían.

Roser: ¿Qué? ¿Por qué no funciono?
AEblue: ¡Eso no se hace!
Roser: ¿Quién se atrevió? —Mirando a todos lados buscando de donde proviene la voz.

—Desde el edificio contiguo una silueta corre y salta, llegando hasta donde Roser.

Gold: Eh. —Notándolo.
AEblue: ¡Es momento de entrar en acción!
Roser: ¿Qué? ¡Dagas de Roser!
AEblue: Es mejor que abortes tu misión. —Esquivando el ataque.
Roser: ¿De verdad? —Sonriendo malévolamente.
Gold: Mira ¿Qué tenemos aquí?
AEblue: Ah, no tienen ningún derecho de hacer esto, no hay nada que justifique quitarle la vida a alguien.
Roser: Nosotros no necesitamos clases de ética, eso ve y muéstrales a tus políticos.
Gold: ¡Gold attack!

AEblue: ¡Cabeza dura! —Esquivandolo.

Gold: Eso es, corre para que no te alcancemos.

AEblue: No estoy corriendo, solo esquivo tus ataques.

Roser: Tonto, no sabes con quien estas tratando.

Gold: No tengo ningún motivo para perder tiempo contigo, es inútil que escapes a mí.

AEblue: Mi deber es proteger a estas personas y si ustedes son de quien tengo que cuidarlos, entonces no me tentaré el corazón para lastimarlos, ellos solo quieren encontrar paz y equidad.

Gold: Pero que melodramático eres, ¡Roser, continua con ellos, yo me encargaré de ese!

—Frente a frente, Gold y AEblue están listos para enfrentarse mientras que Roser salta al vacío siguiendo con sus ataques.

Gold: ¡Anillos Dorados! Nadie escapa a mí.

AEblue: Ah, ¿Qué es esto?

Gold: La ratonera perfecta.

—Al mismo tiempo, Roser ha llegado a tierra entre pétalos que le han ayudado con el salto, observa a las personas aturdidas y Animated Shadows acechando tras ellas.

Roser: Ni siquiera sus vestiduras blancas puede redimirlos.

Policía: ¡Detente, pon las manos arriba! —Titubeando.

Roser: Como tú digas. —Con estilo sube las manos y suelta un polvo amarillo que va directo hacia él.

Policía: ¡No puedo moverme!

Roser: Que maravilla, eso es gracias al Polen Roser, eso te enseñara a no meterte con quien no debes, a estas alturas la tolerancia hacia ustedes ha terminado, yo misma me encargare de ti.—Caminando hacia él.

Policía: ¡Suéltame!

Roser: Te aseguro que no sentirás dolor alguno. —Le dice al oído.

—Aquella coloca sus manos sobre el pecho de aquel hombre y entre gritos extrae su energía vital, una vez esto, aquel cae a suelo desvaneciéndose y de las cenizas una Animated Shadow aparece.

Roser: ¡Ve colecta más energía! —Soltando una carcajada siniestra.

AEblue: ¡Lo que están haciendo, no está bien!

Gold: Y ahora sigues tú.

AEblue: Hasta crees. −Patea una pequeña esfera hacia Gold, que hace estallar creando una polvareda, para luego saltar al vacío.

Gold: ¿Es en serio?

AEblue: ¡Hasta la vista!

Gold: Maldito, aunque trates de correr no te librarás de mí.

−Esto dice mientras acercándose a la orilla para ver a AEblue caer, descubre que este creo una gran burbuja azul la cual lo protege de caer precipitadamente.

AEblue: El propósito de ese hombre era de mantener a salvo a esas personas.

Roser: ¿Eh? −Aquella esfera azul cae sobre ella y la tumba al suelo.

AEblue: No tenías por qué eliminarlo, él no te ha hecho nada.

Roser: Uno más, uno menos ¿Qué diferencia hay?

−Sin avisar, un ataque de Gold lo golpea por la espalda, aventándolo a varios metros de distancia.

AEblue: Ah, no me esperaba ese golpe.

−Mientras tanto en la guarida de la gran familia legendaria.

Silver: Señor, el plan está dando resultado, todo está saliendo como lo predijo.

Ander: Es fascinante ver a esta humanidad comiéndose unos a otros sin ningún remordimiento, nosotros solo cubrimos los huecos.

Silver: He buscado a los guardianes elementales, aunque puedo sentir su presencia no puedo localizarlos.

Ander: Ya tendremos una segunda oportunidad, raza humana, has creado tantas divisiones entre ustedes que nos facilitan el trabajo, son como ovejas que se separan del rebaño y nosotros somos los lobos, simplemente seguiremos aprovechando esa ventaja, los guardianes elementales no pueden estar más agradecidos.

Silver: Es momento de continuar con mi misión, pido permiso para retirarme.
Ander: Silver.
Silver: ¿Sí?
Ander: Estamos muy cerca de nuestra meta.
Silver: ¡Si!

—En aquel momento, mientras Silver camina apartándose de Ander un recuerdo del pasado le llega a la mente.

Silver: El día que comenzó mi travesía en la reconquista del planeta, mi vida como un simple humano dejo de existir, tras perder a mi familia ya sin nada en este lugar de calamidades   conocí al señor Ander, quien sin importarle quien era me brindo el calor de un nuevo hogar y el apoyo de una nueva familia; este es el momento indicado para agradecerle tanto apoyo y poder que me ha brindado, pelearé con todas mis fuerzas para devolverle un poco de satisfacción, recuperar el paraíso que un día nos fue ofrecido y arrebatado por estas alimañas, es momento de que conozcan al verdadero Silver.

—De regreso a la calle.

Gold: ¿Pensaste que escaparías?
AEblue: Ah...
Gold: Nadie escapa al gran Gold. —Atacando nuevamente.
AEblue: ¡Eso dolió!
Gold: Basura.
Roser: ¿Eres un revolucionario?
Gold: Muestrales a su salvador.

—Rápidamente unas lianas verdes salen del suelo, donde Roser se encuentra, recorriendo hasta donde AEblue, enrollándose alrededor de su cuerpo, es levantado cual trapo y lo muestra hacia las personas que se encuentran truncadas emocionalmente.

Roser: He aquí a este quien se atreve a enfrentarnos, lo mismo sucederá a ustedes, es mejor que dejen de correr porque será en vano.

—Los rostros aterrados de la masa se esconden entre unos y otros, pero se quedan paralizados de terror observando lo que harán con aquel joven. Inesperadamente una botella de agua sale disparada de entre la multitud y acertadamente golpea a Gold en la cabeza.
Gold: ¿Quién demonios se atrevió?
Niña: ¡Déjalo ir!

—Por un momento aquel bullicio dejo de escucharse, cuando una niña valiente de aproximados diez años les hacía frente a los malhechores.

Niña: ¡No te des por vencido!
AEblue: Jamás.
Roser: ¡Calla! —Lo azota al suelo, pero sigue manteniéndolo atado.
AEblue: Tarde o temprano, su tiranía va a terminar, cuando ellos se den cuenta del poder que tienen en sus manos.
Gold: En ese caso, terminemos con esto de una vez, les mostraré el terror antes de arrebatarles lo más valioso que tienen, te daré la peor de las muertes para que ellos sean testigos de lo que les sucederá en unos segundos ¡Gold attack!

—Un sonido hueco de metal se escucha a lo lejos, mientras que este exclama su "Gold Attack" y la energía comienza a fluir y abastecerse en sus brazos, al expulsar tal poder en segundos cientos de pequeñas esferas aparecen cubriendo el suelo por donde están parados; luego se inflan tomando el tamaño de una pelota de béisbol de un color rojo, aquel joven atrapado entre las lianas de Roser apenas y alza su mirada para ver lo que viene.
Gold: ¿Eh?
Roser: Que truco barato.
AEblue: ¿Verdad?

—Como si la voz tuviera un control para activarlas, estas esferas comienzan a girar en su mismo lugar a poca distancia del suelo hasta tomar un color más metalizado, además el sonido de metal hueco que claramente producen estas esferas, se replica cada vez más y más hasta que en un intento de Gold por lanzar un nuevo ataque provoca que todas estas esferas se activen, saliendo disparadas hacia él y Roser, golpeándolos una y otra vez, aun tratando de esquivarlas es inútil y es hasta que ya no quedan más que el auto ataque termina, cortando de paso las lianas que mantenían atado a AEblue el cual queda liberado.

Roser: No entiendo ¿Cómo hiciste eso?

Gold: Maldito, usaste mi propio ataque en mi contra.

AEblue: Así que ustedes se hallan detrás de todos esos actos vandálicos y de terror, ni siquiera respetaron el hecho de que estas personas marcharan exigiendo paz.

Roser: El mal se encuentra entre los humanos, ustedes son la principal amenaza, es por eso por lo que tenemos que erradicarlos cuanto antes.

AEblue: ¿Los humanos? Hablas como si vinieras de otro planeta, se coherente.

Roser: ¡Es porque no somos iguales! Cuando Ander me quito la venda que me cegaba, pude ver la cruel realidad, eso es lo que me diferencia de ustedes.

AEblue: ¿Cuál realidad, tu realidad? ¡Lo que tú quieres ver no es la verdad sino una falacia creada por ese tal Ander que les ha lavado el cerebro!

Roser: Veo que te gusta jugar al héroe. −Mirándolo fijamente.

Gold: No hay otra realidad, ¡Gold Supreme Attack!

AEblue: ¡Ah!

−Entonces entre AEblue y Gold, una silueta rápidamente aparece luego de que Gold lanzara su potente ataque, y con esto un gran campo de protección resguarda a AEblue derrapando la feroz energía.

Gold: ¿Ahora qué?

AEred: He venido acudiendo al auxilio de los necesitados, ¡Esferas Legendarias Aequor actúen! −Usando la misma energía en su contra, los golpea sin fallar.

Roser: ¿Cómo haces eso?

Gold: ¿Quiénes son ustedes?

AEblue: Pensé que no preguntarías.

AEred: Nuestra misión es la de proteger a quien lo necesite y enfrentar a maleantes como ustedes ¡Soy quien detendrá tus planes malévolos, mi nombre es Aequor Red!

AEblue: Y yo ¡Soy quien despertó para convertirse en un guerrero, Aequor Blue!

AEred: En este preciso vamos a ponerle fin a su estupidez.

Roser: Ya lo veremos.

Gold: ¡Roser, vámonos!

Roser: ¿Pero?

Gold: Las Animated Shadows terminaran con el resto, ya no hay nada más que hacer aquí.

Roser: Ah.

AEred: ¿Te encuentras bien? —Brindándole la mano.

AEblue: Aequor Red, tardaste mucho.

AEred: Tuve un pequeño imprevisto.

AEblue: Pues ese pequeño imprevisto, crece cada vez más.

AEred: ¿Sabes lo que tenemos que hacer?

AEblue: Sí, estoy listo.

AEred: Terminemos con esto cuanto antes, ya nos encargaremos de esos cobardes.

AEblue: Como tú lo digas.

—Luego de que Gold y Roser partieran, AEblue y AEred se enfrentarían a los cientos de Animated Shadows que continuaban reproduciéndose.

AEblue: ¿AEred?

AEred: Dime.

AEblue: Tengo hambre.

AEred: Yo, ya comí.

AEblue: ¿Qué? Eres un desconsiderado, en cuanto a ustedes dormirán por la eternidad ¡AEblue Esferas Legendarias! —Esparce a su alrededor unas esferas de energía azul las cuales se mantienen orbitando.

AEred: Bien hecho, ahora es momento de una buena jugada ¡AEred Golpe Directo a las Estrellas!

—Una esfera roja aparece flotando frente a él y con la ayuda de un taco de billar de energía da un golpe certero, el cual rebota entre las esferas azules y tomando velocidad todas se esparcen golpeando una a una a las Animated Shadows absorbiéndolas con el golpe luego sale disparada hacia otra Animated Shadows y así sucesivamente librando del peligro a los asistentes a la misma vez ambos corren entre la multitud según vaya avanzando su ataque. Desde lo alto de un edificio, Silver aparece y se le ve bajar observando los destellos que AEred y AEblue originan en aquel mar de gente.

Silver: ¿Pero qué demonios está pasando aquí?

—Súbitamente todas las Animated Shadows detienen su ataque y en posición erguida permanece sin moverse, luego de un breve momento se desvanecen en el aire.

Animated Shadows: ¡Animated! —Desaparecen.
Silver: ¡Maldición! —Desaparece.
AEred: ¿Adónde han ido?
AEblue: No lo sé, pero, logramos encerrar a un buen número ¡Hagámoslo ahora!
AEred/Blue: ¡Brillen más que las estrellas!

—Aquellas esferas salen disparadas hacia el cielo y muy en lo alto detonan cual juegos pirotécnicos, mientras la gente asustada se distrae con estos destellos; el grupo Aequor sale a toda prisa del lugar hasta llegar a donde sus motocicletas e igual se marchan entre el bullicio del tráfico.

AEred: ¡Buen trabajo!
AEblue: Algo detuvo al resto, se marcharon antes de poder nulificar su energía.
AEred: Por suerte detuvieron su ataque, pero me temo que las cosas solo empeoraran.
AEblue: ¿Ahora qué haremos?
AEred: Mantengámonos alerta.

—En sus motocicletas ambos se van mientras la conmoción sigue, fuerzas policiales hacen su arribo para atender a los ciudadanos mal heridos.

—Mientras tanto, Ander, quien se encontraba en su escondite veía desde su trono el universo alrededor de él, anonadado por su

Excélsior, entonces percibió la presencia de Gold y Roser aproximarse.

Ander: Es un Universo inmenso y nosotros peleando por un solo planeta.

Gold: Señor Ander...

Roser: Señor, discúlpenos por haber fallado.

Ander: Gold, la energía que los humanos nos brindan es sin duda la que mejor nos abastece, aunque lograron almacenar mucha energía, es increíble que hayan huido de sus responsabilidades.

Gold: Perdón, pero unos vagos se interpusieron y.

Ander: El poder que tienes es superior al de cualquier sabandija, esa es la razón por la cual eres mi primer comandante, dime ¿Cuántos eran cien, mil, un millón?

Gold: Fueron dos.

Ander: ¿Dos basuras?

Roser: Yo solo seguí las ordenes de Gold.

Ander: Mi paciencia se ha terminado, entiendan que estamos a momentos de tomar el mundo y no solaparé ningún error, ni siquiera de ti Gold.

—En ese momento un resplandor surgió y tras ella Silver.

Gold: Ah.

Silver: Esta fue la energía recolectada, me pregunto ¿Por qué abandonaron no solo su misión sino también a nuestro ejército de Animated Shadows?

Gold: ¡Silver!

Silver: El resto fue confiscado y cientos de sombras aniquiladas.

Gold: ¿Qué?

Silver: Si te hubieras quedado a supervisar, nuestro ejército ahora sería mayor.

Ander: ¿Cuántos millones de personas habitan la tierra?

Roser: Arriba de siete millones.

Ander: Y que esperan ¡Vayan y aniquilen a todos!

Gold: Sí, vamos Roser.

Ander: Ve solo.

Gold: Eh.

Ander: Tengo un mejor plan para ella.

Gold: De acuerdo. −Desaparece.

Ander: ¿Qué han sabido de los elementales?

Silver: Todavía nada.

Ander: No regresen con las manos vacías.

Roser: De acuerdo.

Silver: No lo defraudaremos.

−Fuera de aquel espacio, Gold divagaba furioso por quedar como un cobarde frente a su líder.

Gold: Maldición, tengo que encontrar a ese par de gusanos, tienen que saber el error que cometieron, no permitiré que me dejen en ridículo y tomaré su energía sin ninguna consideración, yo no soy ningún cobarde. −Recuerda.

Ya comenzada la noche, en medio del bullicio del tráfico de la ciudad, se ve corriendo a un joven que era perseguido por unos vándalos, este agotado y lleno de temor corre lo más que puede tratando de perderse de su vista, sin embargo, es derribado por uno de ellos cuando este le golpea las piernas con un tubo de metal, tan solo se ve caer muy cerca de un charco de agua sucia y con la caída pierde sus gafas.

Auriel: ¿Qué quieren? Déjenme en paz.

Vándalo 1: Si ya déjenme en paz niño-niña. −Gritaba con burla y risa.

Vándalo 2: Pero dale sus gafas, para que vea lo ridículo que es.

−Al dar un paso el tercer vándalo quien se suponía tomaría las gafas intencionalmente las pisa quebrándolas y dejándolas inservibles.

Vándalo 3: Ups lo siento, creo que se quebraron.

Todos carcajeaban, luego sin ninguna causa uno a uno lo escupen mientras que el más maldito orina sobre él.

Auriel: Como deseo tener la fuerza para matarlos.

Vándalo 3: ¿Perdón?

Vándalo 2: Pero si nada más estamos jugando, no tomes nada personal.

Vándalo 1: Me estas aburriendo, ¿Te gusta el fútbol?

Vándalo 3: Dijo que si, entonces tú serás el balón. —Comenzaron a patearlo.

Auriel: Ya no tengo la fuerza para seguir viviendo, ya no quiero vivir.

—En aquel instante mientras el cuerpo de Auriel era embestido a golpes, sin compasión alguna, su mente se trasladó a otra dimensión en donde de entre las tinieblas una voz le comenzó a hablar.

Voz: Auriel, Auriel no debes rendirte.

Auriel: ¡Simplemente ya no quiero seguir, este mundo me da asco!

Voz: ¡Yo puedo ayudarte a terminar con tu sufrimiento, hacerte más fuerte y tú con ese poder lograras eliminar a toda escoria de este planeta!

Auriel: ¡Ya no me interesa nada, ya no quiero seguir viviendo en un mundo como este, un mundo cruel y sin compasión!

Voz: ¡Si aceptas mi poder, darás castigo a estas alimañas, erradicarlas completamente y crear una utopía!

Auriel: Yo no quiero convertirme en un asesino, pero ellos.

Voz: ¡No serás un asesino, sino un justiciero que salvara a los inocentes de la desgracia, ya no volverás a exponer a nadie más a este tipo de experiencias, nuestra familia tiene un lugar especial para ti y jamás volverás a sentirte solo!

Auriel: ¿Familia? Ellos asesinaron a mi familia. —Recordando la muerte de su familia, no por estos vándalos sino por otros terceros.

Voz: Entonces te ayudaré a vengar a tus seres queridos.

Auriel: ¿El poder de la justicia? —Seguía siendo golpeado.

Vándalo 2: Parece que ya lo tronamos.

Vándalo 3: Haber tu revísalo a ver si trae dinero.

Vándalo 1: Mira trae una cadena de oro.

—El cuerpo de Auriel sin movimiento alguno permanece tirado en el suelo, ellos se acercan para asegurarse que este muerto, pero Auriel abre sus ojos y logra tomar a uno del cuello.

Auriel: ¡Ya basta! —Sin soltarlo se levanta.

Vándalo 3: Hey ustedes que esperan quítenmelo.

Vándalo 2: ¿Por qué no me puedo mover?

Vándalo 1: Yo tampoco puedo, es un brujo.

—Auriel mismo pisa sus propias gafas mirando con gran enojo a aquellos tres, cuando estos comienzan a flotar llenos de pavor y sin poder huir.

Auriel: ¿Durante cuánto tiempo estuvieron atormentando a los residentes de aquí? ¿Cuántos actos vandálicos perpetuaron y cuántos asesinatos llevaron a cabo? Tan solo por unas cuantas monedas; hoy han topado con un muro, yo me encargaré de hacerles pagar todas sus faltas, a partir de hoy mi único motivo de existir será el de juzgar uno a uno a toda la escoria que mantiene a la población reprimida.

—Mientras habla sus ojos se iluminan y un aura dorada aparece alrededor de él exponiendo sus manos hacia los vándalos.

Vándalo 1: ¡Por favor déjame ir! Tengo hijos que me esperan en casa.
Vándalo 2: Si, te prometemos que ya no lo haremos.
Auriel: Ustedes ya no tienen remedio, han causado tanto mal que si desaparecen en este preciso momento tomará años para que todo el daño que han hecho pueda ser olvidado.
Vándalo 3: ¿Y qué vas a hacer, denunciarnos a la policía? En menos de lo que imagines ya estaremos afuera y te haremos pagar por esto.
Auriel: No se preocupen, no llamaré a la policía.
Vándalo 1: Gracias señor, mire yo voy iniciando en esto y si caigo preso mi madre sufrirá mucho.
Auriel: Has de ser un hijo pródigo preocupándote por tu madre. —Ríe a carcajadas.
Vándalo 1: Eh.
Vándalo 2: Déjanos ir, ya estamos arrepentidos.
Auriel: ¿Arrepentidos? Ustedes no podrán imaginarse el terror y sufrimiento que han causado, pero les haré una mejor propuesta.
Vándalo 3: ¿Qué quieres a cambio?
Auriel: Si los libero ahora ¿Me prometen qué ya no volverán a hacerlo? No harán más daño ni cometerán más fechorías, me ayudarán a crear un mejor mañana, un lugar perfecto en donde nadie deba de temer y alcanzaremos la utopía. Mañana cuando los rayos del sol cubran las calles ya no habrá nada que temer y nadie de quien huir, caminaremos con sonrisas en el rostro respirando un aire menos tenso, ¡Mañana cuando amanezca ustedes ya no existirán y serán tres menos por quien preocuparnos!

—Su rostro de odio que es alumbrado por rayos dorados que lentamente ejecutan a los tres vándalos haciéndolos sufrir sin piedad alguna entre sus gritos y bañados en sangre, aquellos tres maleantes son arrojados al suelo y con la misma sangre de estos escribe sobre un trozo de cartón tres menos de quien preocuparnos.

Auriel: ¡Soy el inicio del cambio! A partir de hoy me encargaré de que todos los criminales paguen aquí en la tierra por sus actos vandálicos.

Gold: Desde ese momento he dedicado mi vida a eliminar la maldad que habita en la sociedad, estar al servicio de Ander ha traído la mejor recompensa de todas, pero para lograr un mejor mundo será necesario eliminar a todos ellos, todos viven llenos de maldad y mi deber es crear un mundo libre de peligros para nuestra gran familia. Me di por vencido completamente porque nuestro sueño es el mismo.

—Gold, se encontraba flotando sobre una colina desde donde logra apreciar la ciudad, llega a él una Animated Shadow rodeando y enrollándose en su cuerpo, para susurrarle al oído.

Gold: Buen trabajo, esos dos tuvieron la desgracia de haberse encontrado conmigo y no saben lo que les espera.

—Mientras tanto, el dúo Aequor descansa a la orilla de una colina en la cima de un parque donde pueden apreciar el otro lado de la ciudad.

AEblue: Cada vez son más.
AEred: La aceleración en el proceso de multiplicación fue muy notable.
AEblue: Los ataques se han incrementado, si siguen atacando de esta manera no podremos atender a todos los llamados.
AEred: Ahora no son solo esas sombras, sino el enemigo directamente.
AEblue: Todo se salió de control, si tan solo pudiéramos abarcar mayor terreno en menos tiempo.
AEred: No tenemos otra alternativa que la de pelear intensamente.

AEblue: Debemos encontrar la manera de terminar con esto cuanto antes, me ha sido difícil, pero ellos nos necesitan, es por eso de que me esforzare aún más.

AEred: El plano es muy extenso.

AEblue: Hemos viajado por todo el mundo, yendo de un lugar a otro haciéndoles frente y siguen multiplicándose.

AEred: No podemos darnos por vencidos.

AEblue: ¿Adónde irán a parar todas esas sombras que teletransportamos?

AEred: Me imagino que a algún lugar feliz ¿No crees?

AEblue: Estas siendo sarcástico ahora.

AEred: No, simplemente digo que es mejor terminar con su suplicio.

AEblue: ¿Adónde iremos cuando nuestro cuerpo deje de funcionar? Sabes, siempre me hago la misma pregunta y para ser sincero no creo ni en el cielo o el infierno, no por ser blasfemo, pero porque con la doble moral que todos practicamos y de la forma que el poder mundial actúa y ejerce, no me interesa seguir siendo parte de su control, ya no porque entonces ¿Qué función témenos cada uno de nosotros? Creo que una vez que nuestra energía vital abandone nuestro cuerpo esta regresara al ciclo original del universo.

AEred: Desde luego que sí, el plan del Universo es infinito y aún la destrucción es parte fundamental para la creación.

AEblue: Somos el equipo Aequor.

AEred: Somos guerreros y somos fuertes.

AEblue: No hay tiempo para siestas.

AEred: ¡Limpiemos la ciudad!

—Entonces una descarga de energía los sorprende golpeándoles con tal magnitud que son arrojados al suelo estrepitosamente.

AEred: ¿Qué fue eso?

AEblue: Ah.

—Espasmos de energía aparecen en el aire mientras ambos se alistan para el ataque, tratando de saber de dónde proviene miran a su alrededor entre los árboles... cuando a sus espaldas aparece uno de los integrantes de la gran familia.

Gold: Son... Tan fácil de localizar.

AEred: No tenemos por qué escondernos.

Gold: Ni tienen idea alguna de con quién se han metido.

AEblue: Digamos que no nos importa, para nosotros defender a quien lo necesite de maleantes como tú, es lo que nos mantiene en movimiento.

Gold: Está bien, no derrocharé mi tiempo, solo vine a quitarles su energía vital personalmente ¡Golden Attack!

—Entonces su ataque inmediato creo un gran resplandor cegándose así mismo, luego de esto, suelta una carcajada desquiciada.

AEblue: ¡No tan rápido!

Gold: ¿Cómo han escapado a mi ataque?

—Entre el grupo Aequor y Gold, la energía del ataque estaba siendo contenida en esferas titilantes alrededor de ellos.

AEred: ¡Es momento de parar la masacre que están causando, no tiene sentido!

AEblue: Gente inocente está pagando sin tener culpa alguna, esto tiene que terminar.

Gold: Claro que tienen culpa y ustedes al igual que ellos pagaran por meterse en lo que no les incumbe, prometí hacer pagar a los culpables y es lo que haré, ya no harán más daño.

AEblue: Los inocentes no hacen más que recibir los azotes de despiadados como tú y ahora no solo tienen que cuidarse de aquellos usurpadores en el poder, sino que además de ti y tu grupo desalmado; la paz que todos anhelan se está perdiendo en el cauce de una realidad distorsionada.

Gold: Para que andarnos con juegos, eliminándolos a todos traerá esa paz ¿Qué no se dan cuenta si no existieran los humanos las demás especies existentes reclamarían a esta tierra? La humanidad más que proteger al mundo y sus especies está acrecentando el dolor, trayendo muerte a seres indefensos, pero claro, ustedes no ven esa realidad posiblemente porque también forman parte de esa ideología, son parte de la escoria.

AEred: Nadie tiene derecho de arrebatarte la energía vital, nosotros estamos en contra de esos quienes no respetan al Universo, pero tus acciones te convierten en un verdugo más y no en un protector

¿Puedes darte cuenta de ello? Nuestro movimiento inicio enfrentando directamente a todos esos que atentaron contra la vida de otros, te repito, no estás en el camino correcto, pero puedes enmendar tus errores.

—Mientras estos hablaban, Gold aprovecha el tiempo lanzando un Gold Supreme Attack y mientras el ataque de este se acerca a AEblue y AEred, estos exclaman al mismo tiempo ¡Esferas Legendarias Aequor, actúen! Al finalizar su frase ambos son alcanzados por el poderoso ataque de Gold, siendo lanzados a varios metros de distancia de donde se encontraban. Gold por su parte queda al descubierto y es presa de las Esferas Aequor, las cuales mantenían toda la energía almacenada de su anterior ataque, recibiendo un fuerte golpe que lo manda al suelo, los tres personajes son golpeados directamente.

Gold: Soy el primer comandante en mi organización, es una pena para ustedes haberse topado conmigo.

AEred: No será nada fácil, pero tenemos que arriesgarnos.

Gold: Aunque, su habilidad nos pudiera de ser útil. —Poniéndose de pie.

AEred: Gold, aún estamos a tiempo.

Gold: No llegaremos a ningún acuerdo.

AEblue: Es mejor que pares esta locura, debes ver la realidad objetivamente.

Gold: ¿Que me rinda? Hace mucho que olvide el significado de esa palabra, deje de permitirme ser pisoteado y ahora menos que nunca agachare la cabeza.

AEblue: Entonces tenemos que llegar a un acuerdo, no pueden seguir atormentando a las personas inocentes de este mundo.

Gold: Ya veo quieres que seamos selectivos, que ataquemos solo a quienes traicionan a su misma raza, deben saber que nosotros no solo erradicamos a la raza humana por ser una escoria, sino que aprovechamos al máximo ese desecho haciendo una conversión, con su energía vital podemos lograr una fuente de energía bastante útil y poderosa a nuestro antojo. Ahora mismo les haré una demostración, aunque solamente uno será testigo mientras el otro funge como carnaza. —Cierra sus ojos.

AEblue: ¿Qué está haciendo? Es acaso este el propósito de la raza humana, servir como fuente de poder, no es posible que se haya cometido genocidio tan solo por poder, no tienen derecho a manipular la vida de esta manera.

AEred: Debo hacer algo, su ira solo acrecentó, es su ego lo que lo hace más peligroso.

—Una perla negra como resultado, aparece ante Gold y con esta, un aura oscura lo rodea, el efecto altera el entorno creando nubarrones oscuros y el viento sopla fuerte.

AEblue: ¿Qué está tratando de hacer con toda esa energía?

AEred: No puedo quedarme aquí sin hacer algo, no puedo arriesgarlo. —Corre hacia aquel.

—Aequor Red no quiere una demostración de sus poderes por lo que se lanza hacia Gold para tratar de pararlo, pero este no le permite llegar, lo embosca con sus cadenas doradas, con el golpe lo lanza hacia atrás de nuevo, tomándolo por el cuello comienza a asfixiarlo.

AEblue: ¡Red!

AEred: ¡No debe salirse con la suya!

Gold: Es inútil.

AEblue: El poder que tienes es gracias a la energía vital de las personas.

AEred: ¿Eh?

AEblue: Aunque queramos, no podremos hacerle mucho daño ya que nuestro poder es solo defensivo, con eso no podremos doblegarlo, a menos que aprovechemos cada uno de sus ataques en su contra como lo hemos venido haciendo.

AEred: Ah. —Lleno de rabia trata de zafarse de aquellas cadenas.

Gold: Tontos ¿Cómo se atreven a involucrarse en este conflicto? Ni siquiera tienen con que pelear, definitivamente son unos tontos que van a la guerra y no llevan fusil; estuve a punto de ofrecerles ser parte de nuestra organización, pero no los soporto porque hablan demasiado, así que se llevaran a la tumba la marca dorada de Gold.

AEred: Blue recuerda que cada situación, tiene alguna solución no te des por vencido tan fácilmente. —Corriendo hacia Gold, con sus manos trata de zafarse de las cadenas.

AEblue: ¡Red!

AEred: ¡Ahora verás! —Tendré que ir directo a él.

Gold: ¡Veremos si puedes soportar la fuerza de mis cadenas!

—Un rayo oscuro estremece el lugar creando una explosión que rompe aquellas cadenas y lanza a ambos en dirección opuesta dejándolos atónitos.

AEblue: ¡Red!

AEred: No, no fui yo.

Gold: Eh.

AEblue: ¿Entonces?

Ander: Parece que sigues los pasos de Copper.

Gold: De ninguna manera, ellos fueron quienes estropearon mi fiesta esta mañana, solo vine a quitarles su energía personalmente.

Ander: Ya veo, así que ustedes fueron los que hicieron correr a dos de mis comandantes.

AEblue: Ah ¿Creo que sí?

Ander: No me hagas reír ¿Llamas a estos buenos para nada rivales?

AEblue: Hey.

Gold: Jamás los considere mis rivales.

Ander: En fin.

—Ander, quien aparece en el aire sobre ellos, baja quedando frente a Gold.

Gold: Estos intrusos. —Recibe una bofetada de parte de Ander. —¿Ah?

Ander: Tú, mi mano derecha y primer comandante.

Gold: ¿Qué fue eso?

AEblue: Le pego.

Ander: Eres un inepto ¡Silver, Roser! —Como un parpadeo, ambos mencionados aparecieron a sus espaldas.

Gold: Pero…

Silver: Señor.

Ander: Es verdad lo que dicen, no todo lo que brilla es oro, ya no me eres indispensable.

Roser: ¿Ah?

Ander: No puedo tolerar que le des más importancia a estas sabandijas que a tu familia.

Gold: No entiendo.

Ander: Vamos ve tras ellos, olvídate de lo demás.

Gold: ¿Pero de qué hablas?

Ander: Ya lo he dicho, no te necesito más, dime ¿Qué tanto tiempo puede tomarte el sacrificar a estos dos?

Silver: Permítame encargarme de eso.

Ander: Espera, este es su juego ¡Vamos Gold ve y encárgate de ellos!

Gold: ¡Maldita sea! Silver mantente al margen, Ander dime que esto es una broma.

Ander: Acaso me ves sonriendo, no puedo perder el tiempo de esta manera.

Roser: Gold.

Gold: He dedicado mi existencia a tu servicio toda una vida, para que hoy me deseches cual basura, me da gusto que muestres tus verdaderos colores.

Ander: Es sorprendente que te haya dado la oportunidad de ser alguien mejor, pero te empeñas en retomar esas acciones primitivas.

Gold: Ander, no todo es sobre de ti. —Enfadado.

Ander: Gold, todo es sobre de mí.

Gold: Increíble que me des la espalda de esta manera, a mí que te he sido fiel desde un principio.

Ander: ¡Suficiente, Silver, Roser encárguense de él!

Silver: ¿Pero?

Ander: ¡Hagan lo que ordeno!

Gold: ¿Dependes de segundos para eliminarme? A estas alturas ya no me sorprendes.

Ander: ¿Qué?

Gold: Eres igual a los humanos, tan débil como ellos, traicionas a la primera oportunidad.

Silver: Gold espera.

Gold: Todo este tiempo, no solo ajusticie a individuos que merecían la muerte, pero también robe la energía de otros que no habían cometido ningún crimen. Sí, es verdad, siempre he estado consiente de mis acciones y aun así no tengo ningún remordimiento.

Ander: ¡Suficiente!

Gold: Yo digo cuando es suficiente ¡Anillos Dorados!

—Tanto las piernas, el tronco y los brazos de Ander quedan inmovilizados por el tan oportuno ataque de Gold, mientras este último meditaba en voz baja.

Gold: A que se supone que he dedicado mi vida, perdí el orgullo hasta de mi nombre.

Ander: ¿Crees qué unos aros de energía me detendrán? No te compares conmigo.

Gold: Hace mucho tiempo que perdí lo que más ambicionaba, hoy no tengo nada. Sí, hace mucho tiempo creí que era el momento para retirarme de este mundo y me equivoque al no hacerlo, cuando fui tentado por el poder y ser yo el juez, la venganza me hizo perderme a mí mismo por completo cegándome y transformándome en un verdugo, en lo que soy ahora ¡Por eso este será el último caso en el que sea juez, tu tendrás que experimentar el castigo por tus acciones!

Roser: Silver, alguien saldrá lastimado de esta pelea.

Silver: Mantengámonos al margen.

Roser: Si.

Ander: Que iluso y tonto eres, quien diría que tras el rostro de un asesino al cual te has convertido exista un patético empedernido.

Gold: Lamentablemente no he sido el único iluso y tonto. — Refiriéndose a Silver y Roser.

Silver: ¿Lo dice en serio?

Gold: Dime ¿Todo esto de la gran familia fue solo una farsa verdad? El brindar techo, alimento y atención fue tan solo un truco para hacernos caer, entonces conseguiste nuestra fidelidad y ayuda para iniciar la sanguinaria amenaza en contra de nuestra propia raza.

Ander: ¡Ridículo!

Gold: No solo ellos son culpables de la situación del mundo, dime ¿Qué tramas en verdad?

Ander: Ustedes saben la verdad, no pretendas sentirte utilizado porque al final de cuentas tu quisiste seguir este camino, yo solamente te di las armas y el poder para pelear.

Gold: ¿Por qué nos utilizaste de esta manera?

Ander: ¡Cada vez que abres tu boca me desesperas más! Es verdad que fuiste de gran ayuda, una basura como tú que mendigaba morir a gritos, debo admitirlo, me fuiste de mucha ayuda en un principio, pero ya no.

Gold: No puedo regresar a ese momento, sino yo mismo me hubiera quitado la vida.
Ander: No te preocupes, ahora mismo te cumpliré aquel deseo tuyo. – Sin ningún problema rompe los aros dorados que aparentaban mantenerlo atrapado y liberándose así se incorpora para hacerle batalla.

AEred: Debemos mantenernos alertas.
AEblue: Que cruel.

Roser: Silver, es verdad lo que ha dicho Gold ¿Hemos sido manipulados?
Silver: No lo sé. –En ese momento Silver comenzó a relatarle:

El día en que conocí a Ander, ese día, como cada año, mis padres y yo acudimos a una cita religiosa, recorrimos muchas millas para llegar a un pueblo apartado de todo. Desde un día antes, los pueblerinos y todos los peregrinos se alistaban para el gran día en el cual de la Iglesia central sacan a pasear a la imagen, de una virgen milagrosa, la mayoría de los visitantes velan alrededor del santuario esperando el amanecer para poder conseguir un buen lugar para ver pasar de cerca dicha imagen y ese fue el caso de mi familia, al siguiente día muy temprano por la mañana todo ya estaba listo para el paseo, la muchedumbre se alojaba en las calles a mas no poder, cuando inesperadamente un fuerte terremoto azoto el lugar, todo fue pura confusión ya que aquel recinto se suponía era de paz y armonía, se convirtió en una trampa mortal en la cual mis padres al querer resguardarme de la estampida humana, perdieron sus vidas, una vez que se acabó el sismo los daños se vivieron a flor de piel.

Yo estaba ahí de frente a mis padres sin vida, la escena me enmudeció y ni las lágrimas se atrevieron a salir, no daba crédito a lo que estaba sucediendo, entonces escuche el canto celestial de una joven e hipnotizado por aquella melancolía camine entre los escombros y cuerpos inertes, corrí hasta las ruinas de aquel santuario y me quede de pie mirando hacia el altar en donde la luz iluminaba a aquella imagen sagrada, de pronto el techo se vino abajo cubriéndola de escombros y yo sin poder moverme quizás porque me daba por vencido, y en ese preciso momento una nube resplandeciente bajo y en ella Ander.

"Yo soy el camino a la salvación, sígueme y ayúdame a crear un mundo sin dolor ni muerte" me dijo, sin alguna objeción atendí a su llamado; mis padres ya no regresarían conmigo y yo no quería estar solo, Ander me ayudo a convertirme en lo que soy ahora.

Roser: Entonces.
Silver: Hemos sido utilizados.
Roser: Gold…

Ander: ¡Ahora prepárate para morir!
Silver: ¡Espera Ander!
Ander: ¿Qué?
Gold: ¿Silver?
Silver: Ahora recuerdo cual fue la razón del porque te seguí.
Ander: ¿De qué estás hablando?
Silver: ¡Me decidí a seguirte porque creo en ese mundo sin dolor ni muerte, una utopía en donde nadie estará solo!
Roser: Silver…
Ander: ¿Y en que tú crees que he trabajado toda mi vida? Mi sueño es crear un mundo perfecto, es por eso por lo que mi paciencia ha terminado ¿Acaso ustedes también me darán la espalda?
Roser: De ninguna manera, pero no creemos que sea necesario sacrificar a Gold.
Gold: ¡Roser!
Silver: Así es, porque somos parte de la misma familia.
Ander: Entiendo lo que me dicen, pero no cambiaré mi posición.
Silver: ¿Cómo?
Ander: Que patéticos se escuchan, Gold, en recompensa por los años brindados a mi familia, te cederé una muerte rápida.
Gold: Entonces no me iré solo ¡Aurum Carcer!
Ander: ¿Qué?
Gold: Silver, Roser, aunque nos convertimos en unos asesinos sin sueldo, también nos convertimos en hermanos. Es por ello que, siendo el mayor de ustedes, pelearé para protegerlos.
Silver: ¿Hermano?
Gold: Sí.

—Al invocar "Aurum Carcer", una jaula dorada se apareció encerrándolos a ambos, una estructura suficientemente grande y sin escape.

Ander: Bravo, que buen acto de magia. —Aplaudiendo.
Gold: Pensar que llegamos a ser más que amigos, hermanos.
Ander: Yo no tengo amigos. —Libera energía oscura que lanza como ataque hacia Gold.

—Ander al estar en territorio de Gold, estaba expuesto a las tácticas de su rival y así antes de que su ataque pudiera tocarlo, un dispositivo atrajo toda la energía contenida en aquel ataque y por medio del suelo y los barrotes de la jaula se condujo hasta el centro, y se disparó automáticamente hacía el mismo.

AEred: ¡Si!
Ander: Eres calculador.
Gold: Nunca subestimes al enemigo.
Ander: Maldito.
Gold: ¿Te gusta? Prácticamente morirás por tu propia mano sino es que me deshago de ti antes. —Guiñando el ojo.
Ander: Sueñas mucho Gold.
Gold: Dime ¿Por qué luego de tanto tiempo de maquinar juntos planes de conquista, hoy que estamos a punto de llegar a nuestra meta me das la espalda tan de repente?
Ander: Ya te lo he dicho, mi paciencia se ha terminado, te recomiendo que me elimines cuanto antes, porque yo no me detendré, pelearé hasta verte sin vida.
Roser: Es un Ander diferente.
Silver: Lo sé, lo único que puedo intuir es la muerte rondando, solamente uno de ellos lograra salir de esa jaula con vida.
AEblue: Ahora están peleando entre sí, esto nos puede ayudar.
AEred: Si, pero nos indica que no podemos confiarnos de ellos, si entre ellos existen riñas que podemos esperar hacía nosotros.
AEblue: Si tan solo tuviéramos el poder suficiente para destruirlos en este instante, tendríamos algo menos y de gran importancia de que preocuparnos ¿Pero ellos nos superan, cierto?
Gold: Vamos, dame tu mejor ataque ¿Acaso ya te cansaste? ¿Por qué no me demuestras el poder que tienes?

Ander: Que iluso eres, en una batalla no solo tienes que mostrar tus poderes, sino también tu intelecto, tu experiencia, pero sobre todo las ganas de destrozar a tu oponente.

Gold: ¡Entonces porque demoras tanto, ya lanza tu mejor ataque!

Ander: Es mejor que vuelvas a la realidad. −Corre y suelta un puñetazo a la cara de Gold.

Gold: Ah…

Ander: Aún mantengo viva mi agilidad y la fuerza en mis puños.

Silver: ¡Gold!

Ander: No podrás derrotarme, mira, si hubieras sido aguerrido como antes, las cosas serían muy diferentes.

Gold: No me interesa morir en este lugar, lo único que me motiva es que no moriré solo.

Ander: ¿Qué tan seguro estas?

Roser: Ellos pelean en serio.

Ander: Me encargaré de ti, terminaré contigo con mis propias manos. −Corre y tomándolo del brazo lo arroja hacia el otro extremo de la jaula, para luego caer sobre su hombro.

Silver: Ya lo descifro.

Roser: ¿No usara sus poderes?

Silver: Cuando Ander utilizo su energía para atacar a Gold, esta regresó en su contra por medio de la jaula, pero al utilizar su cuerpo en combate no creo la misma reacción, Ander ha descifrado esto y es por eso por lo que Gold está en peligro, Ander no parara hasta verlo sin vida.

Roser: Ah.

−Una vez más, Ander se aproxima a Gold para golpearlo y este estando al verlo venir, coloca sus manos en el suelo, transmitiendo poder alrededor de la jaula crea un potente disparo que impide que Ander de un paso más, atrapándolo en ese rayo.

Gold: ¡Te advertí que no me subestimaras!

Ander: ¿Qué?

AEred: ¡Lo tiene!

Silver: ¡Lo hizo!

Gold: Hasta aquí has llegado, yo me encargaré de todo luego de que mueras ¡Este es el fin!

Ander: ¡Ah!

AEblue: Lo está venciendo.
Ander: ¡Maldito!
Gold: ¡Imposible que escapes de esta jaula, puede que yo muera, pero tú te iras conmigo!

—Gold está utilizando el 100 por ciento de su energía en este singular ataque y ya comienza a tornarse los rayos de energía en un dorado más brillante, incluso se comienzan a salir algunos rayos de la jaula quemando el pasto donde caen, mientras que el equipo Aequor, Roser y Silver miran atónitos.

Gold: Esto será tu tumba, has subestimado mi poder. —Su rostro ya comenzaba a transpirar y Ander a doblegarse. —Jamás debiste de haber dudado de mis habilidades, aunque seas el pilar principal, debiste de haber actuado con más prudencia y no con tan arrebatada actitud.
Ander: ¡Ah!
Roser: ¡Lo ha vencido!
Silver: ¡Gold es el vencedor!

—De repente se escucha un estruendo y mucha luz ciega a todos, cuando un rayo cae sobre la jaula, es una barra que aparece incrustada en el suelo en medio de Gold y Ander.

Silver: ¿Qué es eso?
Ander: ¡Te tengo! —Riendo malévolamente.
—Ander, con gran esfuerzo y tambaleante, se va reincorporando mientras es visto por Gold, quien tiene que permanecer en una misma posición para doblegarlo, Ander al ir avanzando, su ropa y piel se van desgarrando poco a poco por la presión ejercida por Gold, aun así continua su propósito hasta alcanzar aquella barra. Al ver que Ander no sigue siendo presa del ataque, separa las manos del suelo y la energía que envolvía la jaula se nulifica, al mismo tiempo, Gold alza su mirada hacia Ander y este aprovecha la pose que le brinda, sin pensarlo dos veces, le incrusta la barra en su pecho, atravesándolo… por unos instantes solo puede apreciarse la mirada de sorpresa de Gold, luego Ander la arrebata con odio aquella barra de su cuerpo poniendo su pie derecho en contra del cuerpo de Gold y permanece frente a él, mientras le ve desangrarse.

Silver: ¡Oh no!

Roser: ¡Gold!

AEblue: ¿Qué ha hecho?

AEred: Que sangre tan fría ¿Por qué?

Ander: Creíste que me tenías bajo tus dominios. −Riendo con burla.

Gold: Esa es la señal...

Ander: Maldito ¿Acaso pensaste qué me derrotarías?

Gold: He perdido, no valió de nada, mi batalla por un mundo mejor.

Silver: Es el mismo mundo por el que yo he peleado de igual forma. − Grita.

Roser: Todo este tiempo, estuvimos equivocados.

Ander: ¿Ustedes también?

Gold: Silver, Roser...

AEblue: ¡Nosotros creemos!

AEred: ¡AEblue!

Gold: Ah... −Mirando de reojo.

AEblue: ¡Creemos en aquella promesa, nadie morirá en vano! He visto tu lucha y fue tu destino quien te puso en esas circunstancias, este momento es la razón de tu existencia luchar por el bien del mundo, darte cuenta de lo que es correcto.

Gold: Me extravié en el camino...

Silver: ¡Gold!

Gold: El mundo continuara su curso después de todo ¿No es así?

Roser: Gold...

Gold: Auriel es mi nombre.

Silver: ¿Auriel?

Gold: ¡No pierdan más tiempo!

Silver: Ander détente.

Ander: Demasiado tarde.

−Pronto su cuerpo se desvanecía y era absorbido por la barra de Ander.

Silver: ¡Auriel, Auriel! −Grita al verlo desaparecer junto con la jaula.

Ander: ¡Al fin, la señal de victoria! Ahora nada evitara que la raza humana sea desterrada. −Elevando aquella barra en lo alto. −¡Esta es la señal que tanto habíamos esperado!

AEblue: No lo creo, ¡Esferas Legendarias Aequor... actúen!

Ander: Ya nada pueden hacer en mi contra. —Arrojando las esferas aequor de regreso aun con mayor potencia.

AEblue: ¿Ah? —Una barrera verde aparece cubriéndolo del ataque.

AEred: ¿Quién?

Roser: ¡Suficiente!

Ander: Roser ¿Qué significa esto?

Roser: Yo…

Silver: Ander, creo que hay mucha confusión, es mejor poner las cartas sobre la mesa.

Ander: Tontos, ahora que tenemos la batalla ganada ¿Piensan darme la espalda?

Silver: Gold era uno de nosotros, explícame ¿Qué te hizo tomar la decisión tan abrupta de deshacerte de él?

Ander: No tienes ningún derecho de cuestionarme.

Roser: ¿Cómo puedo confiar en alguien que ha dado muerte fría a su mano derecha?

Ander: Ya veo, dos de mis guerreros más fuertes me dan la espalda, justo cuando la victoria está más cerca que nunca, patéticos.

Roser: ¡Me niego rotundamente a seguir formando parte de tus filas de muerte!

Ander: ¿Están seguros de su decisión? Pueden estar cometiendo un gran error.

Silver: Nuestro error fue haber confiado en ti, haber caído en tu trampa, debiste de tenerle misericordia a Gold.

Ander: El cliente y el patrón siempre tienen la razón.

Roser: No conmigo.

Silver: Tampoco conmigo.

Ander: ¡Si así lo deciden, está bien, no los obligaré a nada, les otorgaré la libertad atreves de la muerte!

Silver: ¿Eh?

Ander: ¡Fue un placer haberlos conocido!

—De aquella barra, ondas distorsionantes como fumarolas se elevaron sobre todos ellos mientras un viento en círculo alzaba el polvo y rayos eléctricos circulaban alrededor.

Ander: Esta es una pequeña prueba del gran poder que nos ofrece la energía vital, no hay nada tan poderoso y ahora ustedes perecerán. —Riendo malévolamente, asciende ágilmente y cruza aquellas ondas que se siguen expandiendo, luego de desaparecer este, un extraño escalofrío les recorrió el cuerpo a Roser, Silver, AEblue y AEred.

AEblue: ¡Ah, se fue!

Roser: Silver…

Silver: ¡Lo sé!

AEred: ¡Es una trampa!

Roser: Oh no, moriremos aplastados…

—Sin darles mucho tiempo para reaccionar, aquellas ondas se detuvieron de repente para contraerse rápidamente. La fuerza oprimida por este espacio era brutal, sin embargo, Silver con gran esfuerzo lograba detenerla evitando que todos murieran aplastados, pero necesitaba de los demás para poder escapar.

Silver: ¡Sabía que Ander no se marcharía tan tranquilo!

Roser: ¡Lianas del Amazonas! —Por todos lados salen lianas que se van engruesando y se enraízan en las paredes de aquella trampa con la intención de ayudar a Silver con el peso ejercido sobre ellos.

AEred: Esta es mi mejor oportunidad para eliminarlos.

AEblue: ¡Tampoco nos rendiremos!

AEred: ¿Qué?

AEblue: ¡Esferas de AEblue!

—Al liberarlas van incrementando su proporción de tamaño y junto con los esfuerzos de los demás logran romper aquel campo de energía del cual eran presa.

Silver: Lo hicimos, logramos escapar de la trampa de Ander.

Roser: Justo a tiempo.

AEred: ¿Te encuentras bien?

AEblue: Sí, ¿Y tú?

AEred: Estoy bien…

Silver: ¡Maldición!

—Todos se reincorporan excepto Silver quien luego de aquel grito ensordecedor se deja caer exhausto al suelo, Roser muy cercas de él y con un rostro de derrota, mientras que AEblue los observa y AEred mira hacia donde Ander desapareció.

Silver: ¡Maldición Gold!

Roser: ¿Por qué no lo desciframos antes?

Silver: Hemos ¡Ah! —Golpea el suelo con ambos puños.

—Por un momento el silencio invade el lugar, Roser y Silver se lamentan, mientras que AEblue y AEred miran hacia el firmamento.

Silver: Gold, Auriel, hemos fracasado.

Roser: Estuvimos equivocados durante todo este tiempo.

AEblue: Ahora tienen dos opciones, seguir lamentándose o hacer algo por detener a Ander.

Silver: ¿Eh?

AEred: Desafortunadamente esto todavía no termina.

Silver: Él ha recibido la señal…

AEred: ¿Qué señal?

Silver: Desde hace mucho tiempo siempre estuvimos esperando el momento idóneo para llevar a cabo el gran plan maestro, que llevará a la gran familia a recobrar el mundo y erradicar al resto de la humanidad, en esa barra Ander almacena toda su energía.

AEblue: ¿Erradicar a la humanidad por completo?

AEred: Que probabilidad existe al robar o destruir la fuente de energía.

Silver: Es muy complicado.

Roser: ¡No existe otro camino, debemos intentarlo!

AEred: Nuestra misión siempre ha sido proteger a las especies de este planeta, hemos abandonado nuestra vida cotidiana y aun cuando creímos haber estado en el camino correcto, ¡Volvimos a trazarlo una y otra vez hasta llegar aquí!

AEblue: Nosotros no somos quien, para juzgarlos, el daño ya está hecho; pero eso no significa que es el final, en lugar de buscar culpables debemos buscar una solución al problema, debemos comenzar a actuar.

Silver: ¡Somos merecedores a ser castigados por todo el daño que hemos causado, el poder nos cegó de tal manera, acepten nuestro compromiso para detener cuanto antes a Ander!

Roser: No fue el mundo quien nos dio la espalda sino nosotros a él, es verdad, estuvimos cegados y solo vimos lo que quisimos ver ¡Por favor dennos la oportunidad de enmendar nuestras faltas, permítanos pelear a su lado!

AEred: No podemos confiar en ustedes.

AEblue: ¡Red!

Silver: Lo sé, si en este preciso momento quieren juzgarnos por nuestros actos estoy seguro de que la inmediata pena de muerte seria nuestro castigo.

Roser: No pondría objeción alguna.

Silver: Se que es muy pronto para que confíen en nosotros, pero les aseguro que quiero detener a Ander antes de que sea demasiado tarde.

AEblue: Caminado a lo largo de un sendero oscuro guiado por la luz de la luna, encontré tres puertas de madera colocadas sobre un césped tan verde como el que se muestra después de un día de lluvia y me pregunté ¿Qué habrá detrás de ellas? ¿Qué hacen aquí? El lugar era tan familiar, a punto de abrir una de las puertas por la curiosidad que me llamaba, me giro rápidamente y algo cambio, un nuevo sendero se muestra, dando la espalda a las tres puertas, paso a paso me dirijo por el nuevo camino en donde a los costados, fragmentos de estructuras en ruinas se mostraban, la oscuridad era basta que sentía estar suspendido en el aire, pero luego de caminar tanto me encontré en medio de lo que era una ciudad que parecía más un campo de batalla; todavía con fuego en algunos lugares, no escuché a la muchedumbre hacer escandalo ni patrullas rondando, solo silencio, de pronto a lo lejos vi un resplandor, tengo que alcanzarlo ¿Qué es ese resplandor? Cuando al fin llegue a la esquina de la cuadra, pude reconocer el sonido de choques metálicos; poco a poco me asome tras la esquina del edificio para descubrir a dos personas suspendidas en el aire que estaban peleando, ambas portaban vestiduras extrañas y espadas. Como si algo me dijera aléjate de ahí, corrí sin parar y con los ojos cerrados, al abrirlos pude apreciar que me encontraba en un parque a la orilla del mar, al ir corriendo una extraña fuerza me detiene bruscamente y me deja inmóvil ¿Qué es esto? Me preguntaba, al poco tiempo un niño venia hacia mi llorando sin consuelo, aún sin poder moverme lo vi pasar muy cerca de mí y se escondió tras unos arbustos; mientras lo observo, cuatro esferas de fuego caen del cielo, entonces aquel niño me toma de la mano al instante, mi inmovilización termino y corrí a su lado hasta llegar frente a las mismas tres puertas de madera de antes. cuando él detiene su marcha, me mira fijamente a los ojos y me dice ¡Despierta! Mientras su cuerpo es absorbido por una de las puertas.

Silver: Ah…

AEblue: El universo tiene muchas incógnitas, dicen que hay que seguir nuestras inquietudes y llegaremos al camino correcto.

Roser: El Universo nos muestra el camino.

AEblue: Se han preguntado ¿Cuál es el sentido de nuestra existencia?

Roser: Muchas veces ¿Por qué estamos aquí? o tan solo todo esto es parte de nuestra imaginación ¿Es acaso esto parte del don de la razón que nos divide de las otras especies?

Silver: El plan del universo al ponernos aquí en un mundo tan grande para nuestros ojos, pero tan pequeño en este espacio ¡Siendo truncado por nosotros mismos! Siempre me he preguntado el ¿Porqué de las cosas? ¿Acaso somos un acto secundario sin ningún sentido? Porque si fuera así el saber que esa respuesta es correcta, nuestra existencia no tendría sentido "tan solo vivimos por vivir" no habría motivo más que esperar la muerte llegar así nada más.

AEblue: ¡Me alegra que compartamos ideas parecidas!

Roser: ¿Qué?

AEblue: Si no existiera una razón por la cual vivir les aseguro que no estuviéramos aquí, me pregunto si sabiendo que la muerte del cuerpo es inminente ¿Por qué entonces continuamos viviendo de la misma manera? ¿Por qué nos aprovechamos de los demás? ¿Por qué lastimamos y herimos no solo a nuestra especie sino a todos por igual? No hay razón para ello, la vida es suficientemente dura para algunos, no existe nada porque hacerla más difícil.

Silver: Estamos aquí porque es nuestra misión recuperar y dirigir nuestro camino por el sendero correcto, esta es la razón de nuestra existencia, construir un mundo equitativo.

Roser: Entonces la meta sigue siendo la misma solo que nuestro objetivo es proteger no solo al planeta sino a cada especie que lo habita buscando la coexistencia como utopía.

AEred: Es por eso por lo que hemos aceptado llevar como estandarte "la verdad del Universo", nosotros hemos decidido abortar cualquier Ideología errónea de la especie humana. Sabemos que nadie es perfecto, asimismo sabemos que podemos ser mejores con nuestros semejantes y con el planeta mismo, protegemos a quien lo necesita y en ocasiones le mostramos el poder del universo a quien debe.

Roser: Es verdad, compartimos una ideología muy similar, siento mucho el haber robado la energía vital de seres inocentes, pero no quiero que mi vida sea en vano, no quiero vivir esperando la muerte, quiero atender al llamado que el Universo ha hecho y que por tanto tiempo ignoré.

AEblue: Bienvenida. −Los Aequor ofrecen su mano, extendiéndola.

Silver: Por favor muéstranos la verdad que el Universo ofrece.

AEblue: ¡Detengamos a Ander cuanto antes!

AEred: Fuimos elegidos para restablecer el orden en el planeta tierra, mi nombre es Deneb y él es Daniel.

Silver: Deneb, Daniel, gracias mi nombre es Ángel.

Roser: Estamos a su disposición, yo soy Roser.

AEblue: ¡Me da gusto saber que tenemos nuevos aliados!

Roser: Cuenten con nosotros.

Silver: Sí.

−En otro punto del planeta Ander, se mantenía admirando aquella barra y dirige un mensaje a su legión.

Ander: Tengo en mis manos el símbolo del triunfo, la espera se terminó, pero lo haré de una forma especial ¡El poder y la magnificencia se nos han brindado, "el gran suceso" ha de consumirse, este es un llamado a cada uno de ustedes mis fieles seguidores integrantes de la gran familia! Vengan a la gran ceremonia que marca el inicio de "el gran suceso". No necesito de comandantes, esos cuatro resultaron ser una broma sin gracia, pero no me sorprende, además, yo soy el único que debe ser nombrado libertador, dentro de pocas horas recobraremos cada metro de tierra y todo será borrado, construiré un imperio de tranquilidad y paz ya no habrá humanos de quien preocuparse, planeta Ander no suena nada mal, me gusta.

−Alrededor del mundo cada uno de los integrantes sigue el mensaje de su líder. Silver y Roser no fueron la excepción a escuchar el llamado de Ander.

Silver: ¡Es él!

AEred: ¿Qué?

Roser: Ander ha hecho un llamado a todos quienes integran a la gran familia.

Silver: Es un llamado para ir a él y alistarse para el gran ataque.

AEred: No quiere perder tiempo.

Silver: Ha esperado mucho por este momento.

AEblue: ¿Atacaran hoy mismo?

Roser: Esta noche será de celebración.

AEred: Ya quiero ponerle las manos encima.

Silver: No es el mejor momento, con toda la familia reunida y él presente, permanecer vivos un minuto entre ellos será muy difícil, debemos idear un plan, de cualquier manera, estaremos alertas a cualquier llamado.

AEblue: ¿Ángel, Roser?

Roser: Eh.

AEblue: ¿Podemos confiar en ustedes?

—Aquella pregunta sincera por parte de AEblue crea un espacio entre los cuatro mirándose unos a otros.

Silver: Desde luego que si, tienen mi palabra de que pelearé a su lado hasta truncarle los planes a Ander.

Roser: Solamente tengo dos opciones, pelear a su lado o cavar mi propia tumba, así que prefiero ser útil en la batalla, necesitaran ayuda.

Silver: Sabemos el daño que hemos causado, es por eso por lo que usaremos toda nuestra energía para enmendar nuestras faltas.

AEblue: ¡Red!

AEred: Está bien, contaremos con ustedes, solo quiero decirles que en caso de una traición no me esperaré a platicar las cosas.

Roser: Descuida, fue un balde de agua fría lo que sucedió con Ander y Gold, dio un giro inesperado, pero sabemos a dónde vamos y el camino se mira más largo.

Silver: Entiendo tu preocupación, mi lealtad es hacía ustedes.

AEblue: Es muy temprano, iremos a dar un recorrido.

AEred: Estaremos esperando su señal.

—Ambos caminan hacia donde sus motocicletas se colocan su casco y acelerando se marchan del lugar en dirección a la ciudad.

Roser: Estuvimos tan equivocados todo este tiempo, sin embargo, tenemos una nueva oportunidad.
Silver: Que valientes son, a pesar de contar con tan solo poderes se arrojan a una batalla sangrienta.
Roser: Parece que no le tienen miedo a nada.
Silver: No podemos quedarnos aquí esperando.
Roser: Pensé que no lo pedirías nunca ¡Vamos!

—En otra avenida en el centro de la ciudad, miles de personas habían sido evacuadas de una convención de anime por el ataque masivo en aquella marcha por la paz que anteriormente se había llevado a cabo y que apenas varias cuadras las dividían, aún quedaban varias docenas de asistentes de este magno evento de anime, los cuales, disgustados por la cancelación de la convención, se retiraban de las calles paulatinamente.

Animefan1: Fue una lástima que nuestro evento tuviera que pagar los platos rotos.
Animefan2: Exacto, que no sabían las autoridades que en cada uno de nosotros hay un guerrero, además con los disfraces de superhéroe que traemos te aseguro que los malos hubieran salido corriendo.
Animefan1: Eso sí, aunque ¡Ya no soporto mis pies!
Animefan2: ¡No seas exagerada!
Animefan1: No estoy exagerando, yo he traído puestas mis zapatillas todo el día y tú me has llevado de arriba a abajo sin ninguna consideración.
Animefan2: ¿Me estas culpando? Pero si tú no te quieres ir a casa.
Animefan1: ¡Mira ya me salieron ampollas y me duelen! —Llorando.
Animefan2: Entonces es mi culpa, todo es mi culpa. Tú elegiste ese personaje con zapatillas altas, ahora te aguantas.

—Del otro lado de la calle una niña de aproximadamente tres años visualiza a un cachorro y le comienza a llamar mientras sus padres esperan por un taxi.

Naoko: Perrito, ven perrito ¡Mamá, perrito!
Mamá: Ya vienen por nosotros.

—Inesperadamente el choque de dos vehículos en medio del camino originó un ruido escandaloso que dejo a todos en silencio, donde varias personas se acercaron para auxiliar, pero más tardaron en acercarse que correr hacia atrás cuando dos Animated Shadows salieron de uno de los vehículos, pronto aquellas se dirigieron al otro vehículo donde robaron la energía vital de dos pasajeros saliendo a la luz cuatro Animated Shadows. Todos los presentes quedan inmóviles del miedo y aquella pequeña sin pensar en algún peligro sale corriendo tras el cachorro que llega frente a los espectros aquellos.

Naoko: Perrito. —Abrazándolo.

Mamá: ¡Oh no… Naoko!

Animefan1: ¿Ah?

Animefan2: Una niña.

Animefan1: Esa niña está en problemas.

Animated Shadow: ¡Animated!

—Aquel espectro gira su cabeza observando a aquella niña, luego de un breve momento, que parece eterno, dos de las Animated Shadows se lanzan sobre aquella pequeña que sostiene al pequeño cachorro mientras su Madre grita desesperada.

Mamá: ¡Naoko!

Naoko: ¡Mamá!

Papá: ¡Naoko!

—En una forma heroica aquel par de jóvenes al querer proteger a la pequeña, se interponen y son quienes caen presa y a quienes su energía vital será robada, lentamente su cuerpo se va transformando de pies a cabeza.

Animefan2: ¿Estás bien?

Naoko: Si ¿Por qué lloran?

Animefan2: Por alegría…

Animefan1: Así es, porque tú nos diste la oportunidad de ser superhéroes.

Naoko: Perrito está bien.

Animefan2: Haces bien en proteger al cachorro, cuídalo mucho.

Animefan1: Ya no siento dolor en mis pies, pero tengo miedo.

Animefan2: Hicimos lo correcto.

Animefan1: Es verdad nuestro deber es proteger.

Animefan2: Sí, pase lo que pase, siempre estaré a tu lado.

Animefan1: Lo que más me duele es que no veremos la nueva temporada de "Fog the dog"

—Entonces ambos se llenan de pánico cuando la transformación llega a su pecho.

Animefan1: ¡No quiero morir!

Animefan2: ¡Maldita sea ya termina de una vez por todas!

Naoko: ¡Proteger!

—Una vez que la energía fue drenada y sus cuerpos convertidos en Animated Shadows las que atacaron se separan, de ser cuatro, ahora son seis sombras, mientras que la energía como vapor se eleva y desaparece. Ahora las seis sombras están listas para seguir atacando, pero la pequeña ha comenzado a llorar con tal sentimiento mientras abraza con calidez al cachorro, una luz comienza a brillar más y más y un viento se intensifica alrededor de ellos. Esa luz toma la silueta de un cilindro que se dispara hacia el cielo el cual llama la atención del grupo Aequor cambiando su rumbo hacía este punto; en tanto aquella pequeña junto con el cachorro son elevados ante los ojos incrédulos de sus padres y demás presentes.

Mamá: ¡Oh no!

Papá: ¡Hija!

Naoko: ¡Papá, mamá!

Mamá: ¡Naoko!

—Luego de ser elevados desaparecen con la luz.

Mamá: ¿A dónde se fue?

Papá: ¡Maldición!

—Momentos seguidos, AEred y AEblue se detienen al llegar al área de donde aquel cilindro de luz se elevó al cielo, tomando distancia pues aquel lugar estaba infestado con docenas de Animated Shadows; los padres de la niña y los presentes también habían sido presa y sus energías robadas quedando convertidos en Animated Shadows.

AEblue: ¡Animated Shadows!

AEred: A este paso la ciudad quedará convertida en un cementerio.

AEblue: Este no es el futuro que quiero ver...—Dos motocicletas se alinean a ellos.

Roser: Fuimos guiados por ese rayo de energía.

AEblue: ¿Silver, Roser?

AEred: ¿Eh?

Silver: Trabajemos en equipo.

AEred: ¿Vienes?

AEblue: Quien elimine menos, invita la cena.

—Aquellos cuatro juntos se lanzan a eliminar a las sombras sin algún contratiempo. La noche ha llegado y al final de la jornada, todos comen a la orilla de una calle, en un negocio de tacos donde sin decir una palabra ven en un televisor el alarmante número de desaparecidos que se ha reportado y mostrando un impacto global de desconformes y preocupación por la seguridad de todos.

Ángel: Mañana será un día muy pesado.

Daniel: ¡Entonces, me puede dar cinco más tacos por favor!

Roser: Es un glotón.

Deneb: Yo no voy a pagar esos extras.

Daniel: ¿Qué? Pero si tu puntuación fue la más baja.

Deneb: Pero es que tú no tienes llenadera, a ese paso me voy a quedar sin dinero.

Daniel: No importa buscas un trabajo por las tardes.

Silver: No se apuren, yo pago esta vez.

Daniel: Que, considerado, señor en total deme ocho.

Deneb: ¡No seas abusivo!

4 ES TIEMPO

—A la mañana siguiente podía sentirse en el ambiente una extraña tranquilidad, la población comenzaba un día pacífico y del otro lado del mundo una noche en calma; la violencia que efectuaba la gran familia daba tregua, así como habían aparecido atacando a las personas, las Animated Shadows desaparecieron por completo, en tanto en sus identidades comunes Daniel, Deneb, Ángel y Roser platicaban a la orilla de la calle muy temprano, a un lado de sus motocicletas tomando café.

Daniel: ¿Pueden sentirlo?

Deneb: Será un día muy estresante.

Roser: Apenas ayer peleábamos a su lado y hoy en su contra.

Daniel: Eh...

Ángel: Es la calma antes de la tormenta, esa que esperamos con ansias y a la que hoy nos enfrentaremos cara a cara.

Deneb: ¿Están seguros de esto?

Ángel: Solo hay una cosa de lo que estoy seguro y es de la muerte, pero no me iré sin antes arruinar los planes malévolos de Ander.

Roser: Si antes dimos nuestro cien por ciento a su lado, a partir de hoy daremos aún más que eso, pelearemos con todas nuestras fuerzas para derrotarlo.

Deneb: ¿En qué piensas Daniel?

Daniel: Díganme ¿Cuál es su color favorito?

Ángel: ¿Qué?

Daniel: Si estamos juntos en esta pelea me pregunto, si desde hoy ustedes serán los nuevos integrantes ¿Se imaginan Aequor-Orange y Aequor-Green? a menos que nosotros optemos por nombres de metal, posiblemente yo sería Platinum y tu Deneb serias carbón.

Deneb: ¿De qué hablas?

Ángel: Carbón no es un metal.

Daniel: ¿De verdad? Pero de él salen los diamantes.

Deneb: Correcto, no metal.

Daniel: Siempre te gusta llevarme la contraria.

Deneb: Pero si yo solo te estoy corrigiendo.

Roser: Ya me había olvidado de lo simple de poder reír.

Ángel: Mi color favorito es el rosa.

Deneb: ¿Ah?

Daniel: ¿Eh?

Roser: ¡Aequor pink!

Ángel: ¿Qué? Por siempre seré Silver.

—Todos pierden su compostura y se ríen a carcajadas, entonces, Roser recuerda como inicio su travesía hasta convertirse en parte de la familia de Ander.

Roser: Mi desesperación por hacer valer la verdad me lleno de formalismo, desde muy pequeña viví rodeada de lujos y comodidades, vivía encerrada en un mundo ideal, perfecto, sin problemas y sin preocupaciones, hasta que un día aquel mundo maravilloso comenzó a desmoronarse.

Aquel día en aquella plaza taurina, las personas que me rodeaban me mostraron su rostro perverso, un lado despiadado, cruel y sin compasión cuando sacrificaron sin piedad alguna a aquel ser inocente al que su única culpa era la de no poder defenderse por sí mismo, todos actuaban como locos sedientos de sangre gritando al unísono por su muerte; ¡Malditos, eso no es cultura! Son enfermos pensamientos de psicópatas disfrazados de patriotas, malditos porque han impregnado al resto del mundo con su ideas nefastas y llenas de insensibilidad.

Fue por eso por lo que quise hacer justicia y esa misma tarde vengué la muerte de aquel Toro atravesando el corazón de las bestias que lo pusieron ahí, del que tomó su vida y de los que animosamente pedían su oreja y rabo; mis manos se habían manchado de sangre, pero valía la pena. Después fui a liberar animales de circos y zoológicos, y me encargué de todos aquellos que descubrí abusaban de seres indefensos, maltratándolos y con tal soberbia golpeándolos, tenían que pagar con una peor moneda. Mis padres me enseñaron a hacer las cosas con cautela y ni ellos se daban cuenta que la bandida, como me llamaban en los periódicos, era su propia hija.

Hasta que un día luego de tomar la vida de un fanfarrón que había causado tanto sufrimiento a gatos y perros de la calle, y del cual disfruté el ponerles fin a sus actos vandálicos, luego de varios años de venir haciendo justiciar con mis propias manos fui descubierta por él.

Ander: aquí estas.

Roser: Ah, él se lo merecía, no podía soportarlo más, llevaba varios meses tras él cuándo vi sus fechorías por internet y nadie hacia algo por detenerlo, al contrario, ya tenía seguidores.

Ander: Matando animales de la calle.

Roser: Sí, él se ganó su muerte a pulso, yo no iba a permitir que siguiera haciendo de las suyas, yo no tengo miedo de ensuciarme las manos con sangre.

Ander: En serio.

Roser: Si me has de entregar a la policía o matar aquí mismo por el hecho de haber asesinado a despiadados enfermos como él, no tengo miedo morir, al contrario, porque el mundo es un lugar sin compasión, no me gustaría seguir absorbiendo su dolor.

Ander: Tú no has hecho nada malo.

Roser: ¿Eh?

Ander: ¡Estuve buscando a alguien como tú, alguien con sed de justicia que me ayudé a erradicar a toda la escoria de esta tierra para construir un mundo mejor!

 Roser: Entonces…

Ander: Ven conmigo, yo te cederé el poder que necesitas para que puedas rescatar a todo ser indefenso de las garras malditas de la raza humana.

Roser: ¡Al fin mi voz se ha escuchado!

Ander: A partir de hoy ya no estarás sola.

Roser: ¿Sola? —Con las manos manchadas de sangre se deja caer de rodillas mientras llora sin parar.

Roser: ¡Es él! —Para de narrarles cuando recibe un mensaje de Ander.

Deneb: ¿Qué sucede?

Ángel: ¡El Ecuador es el punto de encuentro!

Daniel: Tardaremos en llegar.

Ángel: No necesariamente, podemos teletransportarnos. —Creando un túnel de energía.

Roser: El mejor método de viajar.
Deneb: ¿Estás seguro Daniel?
Daniel: ¡Debemos intentarlo!
Deneb: ¡Está bien, Vamos!
Roser: ¡Vamos!

—Los cuatro atraviesan aquel portal que los llevara a Ander. En tanto, al mismo tiempo en el núcleo, el lugar a donde los elementales y Naturae fueron a refugiarse, Aqua despierta dentro de un cofre de cristal el cual se abre a sus movimientos.

Aqua: ¡Terra, Ventus! ¿Cuánto tiempo llevo durmiendo?
Terra: Itziar, que diga Aqua, que bueno que despertaste.
Ventus: Ese sueño era importante para darle la oportunidad a tu cuerpo de recibir la energía pura, dándole reposo te ayudó a evitar los efectos secundarios de desorientación y malestares.
Aqua: La verdad es que, si me siento diferente, revitalizado, puedo sentirme más fuerte.
Ventus: Te entiendo.
Aqua: ¿Estamos fuera del planeta?
Terra: ¿Verdad que es hermoso?
Aqua: ¿Estamos flotando en el espacio?
Ventus: Este lugar es el núcleo, una dimensión paralela dentro del planeta, que muestra el sistema solar.
Aqua: Ya veo.
Terra: Hay mucha energía fluyendo alrededor del globo...
Ventus: Debemos estar alertas.
Aqua: ¡Ignis! —Aparece detrás suyo.
Ignis: Veo que a ti también te ha despertado esta extraña sensación.
Aqua: Puedo sentirlo, pero no lo puedo explicar.
Ignis: Este planeta es el cuerpo de Naturae.
Ventus: Nuestra función es de actuar como anticuerpos ante cualquier amenaza, es eso lo que nos ha despertado ahora.
Aqua: Entiendo.
Ignis: Ventus, si es necesario tendremos que salir.

—Dentro de un gran cofre de cristal al centro, Naturae permanecía en reposo.

Terra: Su energía es tan cálida...
Ignis: Si.
Ventus: Ya lo he localizado.
Ignis: Ahora regreso. —Camina de regreso al lado de Naturae.
Aqua: Parece que el lazo entre ambas es muy estrecho.
Terra: Ahora que las veo así juntas, me recuerdan a mi familia, siempre al pendiente de mí, siempre protegiendome; quizás no tuve las fuerzas ni el valor suficiente para protegerlos, por eso lucharé, para este mundo se mantenga a salvo para todas esas familias.
Ventus: Tienes que aferrarte a algo externo para poder seguir adelante, en ocasiones quisiera correr hacia Tristán, pero no puedo hacerlo, no sin la seguridad de que no volveremos a separarnos nuevamente.
Terra: Ventus...
Ventus: Mantengo muy firme la esperanza, ya llegará el día en que pueda encontrarlo de nuevo, él es mi meta al final de esta carrera.
Aqua: Pero que si las cosas no salen como lo esperamos ¿Vas a perder la oportunidad de estar juntos? Si yo estuviera en tu lugar, no me importaría ir y venir, disfrutaría el momento a su lado.
Ventus: Es por eso, por lo que no me daré por vencido y me esfuerzo aún más por lograr que esa oportunidad se transforme en eternidad. El día en que estemos juntos de nuevo será para jamás separarnos
Aqua: ¿Y qué de ella? es apenas una niña.
Terra: Sin duda Zita es una niña muy fuerte.
Ventus: Naturae es su todo.

Ignis: Nosotros nos encargaremos ahora de protegerte, por favor confía en nosotros.

—Recordando como un sueño, Naturae camina a lo largo de un prado rodeado de flores, maleza y animales silvestres guiada por un sonido muy peculiar, el llanto de un bebé.

Naturae: ¿Quién se ha atrevido a abandonar a una criatura tan frágil en medio de la nada?

—Al descubrirle el rostro la bebé deja de llorar y comienza a sonreír, una bebé de cabello de fuego.

Ignis: ¡Mi misión es el de proteger al planeta con el furioso poder del fuego, la destrucción que dio inicio fue la que nos unió en este camino y hoy, al igual que ustedes pongo mis esperanzas en ella, también confió en ustedes guardianes elementales!
Ventus: ¡Demos nuestro mejor esfuerzo!
Terra: ¡Defendamos con coraje!
Aqua: ¡Forjemos un futuro juntos!

—De regreso a la gran familia, Ander se mantenía de pie frente a miles de Animated Shadows e integrantes de menor rango.

Ander: Dentro de poco este mundo será nuestro completamente, el día de hoy saldremos a las calles a demandar lo que nos pertenece, el final de la raza humana ha llegado, el tiempo de esconderse y agachar la cabeza ha terminado, todos aquellos malos momentos quedaran en el olvido ¡Hoy ha de recordarse como el día de la salvación, el día cero! —Todos le aclaman.

—Ander, que se encontraba rodeado de todos sus súbditos, alza la barra frente a ellos anunciándoles el triunfo, de pronto un estruendo hizo eco entre todos y un destello mostraba desde un terreno a desnivel cercano a cuatro siluetas.

Ander: Parece que tenemos visita.
AEblue: Nosotros seremos quien detengan tu paso destructivo.
AEred: Hemos venido a arruinar tus planes.
Ander: ¿Cómo dieron conmigo? Ah ya veo ¡Me alegra que hayan asistido a presenciar el inicio del gran cambio!
Silver: ¡Ander es mejor que abortes todo plan en contra de la raza humana!
Ander: Hipócrita, tan solo hace unas horas asesinabas sin piedad a esos y ahora vienes a pedirme ¿Qué detenga mi plan? ¿Crees que delatándome te has redimido por todas las muertes que has cometido?
Silver: ¡Silver attack! —Aquel potente ataque no llego a tocar a Ander ya que muchas de las Animated Shadow se arrojaron frente a este protegiendo a su líder.
Ander: No me hagas reír.

Silver: Sé que no tengo redención por todo lo que he hecho, sin embargo, hago esto con el único interés de ayudar a que tú tampoco sigas cometiendo estas atrocidades ¡Golpe feroz de Silver! – Corriendo de frente.

–De igual manera las Animated Shadows se interponen ante tal ataque sin llegar a su objetivo, Ander alza su barra y tras un fuerte destello, Silver es lanzado hacia atrás, aún más lejos que los otros.

AEblue: ¡No te des por vencido Silver!

Ander: No quiero perder más mi tiempo.

Silver: Esta pelea apenas inicia.

AEblue: Red, debemos estar preparados.

AEred: ¡Estoy listo, no importa lo que suceda, hoy terminaremos con el!

Silver: AEblue, déjenlo a nosotros.

Roser: ¡Nos encargaremos de él!

AEblue: Silver, Roser.

Silver: Roser demos lo mejor, derrotar a Ander es lo mínimo que podemos hacer.

Roser: Si, AEred, tenemos muy claro cuál es nuestra misión como guardianes.

AEred: ¡Como guardianes nos cubriremos las espaldas, hagámoslo!

Silver: ¡Golpe Feroz de Silver!

Ander: Tontos, solo pierden su tiempo.

Roser: Jamás subestimes a tu enemigo, esa es una ley de batalla ¡Lianas de las Amazonas!

–Como era de esperarse que las Animated Shadows se interpusieran al ataque de Silver, sin embargo, mientras que el ataque de Silver trazara el camino, las potentes lianas de Roser logran arrebatar de las manos aquella barra, así nada más, sin ningún problema, con gran asombro todos miran en cámara lenta como aquella barra traza su curso hasta las manos de Silver.

Ander: ¿Qué?

AEred: ¡Lo lograron!

AEblue: ¡En tu cara, Ander! –Con gran euforia grita.

Ander: Malditos... ¿Cómo se atrevieron?

Silver: Esta es tu principal fuente de energía, te advertimos que veníamos dispuestos a todo, sin esta barra todos tus planes se vienen abajo. Ander, en este momento termina el suplicio contra la humanidad.

Roser: Por fin…

AEblue: Ander, esa realidad que tu deseas es una tortura para el resto de nosotros, vivimos en un planeta tan pequeño el cual debemos compartir, en donde las ideas erróneas tienen que ser destruidas; si tu intención sigue siendo la misma de conquistar al mundo derramando sangre inocente, entonces no nos darás otra opción más que el de destruirte.

Roser: Tiene razón, aún estas a tiempo de recapacitar, la realidad en que vivimos no siempre es la misma realidad de todos y no puedes ser tan egoísta de pisotear los sueños de los demás por el tuyo propio, debemos coexistir para poder vivir una vida plena.

Ander: ¿Coexistir? Ya han olvidado porqué y cómo los escogí a cada uno de ustedes, nosotros compartimos los mismos ideales den destruir al opresor, traer justicia al plano corrupto y castigar a quien comete la falta sobre los demás; cada uno de ustedes me siguió porque ya no podían seguir aguantando esa ley ciega y falsa, nuestro principal motivo para seguir adelante siempre ha sido el de formar una nueva sociedad libre de doble moral. Yo les pregunto ¿Por qué han abandonado su sueño de vivir en la nueva era de oro?

Silver: Nosotros te seguimos con el deseo de crear el mundo perfecto, pero nos hemos dado cuenta de que tomamos el camino más corto, es verdad muchas de nuestras victimas merecían dejar este plano, pero la mayoría de ellas fueron víctimas que no hacían nada malo, presas de nuestra sed de sangre y venganza ¿Qué no te das cuenta de que nuestros corazones se han corrompido? ¡Nos hemos convertido en nuestro peor enemigo!

Roser: ¿Silver?

Ander: Desde que te descubrí supe que serias un buen dirigente, por tu seguridad al ejercer tu mandato, aun cuando no tenías razón alguna, te plantabas y lograbas tus objetivos, sin embargo, lamento decirte que te has convertido en un patético iluso.

Silver: Entonces no me dejas otra opción ¡Utilizaré toda la energía almacenada en esta barra para destruirte!

AEred: ¡Hazlo, ya no pierdas más el tiempo!

Silver: Es hora de vengar a Gold, ¡Golpe Feroz de Silver!

—Exponiendo la Barra hacia su oponente, una corriente de energía electrizante pronto se disparó creando un destello, a su vez que iluminó los rostros de todos y un grito se hizo escuchar.

Ander: ¡Ah! —Ríe maliciosamente.

Silver: ¡Maldición!

AEblue: No funciono...

Roser: Debe existir otra manera de ponerle fin a su locura... ¿Y si la destruimos?

Silver: ¿Qué?

AEred: Unamos nuestros ataques en uno solo golpe.

—Los cuatro a un mismo tiempo lanzan un ataque hacia la barra y un resplandor comienza a crecer entre ellos, cuando una fuerte explosión emerge lanzándolos a varios metros.

Ander: Que ilusos son, creyeron que sería tan fácil como arrebatármelo de las manos, esta pieza representa mi existencia pura y fuerte, jamás se comparen a mí. —La Barra flota hacia él.

Silver: No dio resultado.

Ander: Despreciaste el triunfo, para abrazar el fracaso, y con ello también abrazaras la muerte... —Lanzando energía oscura.

AEred: ¡Esferas Legendarias Aequor!

—Cientos de esferas aparecen reteniendo en ellas el ataque previo y caen al suelo, creando ese peculiar sonido.

Ander: Así que siguen con vida.

AEred: ¡Actúen!

AEblue: ¡Recibió el golpe!

Silver: No fue suficiente.

—Todos miran como aquella imagen de Ander era en realidad varias Animated Shadows personificándolo.

Roser: No se va a dar por vencido tan fácil.

Ander: ¡Basta de juegos!

—Presentando su barra, sin decir palabra alguna, cuatro fluorescentes Animated Shadows aparecen y vuelan directo a ellos surcando la tierra como si fueran delfines que nadan en la superficie del mar.

Roser: ¿Qué es esto?

Ander: Han venido directo a la boca del lobo.

AEred: ¿Qué?

Ander: Ninguno de ustedes tiene la posibilidad de vencerme.

—Girando alrededor como buitres sobre su presa, las Animated Shadow descargan su ataque.

AEblue: ¡Ah!

Roser: ¡Oh!

Silver: Su poder se ha incrementado…

AEred: ¿Ander?

Ander: ¡Ustedes son apenas el entremés en esta gran función!

—Cerca de allí un piloto de la armada de aviación nacional, pasa reconociendo el lugar.

Piloto1: He localizado el blanco, cambio.

Capitán en base: Identifíquelo...

Piloto1: Entendido...

Asistente en base: Capitán, el secretario de defensa está en el teléfono.

Capitán: Señor, pero aún no confirmamos, quizás son civiles, como usted diga.

Asistente en base: Esperamos sus indicaciones.

Capitán: El piloto tiene permiso de atacar.

Piloto1: Listo, fuera misil en 3,2,1.... ¡Fuego!

Silver: Pero si es…

Roser: Oh no…

Ander: ¡Malditos!

AEred: Debo actuar…

AEblue: ¡Estamos perdidos!

—Desde lo alto se aprecia una fuerte explosión que aquel piloto celebraba.

Piloto1: ¡Objetivo alcanzado!

Capitán: Confirme los resultados.

Piloto 1: Sí. —Por medio del radar y su cámara de aproximación, vio algo que lo impactó.

—¿Qué es eso? ¡Base, un objeto no identificado sobre vuela el lugar, no puedo creerlo! ¿qué demonios es?

Ander: Así que ustedes también quieren jugar, tú serás el mensaje para el resto del mundo ¡Energía Oscura! —Volando frente a la par del avión.

Piloto1: ¡He perdido el control de la nave!

Capitán: ¿Qué pasa?

Ander: ¡Este mundo me pertenece!

Capitán: ¡Salga de ahí ahora!

Piloto1: ¡Está atascado no puedo moverme! —La nave explota.

Asistente en base: ¡Señor lo hemos perdido!

Capitán: ¡Maldición!

Ander: A ustedes ya les llegará su momento, no tengan ansias, tecnología, son capaces de crear herramientas versátiles que los ayuda a prosperar, aunque el mayor porcentaje de estos inventos es usado para aniquilar, para mantener un ambiente a la defensiva un país con otro mostrando una fuerza artificial, cuando ni siquiera quieren compartir las curas contra las enfermedades que aniquilan a su propia raza y todo otra vez por el hambre de poder, insaciables bestias.

AEblue: Lo derribo sin titubear.

Silver: Si no logramos detenerlo ahora, la población no sobrevivirá a sus ataques.

Roser: Esta es la única oportunidad que témenos, si no nos damos prisa la humanidad, será presa fácil, quizás sea la nueva especie extinta.

Silver: ¿Cuál es el plan?

AEred: Pelear, debemos esforzarnos al máximo.

AEblue: ¡Si!

Silver: Entonces unamos fuerzas.

Ander: Todos cometemos errores alguna vez, el propio planeta tierra lo ha tenido en el momento en el que dio cabida a la humanidad, una raza llena de fango y avaricia, pero hoy el destino me otorgó la oportunidad de rectificar errores del pasado, errores que nunca debieron de haberse cometido.

Roser: Gracias a Gold nosotros hemos abierto los ojos y nos hemos dado cuenta de lo equivocados que estábamos ¡Aún estas a tiempo Ander!

Ander: ¿En serio lo crees? Tu misma lo has dicho, cada uno ve la realidad que quiere ver, abandonas la oportunidad de castigar a esos que lastiman a los animales desprotegidos ¿Te das cuenta de qué los estas abandonando a su suerte?

Roser: Es verdad que inicie aplicando la justicia con mis propias manos y perdí el sentido de culpa, esa sensación de hacer lo correcto se fue, y como una desquiciada comencé a atacar sin importarme quien fuera. Jamás voy a dejar de proteger a los animales que son torturados, nunca los abandonaré.

Ander: Y terminaste asesinando a tantos inocentes, que pena me das.

Roser: Estoy viva Ander, mientras pueda voy a luchar con estos poderes que son parte de mi naturaleza para tratar de enmendar mis malas acciones.

Ander: Lo que quiero decir es que, así como tú, Silver y todos los humanos regulares que se han sumado a nuestra causa se han superado en todos los aspectos y han dejado de ser unos ignorantes y mediocres sin ningún futuro terrenal, lo único que un hombre y mujer regular esperan de la vida es la muerte, sin siquiera pensar en trascender.

AEblue: Lo único que ellos necesitan es un buen líder, es verdad que durante toda la historia las diferentes civilizaciones que habitan este mundo se han impregnado del mal de la corrupción, es por eso por lo que debemos mostrarles el camino, para que despierten a la verdad del Universo y vivan plenamente coexistiendo con todo lo demás.

Ander: ¿Y acaso tu eres capaz de liderarlos por un buen camino lleno de prosperidad y bienestar? O solo prometerás prosperidad mientras estas en el camino hacia el poder y una vez logrado esto, tan solo llenaras tus bolsillos con sus riquezas, ¿Crees qué no he estudiado bien lo que pasa en el mundo? Esta es la oportunidad que tenemos para enmendar sus faltas ¡La muerte será su purificación!

AEblue: Nuestro deber es pelear por todos esos seres indefensos que aún no despiertan a la verdad.

Ander: Te lo diré de esta manera, ya me cansé, nuestra familia será quien reemplacé a su raza, no hay nada más que decir, todo tiene un plazo y el tiempo, para la raza humana ha llegado a su fin. —Baja hasta tocar el suelo, colocando la barra de frente, la apoya en la tierra y comienza a liberar energía en forma de espiral que va hacia el cielo.

AEblue: ¿Qué hace?
Roser: ¡No lo hagas!
Silver: ¡Détente!

—El ambiente se pone más tenso mientras que en el cielo varios helicópteros militares aparecen.

Roser: Ha iniciado el ataque.
AEblue: ¡No podemos esperar, debemos impedirlo! —Corriendo hacia Ander.
Silver: ¡A como dé lugar! —Corriendo a la par de AEblue.
AEred: ¡AEblue!

—Al ir corriendo, Silver y AEblue son encapsulados por dos esferas de color rojizo las cuales se elevan flotando hacia atrás, pronto AEred se nota corriendo hacia Ander con una mirada desafiante y segura.

AEred: ¡Confió en ustedes!
Ander: ¡Demasiado tarde, bienvenidos al gran suceso!

—En este momento Ander sin más preámbulos dispara con la barra cientos de esferas oscuras que toman la forma de una roca gigante, elevándose a una gran altura rápidamente.

AEred: ¡Guardián Legendario Aequor!

—Cuando estaba más cerca de Ander, creo una serie de mil esferas gigantes Aequor las cuales, una a una se fueron uniendo, al principio, el continuo ataque de Ander las desquebrajó, pero, el resto de las esferas Aequor se agregaron rápidamente, formando un campo hermético, encerrándolos a ambos juntos y evitando que el ataque siguiera; mientras que Roser y los demás han quedado estupefactos a lo que acontece.

Roser: ¡AEred!
AEblue: ¡Deneb!

Silver: Ha detenido oportunamente el ataque, pero si continúan juntos está en peligro de que le suceda lo mismo que a Gold.

AEblue: Oh no... —Destellos de energía apenas y se aprecian dentro de aquella esfera gigante. —Debo hacer algo para ayudarlo se está exponiendo demasiado.

Silver: ¿AEblue qué es lo que hace?

AEblue: Usualmente cuando encerramos a una Animated Shadow en una esfera luego las mandamos a las estrellas, es decir, la esfera Aequor detona en el aire nulificando aquel espectro y si es esto lo mismo que está tramando, AEred entonces está en peligro porque una vez que detone no solo Ander será destruido, sino que a AEred le puede suceder lo mismo.

Roser: Ah, las Animated Shadows se están acercando, no podemos irnos y dejarlo atrás.

Silver: ¡Electroshock!

—Luego de aquel golpe, Silver logra romper la pared de la esfera en la que se encontraba y librarse, igualmente unos segundos después AEblue crea adentro de su esfera otra de tono azul la cual se expande al punto de romper la esfera rojiza y quedar libre.

Roser: Vamos.

AEblue: No te des por vencido, por favor.

Silver: Acabemos con ellas.

Animated Shadows: ¡Animated!

Silver: ¡Golpe Feroz de Silver!

Roser: ¡Pétalos de Rosa, espárzanse!

AEblue: ¡Esferas Legendarias Aequor!

—Aquellos tres como perros de caza desenfrenadamente atacaron mientras que, en el interior de la esfera, Ander había incrustado su barra en la pierna izquierda de AEred.

AEred: ¡Ah!

Ander: ¿AEred no es así? Rojo como el color de tu sangre, en qué momento pensaste que encerrándome aquí tenías ventaja para destruirme, ¿Acaso no aprendiste de la lección de Gold?

AEred: Si para detenerte es necesario morir contigo, te aseguro que no tengo problema con ello.

Ander: No seas iluso, sacrificar tu vida insignificante no me detendrá, en unas horas la superficie terrestre quedará cubierta de sombras, el sol no brillará ni con el reflejo de la luna, los días que siguen serán críticos para ustedes, entonces van a querer regresar a mí a implorarme perdón por sus faltas, y quizás les dé una muerte rápida o a lo mejor los arroje a las bestias para que se encarguen de acabar con su patética vida.

AEred: Eres un desquiciado, jamás he estado más convencido de destruirte.

Ander: ¿Lo dices en serio?

AEred: No me interesa morir.

Ander: ¿Cuánto me demorará partirte en mil pedazos?

AEred: Este es tu fin Ander.

Ander: ¿Eh?

Aquella esfera comenzó a girar aún más rápido que antes y en el interior ambos, reinician una pelea a muerte. Roser, Silver y AEblue no se dan abasto una vez que han incitado a atacar a las Animated Shadows estas continúan apareciendo como si fueran un rio sin cauce, de pronto un movimiento en la tierra los sacude.

Roser: Ah ¿Qué está sucediendo adentro?

AEblue: ¡AEred tienes que salir de ahí!

Silver: ¡Debemos alejarnos de aquí!

AEblue: No lo puedo dejar solo.

—Sin más, una fuerte explosión cimbra el lugar, dejando una gran polvareda y rayos de estática.

AEblue: Red, ¿Dónde están?

Roser: La esfera desapareció.

Silver: Las Animated Shadows se han ido también.

AEblue: ¡Deneb!

—La noticia de último momento mantenía con asombro y escepticismo a la población global, quienes como moscos a una luz se pegaban a los monitores, las imágenes de aquella explosión estaba siendo transmitida en vivo por todos los noticieros que tomaban el espacio, para mostrar lo que acontecía, la Internet y los medios sociales estaban igualmente saturados con nueva información que mostraba las esferas oscuras surcando los cielos; todos habían quedado hipnotizados ante esto y la sensación en el ambiente cambió, algo se acercaba y no había tiempo de hacer algo, en pueblos y aldeas alejadas de las grandes ciudades de igual manera el sonido parecía haberse ido y los animales comenzaron a esconderse, todo era tan extraño hasta que grandes estruendos se hicieron escuchar al choque, en donde el humo se alzó y lentamente iba siendo absorbido hasta dejar a la vista dicha esfera oscura girando sobre su propio eje.

Por su parte Terra, Ignis, Ventus y Aqua monitoreaban lo que acontecía desde el núcleo.

Ventus: ¿Qué es eso?
Ignis: No me gusta nada.
Aqua: ¿Qué diablos es eso?
Terra: Se dispersaron por todo el planeta.
Ventus: No debemos perder tiempo, esto puede afectar a Naturae.
Ignis: Será mejor que investiguemos de cerca.
Aqua: De acuerdo.
Terra: Vamos.

Los guardianes elementales saltan adentro del portal, el mismo que muestra las imágenes del mundo y aparecen cayendo del cielo.

Terra: ¿Eh? Estamos volando.
Aqua: ¡Ah, no traemos paracaídas!
Ventus: No lo ocupas.
Aqua: ¿De verdad?
Ignis: Debemos dispersarnos, nos vemos más tarde.
Aqua: ¡Es verdad, puedo volar!
Ventus: Estarás bien, los veré pronto.
Terra: Aqua cuídate.
Aqua: Si tan solo todo fuera como se ve desde aquí arriba.
—Aqua se sostiene en el aire mientras que ve a su alrededor y deja salir una lágrima, luego vuela en dirección opuesta a los otros tres.

—De regreso con AEblue.

Silver: No percibo a Ander.

AEblue: ¿A dónde se fueron? Su celular me manda a buzón de voz directamente ¿Deneb qué has hecho? Esa misión era muy peligrosa debo pensar ¡Deneb!

Roser: ¡Concéntrate, tienes que calmarte!

Silver: AEblue, ¿Cuál era el plan?

AEblue: Nuestro deber es detener todo lo que aqueje a este mundo y librar del peligro a sus habitantes a toda costa, no importa que tengamos que exponer nuestras propias vidas, haríamos hasta lo imposible.

Roser: ¿Dar sus vidas?

AEblue: Si, prometimos terminar con lo malo existente, aunque arriesguemos nuestras propias vidas.

Roser: El ultimo sacrificio, se dice que todos tenemos el tiempo necesario para cumplir nuestro propósito en este planeta, pero hayamos o no cumplido nuestro propósito hay un punto de partida, en ocasiones son terceras personas que interfieren con ese tiempo y espacio, de cualquier manera, cuando el tiempo de partir llega no hay más nada que pueda hacerse, lo siento.

AEblue: Pero el no pudo irse así de esta manera.

Silver: ¡No se den por vencidos!

AEblue: ¿Ah?

Silver: El plan de Ander es erradicar a la raza humana completamente, AEred confió en nosotros, AEblue, no debemos perder tiempo, el hizo un buen trabajo lo menos que podemos hacer ahora es asegurarnos de que la población esté bien.

AEblue: ¿Pero?

Silver: AEred fue muy valiente y astuto para enfrentarse a Ander, el cumplió con su promesa.

AEblue: Silver...

Silver: Hagamos nuestra parte.

—Los tres se dirigen hasta donde una de las esferas, ataque de Ander había caído, en el lugar de impacto el radio es de 50 pies, en poco tiempo la misma energía genera una torre desquebrajada.

Silver: Torres de la liberación.

AEblue: ¿Torres de la liberación?

Silver: Estas torres simbolizan la casa de la gran familia y el fin de la humanidad, está previsto que antes del nuevo mundo del cual Ander tanto nos narró, habría una pelea en donde se disputaría el futuro del planeta, después de esta el mundo quebraría su cascaron y entonces la nueva era comenzaría, la oportunidad para que la gran familia floreciera y ya no siguiera en las tinieblas llegaría, no obstante seria el fin de la raza humana y todo tal como conocemos ahora dejaría de existir y la gran familia reinara por la eternidad.

AEblue: Suena como un mal cuento, ¿Cuántos proyectiles lanzo?

Roser: Vayamos al siguiente punto. —Llegando a zona metropolitana.

AEblue: En medio de la ciudad, la gente está alarmada ¿Qué sigue con el plan de Ander?

Silver: En cualquier momento iniciara el exterminio, aquel que no lo siga tiene derecho a la muerte; cuando nosotros decidimos seguirlo no sabíamos que contábamos con poderes propios, así como nosotros, muchas personas que aceptaron a Ander ahora son pertenecientes de la gran familia, a quienes lo sigan se les otorgará el derecho del nuevo mundo.

AEblue: El mundo no solo está habitado de personas maliciosas también existen seres inocentes y llenos de valores que buscan la equidad.

Roser: Entonces debemos alertar a la población.

AEblue: ¿Cómo?

Roser: Tenemos que usar tacto, pero debemos hablar con la verdad.

Silver: Vámonos de aquí. —Abriendo un portal en medio de la calle.

AEblue: Red, te estaremos esperando. —Entran al portal y este se cierra.

—Al reaparecer en el área de Los Angeles, se dan cuenta de que también ahí han caído esferas y una torre permanece custodiada por elementos de la policía y bomberos.

AEblue: ¡Están por todos lados!

Roser: Hasta ahora no hay señal de Ander.

Silver: No tenemos mucho tiempo.

AEblue: Han sido ya varios años peleando y viviendo como nómadas, es más complicado de lo que pensé. —Camina hacía un cotado con el rostro agachado y manos empuñadas.

Roser: ¿AEblue?

AEblue: Lo siento, ya no puedo.

Silver: ¿Ah?

AEblue: ¡Lo siento, lo siento, lo siento! Pero, ya no puedo contener esto.

Roser: ¿Daniel?

AEblue: Han sido años de entrenamiento, nos hemos aislado de todo y de todos, por cumplir con nuestra misión, pero ahora se ha ido y yo no soy tan fuerte. —Llorando.

Roser: Debes ser fuerte.

Silver: ¡No estás solo!

AEblue: ¿Qué?

Roser: Nosotros estamos contigo, pelearemos a tu lado.

Silver: Así es, tenemos una promesa que cumplir.

AEblue: Me siento impotente de no poder hacer algo para ayudarlo, no cuento con el poder necesario para detener todo esto, terminarlo todo de una sola vez sin exponer la vida de los demás.

Silver: Llora si necesitas llorar, pero hazlo mientras corres con nosotros.

AEblue: ¿Ah?

Roser: Ni Ander tuvo el poder suficiente para cambiarlo todo en un segundo, su batalla inicio hace mucho tiempo, así que no te rindas tan fácilmente.

AEblue: Perdón.

Roser: No te preocupes, todos los sacrificios te llevan a un mejor lugar.

—Los tres corren mientras AEblue se limpia las lágrimas y se les ve entrar a un pequeño internet-café.

Roser: Te aseguro, que este es el mejor medio para llegar a miles de personas en poco tiempo. 3, 2, 1 ahora. —Todos permanecen en silencio.

Silver: Da tu mejor esfuerzo, hazlo ahora.

AEblue: Sí, este es un mensaje de alerta ¡Un mensaje para todos! Dentro de muy poco tiempo se iniciará una revolución alrededor del mundo, desgraciadamente esto no es una broma, en este momento estamos entrando en una batalla provocada, evitemos perder a quienes queremos y protejamos a todos los inocentes, busquen refugios y no se expongan.

Hay un enemigo que se hace llamar la gran familia liderado por Ander, quien tiene como propósito gobernar el planeta completo sin nosotros, sin la gente, él ha venido cometiendo genocidio sin motivos raciales, políticos o religiosos; su intención es desaparecernos a todos. Por favor resguárdense estos siguientes días, permanezcan en lugares seguros, tienen que abastecerse de comida y provisiones mientras esto pasa. Nosotros, nosotros haremos todo lo posible por mantenerlos reprimidos, mi nombre es AEblue y mi misión es ver por la integridad de todos, ni yo ni mi equipo representamos a algún gobierno ni a un sector de la población, nosotros hemos despertado como cada uno de ustedes deben ser también, protectores del planeta tierra y de todas las especies que lo habitan.

–Mientras AEblue grababa el video, Silver lo escuchaba detenidamente recordando la muerte de Copper, Gold y Red. Por un momento AEblue se queda callado recordando también a Red.

AEblue: Recomendamos no salir a la calle, protejamos a nuestras familias y amigos, difundan este mensaje y por favor manténganse lejos de las torres que han invadido esta tierra.
Roser: Solo tomará un momento...
AEblue: ¿Crees que funcione?
Roser: Esperemos que sí.
Silver: Si esto da resultado el número de víctimas disminuirá.
AEblue: Deben escuchar el mensaje. –Mirando hacia afuera ve personas despreocupadas ante la situación.
Roser: Listo.

–Más tarde, uno de los canales nacionales en donde se estaba dando seguimiento a la aparición de las torres es interrumpido por el productor quien le da unas hojas de papel a los periodistas.

Periodista 1: ¿Qué es esto? De acuerdo, señoras y señores se nos ha informado que las torres son muy peligrosas, hace unos momentos subieron al net un video que a continuación expondremos al aire. – Luego de exponer el video a nivel nacional. No estamos cien por ciento seguros de que esto no sea un juego o si esto tiene algo que ver directamente con las torres, de algo si estoy seguro, debemos prevenir una desgracia, la guardia nacional nos informa que habrá toque de queda y siguiendo a nuestros hermanos alrededor del mundo parecer ser que la mayoría de países optara por resguardarse.

—El mensaje se esparció más rápido de lo que se creía llegando a todos los lugares del mundo, ya sea por medio televisivo o por medio de las redes sociales. Mientras tanto a un costado de la torre de Tokyo, una espeluznante torre había aparecido también, miembros de la policía acordonaban el lugar colocando así reflectores hacia la torre cuando se escucha un fuerte estruendo que proviene de esta.

Policía 1: ¿Qué demonios es esto?
Policía 2: ¿Quién anda ahí? —Temblando desenfunda su pistola.

—Se escucha el eco de una risa malévola, y luego un resplandor se esparce por el lugar robándoles su energía vital a quienes se encontraban cerca, quedando ahí nuevas Animated Shadows y estas comienzan a transitar por la noche buscando víctimas, en tanto en Los Angeles, a pesar de las advertencias y señalamientos por parte de las autoridades, cientos de personas salen a las calles a seguir de cerca los recientes acontecimientos, entre el bullicio de la gente, cerca de una de esas torres, Daniel interactúa con un desconocido.

Daniel: No puedo creer que esto esté pasando. estas torres han cubierto todo el planeta. ¿Por qué arriesgaran su vida exponiendo la de otros? Si tan solo usaran su sentido común.
Bombero: Eso es cierto, aún en estas condiciones nosotros debemos de hacer lo que podamos para protegerlos, si fuera un mago créeme que ya los hubiera desaparecido y encerrarlos en sus casas, no solo exponen su vida, sino que nos exponen a nosotros también.
Daniel: Tienes razón.
Bombero: Entonces es momento de que regreses a casa.

—Mientras ambos observan la amenaza que representa, miran a muchas personas parloteando, tomándose fotos o simplemente arriesgándose sin ningún interés o caso a las autoridades, cuando un gruñido se escucha resonar creando un silencio, entre aquel bullicio.

Daniel: ¿Qué fue eso?

Bombero: Debemos desplazarlos ahora, no sabemos con qué nos enfrentamos aquí.

—En aquel extraño silencio una explosión crea una onda que arroja a todos al suelo y Daniel al ponerse de pie se da cuenta que el individuo con el que hablaba no está, solo confusión y alboroto de las personas que, ahora con pánico, tratan de escapar del lugar y de entre la multitud varias Animated Shadows aparecen atacando e impregnando con terror las calles. Desde diferentes puntos Silver, Roser y AEblue se comunican entre sí.

Silver: Las Animated Shadows han aparecido y se esparcen rápidamente.
Roser: El video mensaje está teniendo mucho alcance no hay duda de ello, aunque hay muchos curiosos en las calles.
AEblue: Silver, Roser, puede que nuestras energías se drenen. — Nulificando algunas Animated Shadows. —No perdamos el objetivo de esta batalla, nuestro deber es proteger a todos.
Roser: ¡Bienvenido de vuelta!
Silver: Eliminemos a las Animated Shadows de esta ciudad y movámonos a otros puntos.
AEblue: Nos vemos más tarde.
—En el núcleo, Naturae despierta

Naturae: Terra, Aqua, Ventus, Ignis ¿Qué es esta energía extraña y fría? Hijos que se han engendrado en mi ceno y que han despertado a la brusca realidad, tan simple nuestra misión, pero tan complicado que lo hacemos; estancados en este remordimiento mientras el universo sigue en expansión, hemos caído en medio de un conflicto de destrucción, no será fácil restablecer el equilibrio, pero como parte existencial en este espacio, somos materia en cambio y movimiento, como tal debemos de actuar.

—Poco antes del atardecer se ve a Daniel, Ángel y Roser reencontrarse en medio de una avenida y afuera de un pequeño restaurante, exhaustos por la gran demanda que las Animated Shadows requieren, un día entero de pelea, por un momento permanecieron mirándose sin decir nada.

Daniel: Son demasiadas.

Ángel: Si tan solo pudiéramos cubrir mayor terreno.

Mesera: Hola, perdón, pero debido a lo que está sucediendo estamos cerrando temprano.

Roser: Ha sido un día muy largo.

Daniel: No hay problema, gracias.

Mesera: Esperen, se ven muy cansados, entren deprisa les prepararemos unos sándwiches.

Roser: ¿De verdad?

Daniel: ¡Si, muchas gracias!

Mesera: ¿Tú eres el del video, correcto? Lo han repetido una y otra vez en las noticias.

Daniel: Me reconoció.

Mesera: Claro que sí, digo, no es que traigas una máscara puesta ¿Dime es esto el fin del mundo? Lo dicen por todos lados.

Daniel: Eso no sucederá, porque no lo permitiremos.

Mesera: ¡Entonces debemos mantenernos de pie y unidos, no perderé la esperanza!

Ángel: Eres muy valiente.

Roser: La tempestad apenas dio inicio, pero nuestra esperanza jamás debe de extinguirse, Daniel, el primer video dio resultado, aún no sabemos qué camino tomará esta pelea, pero debemos darles un aliento de esperanza; algo que les de valor para seguir adelante.

Daniel: Ella me reconoció, es muy probable que ellos...

Roser: De acuerdo, ya tenemos la atención que necesitamos, es hora de reafirmar nuestro mensaje, tres, dos, uno.

Daniel: Solo han pasado algunas horas y todos hemos presenciado el terror de ver partir a nuestros seres queridos, amigos y personas inocentes, compartimos esa impotencia de querer hacer algo y no poder pero también debemos compartir la esperanza, esas ganas de proteger y de hacer lo correcto, quizás no se dieron cuenta antes pero, el mundo, nuestra sociedad ha estado en decadencia desde hace mucho tiempo, estoy seguro que otros cuantos lo han notado y se han callado, pero nunca es demasiado tarde para abrir los ojos y tomar nuestro lugar como guerreros, como protectores que somos. Paren de herir, robar, matar y engañar a nuestra sangre que aunque nuestros idiomas sean diferentes, el color de la sangre es el mismo, todos tenemos el deber de proteger ya que somos iguales, así como tuvimos la oportunidad de nacer, todos también tendremos la oportunidad de morir, mantengamos esa esperanza, sin ustedes nada será posible; ¡No se dejen intimidar ni manipular por nadie! La vida y la muerte nos pertenecen individualmente y es lo más seguro que tenemos, pero nuestros cuerpos son más frágiles de lo que parecen, es por eso tienen que evitar a las Animated Shadows nosotros haremos lo posible por parar esta masacre, confió en cada uno de ustedes también.

–Finalizando la grabación, mientras aquel video se subía al net, puede apreciarse a los tres y a la joven mesera tomar valor por el discurso, incluso el mismo Daniel se olvida de todo y poniéndose de pie camina hacia la puerta, en esto el padre de la joven aparece.

Daniel: ¡Estoy listo!
Cocinero: Jóvenes tomen esto, coman por favor.
Ángel: Debemos seguir, hay mucho camino que recorrer. –Poniéndose de pie.
Roser: No debemos perder tiempo.
Mesera: Por favor. –Sonriendo, pero con lágrimas brotando sin parar. –Esto es cortesía de la casa ¿Verdad papá?
Cocinero: Sí, es lo mínimo que podemos hacer por ustedes, por favor acepten estos alimentos.

–Por el rostro de los tres comenzó a correr llanto, mientras el padre y su hija inclinaban su cabeza en señal de ofrenda.

Daniel: Se los agradecemos mucho. –Inclinándose.
Mesera: ¡Ah, por favor siéntense!
Ángel: ¡Gracias!
Roser: ¡Esta delicioso!
Daniel: Ya tenía hambre.
Mesera: ¡Disfrútenlo!
Cocinero: ¡Me alegra!

Daniel: Comí demasiado.
Roser: ¡Delicioso!
Silver: No puedo creer que coman tan rápido ustedes dos, yo apenas voy a terminar mi primer sándwich.

Roser: No sabía que comieras tan lento.
Ángel: Cuando comes lento disfrutas mejor tus alimentos.
Daniel: No lo sé.

—Entonces gritos provenientes de la calle de personas asustadas se hicieron escuchar y los tres se pararon y fueron hasta la puerta del local.

Ángel: Gracias por sus atenciones, es momento de irnos.
Cocinero: Siempre he creído en que tienes que apoyar a quien te apoya.
Roser: Cuídense mucho, no se expongan.
Mesera: ¡Ustedes también cuídense allá afuera, esperó que nos volvamos a ver!
Daniel: ¡Muchas gracias! Jamás olvidaré lo que han hecho por nosotros. —Se van.
Mesera: ¿Estarán bien?
Cocinero: ¡Estoy seguro de que no se darán por vencidos!

Daniel: ¡Esferas Aequor, actúen!
Roser: ¡Pétalos de Rosa, espárzanse!
Ángel: ¡Electroshock!

—Apenas se encontraron con las primeras Animated Shadows estos se deshicieron de ellas cuando gritos aterrados y cristales rompiéndose los motivaban a correr hacia otro lugar y en pleno camino, Daniel se detiene haciéndolos parar también.

Daniel: Me alegro de que hayan recapacitado decidiendo pelear de nuestro lado.
Roser: Tú y Deneb nos abrieron los ojos.
Daniel: De verdad, gracias por su apoyo.
Ángel: ¿Daniel?
Daniel: Temo que debo marcharme ahora.
Roser: ¿A dónde iras?
Daniel: Al lugar donde mi travesía inicio, tengo que ir a asegurarme que estén bien.
Ángel: No te rindas.
Daniel: Sí.

Roser: ¡No te preocupes, nosotros nos encargaremos de limpiar esta ciudad!
Ángel: Así es no descansaremos hasta recuperar este territorio.

—En ese momento una oscuridad llegó y sintiendo un escalofrío todos se dan cuenta de que han sido rodeados por docenas de Animated Shadows las cuales poco a poco se van acercando.

Animated Shadows: Inmovilizando primero a su víctima extraen la energía vital del cuerpo dejándolo inerte, como materia que es el cuerpo, se desintegra convirtiéndose en ceniza y de esto surge la nueva Animated Shadow, en tanto la energía vital extraída se dispara hacia la esfera oscura colocada en lo alto de la torre de la liberación más cercana, siendo así los peones que propagan el silencio.

Ángel: ¡Soy el guerrero que renace de las tinieblas, los rayos plateados les mostraran el camino hacia la luz! —Mientras se eleva, rodeándose de una luz electrizante. —¡Soy Silver, Electroshock!
Roser: ¡La flora y la fauna, me brindan su poder y furia! Soy Roser, prepárense para desaparecer, ¡Pétalos de Rosa, espárzanse! —Lianas la cubren de pies a cabeza y cuando se descubre queda transformada.

—Los ataques de ambos, eliminan a las Animated Shadows.

Roser: Debemos destruir cada torre.

—De la nada aparece una pequeña esfera de tono rojo flotando en medio de los tres.

Daniel: ¿Esto es? —Sus ojos se cristalizan.
Roser: Esta esencia...
Silver: Definitivamente.

—Aquella esfera se reventó y al hacerlo rayos de energía se dispararon, creando así un holograma, en eso la lluvia llego al lugar.

AEred: ¡AEblue!
Daniel: ¿Deneb?

AEred: Yo me encargaré de Ander, no podemos permitir más estragos. Silver, Roser, esta perla posee la energía que Gold encapsulo en su última pelea, les pertenece a ustedes, ¡No te preocupes blue, me aseguraré de terminar con Ander! Toma esta esfera de energía, utilízala cuando estés en problemas. −Disipándose.

Daniel: ¡No!

Roser: ¿AEred?

Daniel: ¿Por qué fuiste solo?

Silver: La muerte de Gold y AEred, no quedarán en vano.

Roser: Nosotros seguiremos con su misión.

Daniel: Loco, me has dejado solo.

Silver: ¡AEblue, no te des por vencido!

Roser: ¡Se fuerte!

Daniel: Por ti pelearé con todas mis fuerzas.

Silver: Roser, vamos.

Roser: ¡Sí!

−Ambos se van corriendo y se pierden al dar la vuelta en la esquina, notándose destellos de energía, decididos a proteger a la población y exterminar a las Animated Shadows, por su parte Daniel se quedó mirando hacia donde ellos habían ido, bajo la lluvia.

Daniel: Siempre tuve el temor de que la amenaza golpeara directamente a casa, hui como un niño asustado, pero llegó el momento de regresar, soy Aequor blue ¡Esfera de Acción! −Una energía azul lo envuelve, quedando con su atuendo de batalla. −Aquí voy.

−Los gobiernos alrededor del mundo iniciaron una movilización militar para resguardar a los ciudadanos, sin embargo, no había un lugar libre a donde esconderse de estas abominaciones, algunos lugares en donde la gente se aglomeraba buscando auxilio se convertían en cuarteles de presa fácil y masiva; miles de bajas en tan pocas horas, llenaban de pánico e histeria a los que quedaban atrás, ni el color de piel, ni edad importa en esta masacre.

CREE EN TI.

5 AEQUOR BLUE

Guardián, guardián, es momento de despertar. —Escuchaba Daniel una voz mientras dormía.

Daniel: Cinco minutos más.
Voz: ¡Guardián!
Daniel: ¡Ah! —Sentándose en la cama con los ojos semi abiertos.
Voz: ¡Es momento de despertar!
Daniel: ¿Quién es?
Voz: Soy el vigía.
Daniel: ¿Estoy soñando?
Voz: No, he venido a entrenarte porque una amenaza se acerca y tú fuiste elegido para ver por el mundo.
Daniel: ¿Quién eres tú?
Voz: Mi nombre es Deneb, soy vigía del mundo, toma la llave.
Daniel: ¿Una llave?
Deneb: Vamos, abre la puerta no hay tiempo que perder, debemos apresurarnos antes de que sea tarde. —Desvaneciéndose en el aire.

AEblue: Aquella noche gracias a la llave que me entregó, pude abrir la puerta de aquel sueño extraño, aquel que tantas veces se repitió; al abrir la puerta, en otra dimensión muy a lo lejos entre las tinieblas se observaba una silueta a espaldas, a la cual me acerqué sigilosamente.

Daniel: Estoy soñando, sé que estoy soñando ¿Quién es? ¿Quién eres tú?

—Así, luego de ponerse frente a la silueta, constelaciones y galaxias aparecieron a su alrededor iluminando aquel espacio oscuro y vacío, Daniel no creía lo que estaba viendo.

Daniel: Los planetas se han alineado, pero ¿Cómo?

Haniel: el momento ha llegado, el ciclo se repite una vez más, dentro de muy poco, este planeta entrará en crisis, es por eso por lo que tienes que detener la amenaza que se acerca. —Dos luces caen a tierra.
Daniel: Estrellas fugaces.
Haniel: Ellos también han despertado.

—¡Despierta, despierta! Daniel, quien dormía boca abajo, era presa de su mamá que le gritaba ¡Despierta! Mientras les hacía cosquillas a las plantas de sus pies.

Mamá: ¡Ya es hora!
Daniel: ¡Detente jajaja ya estoy despierto!
Mamá: Baja a desayunar que tengo varios encargos para ti. —Sale del cuarto.
Daniel: Sí, wow ese sí que fue un sueño.

—Más tarde, mientras comía frente al puerto en una banca del malecón, tuvo una visión, vio a la luna partirse en pedazos y estos caían en llamas, trayendo destrucción y caos.

Daniel: ¡Oh no!
Deneb: Este mundo está en peligro.
Daniel: ¿La luna?
Deneb: El ciclo de la destrucción ha llegado.
Daniel: ¿Destrucción?
Deneb: Sí, es por eso por lo que he venido a ti.
Daniel: ¡Es cruel ver sufrir a otras personas sin poder hacer algo para evitarlo!
Deneb: Las revelaciones de un mundo en caos corresponden a la de una realidad en decadencia.
Daniel: ¿Cómo puedo cambiar eso?
Deneb: Tendrás la oportunidad.
Daniel: ¿Hablas en serio?
Deneb: Sí.

Daniel: Desde que tengo memoria, siempre quise convertirme en un super héroe y proteger a los más necesitados de la maldad de muchos.

Deneb: La espera terminó, estamos involucrados en una pelea por mantener vida en el sistema solar.

Daniel: Ella me lo dijo antes de partir.

Deneb: ¿Eh?

Daniel: Yo no quería que se fuera, ella fue quien me mostró, la enfermedad que mantiene inestable a los humanos y que amenaza con toda existencia, y la resistencia de otros por mantener y proteger a todo habitante sin lastimar a nada ni nadie, me mostró el secreto de las estrellas de la forma más simple.

Deneb: Existe un equilibrio en el Universo, leyes que no deben romperse, y que al hacerlo activan sensores para su pronta restauración; nuestro deber es proteger la energía vital que mantiene al Universo en movimiento.

Daniel: Y yo que creí que era tan solo una ilusión, parte de mi imaginación no solo mi familia y mis amigos viven aquí, millones de luces hacen resplandecer al mundo, ella era mi mejor amiga, sé que su sonrisa fue real ¡Por favor ayúdame a salvar las sonrisas que alumbraran el futuro de este mundo!

Deneb: No podemos perder más tiempo, guardián.

AEblue: Sabíamos que, para reprimir esa energía hostil, debíamos buscarla para enfrentarla y terminar con esa amenaza, así que tuve que despedirme de ellos.

Mamá: ¿Por qué te vas?

Daniel: No se sientan tristes, diario les voy a llamar por teléfono y les voy a escribir.

Mamá: Daniel, no te vayas.

Daniel: Este es el momento, por favor apóyenme, ella me dijo que cuando el momento llegara, una señal llegaría cuando del cielo llovieran esferas de fuego.

Papá: Es tan precipitado, los psicólogos dijeron que era una creación de tu imaginación.

Daniel: Por favor, no puedo quedarme con los brazos cruzados y esperar a que ustedes y las personas que más quiero corran peligro ¡No puedo arriesgarme a perderlos!

Mamá: Nunca quise creer que tendrías que irte.

Daniel: Fue por eso por lo que hablé con la verdad con ustedes, duele mucho aquí en el pecho, pero no quiero arriesgarme a perderlos para siempre.

Papá: ¿Daniel?

Daniel: Por favor, permítanme pelear por ustedes, permítanme mostrar los valores que ustedes me inculcaron, yo no quiero irme, pero es mi deber y debo cumplir con mi propósito.

AEblue: Ellos fueron muy fuertes al permitirme emprender el viaje.

Deneb: Debemos mantenernos en movimiento, las energías de polos opuestos siempre se atraen, ellos no correrán ningún peligro ahora.

Daniel: ¡Los volveré a ver, regresaré!

—Sin haber avanzado mucho camino, el autobús en el que viajaban freno de emergencia alarmando a los pasajeros, el chofer pregunto si todos estaban bien a lo que respondieron positivamente, algo se había atravesado en el camino y solo para asegurarse baja del autobús, luego un grito de espanto se escuchó y los pasajeros asistieron; era una bestia enorme, una Animated Shadow que luego de atacar a aquel chofer miraba de frente a los demás pasajeros, y cuando esta quiso atacar de nuevo, Deneb aparece interponiéndose en su camino y sin pensarlo crea una esfera de luz, la cual dispara cuanto antes a la sombra, desvaneciéndola en el aire.

Daniel: ¿Eso fue?

Deneb: ¡Vámonos!

—Los dos se pierden en el camino mientras los pasajeros se quedan atónitos por lo que acaban de presenciar, todo había sucedido tan rápido que Deneb sabia era mejor irse sin dar explicaciones.

AEblue: Así fue como todo inició, en un intento por resguardar a mi familia y a mis amigos decidí alejarme y emprender un viaje largo por el mundo con la seguridad de que cumpliría mi deber como guardián, defendiendo a quien fuese de las garras de esa energía hostil y hacerles frente, erradicándolas para evitar mayor tragedias; AEred y yo nos aventuramos a pelear con todas nuestras fuerzas, viajamos por

todos los continentes y sus ciudades principales, guiados por las
señales del universo hasta llegar a este lugar, pero el tiempo nos ganó,
¡No voy a rendirme! Hoy es cuando más tengo que pelear con todas
mis fuerzas, si quiero recuperar la tranquilidad del mundo y vengar la
muerte de AEred.

—AEblue se detiene al ver pasar helicópteros militares hacia la ciudad,
mientras levemente empuña sus manos, cuando alrededor del mundo
un grito se hace escuchar ¡Animated Shadows, destrucción!

Que rápido transcurre el tiempo, hace poco éramos apenas
unos niños, muy corto espacio, aunque suficiente para aprender a
caminar, a comer y aprender a saber cómo distinguir entre el bien y el
mal.
Te has preguntado alguna vez ¿Cómo funciona el proceso
donde la energía vital se materializa? ¿Cómo elegimos la especie que
seremos? Guiados por la luz nos apresuramos y sin saber llegamos a
este mundo, y si tienes suerte, si naces siendo humano, tienes mucho
más probabilidades de sobrevivir; somos la especie dominante
"Homo Sapiens", pero hemos adoptado pensamientos erróneos,
falsos y egoístas, moldeando a nuestro antojo la vida y destino de
todo lo que nos rodea, dejando a un lado nuestra primordial
obligación que es la de proteger al planeta; entonces decididos a
alimentarnos deliberadamente de los sueños y oportunidades de los
demás, utilizando armas de terror para mantener oprimida la libertad
e igualdad, pisando sin compasión a todo aquel o aquello que no sea
igual, delineando diferencias, utilizando represalias, escondiéndonos
detrás de la ignorancia, enmarañando con vanidad, obstruyendo la
verdad ¿Qué tan diferentes somos del resto de los animales que nos
damos un valor aún más alto que ellos? Esos animales indefensos que
sin culpa alguna son marginados, atemorizados, privados de la
libertad y llevados a una vida y muerte angustiosa, ¡Que no te divierta
su dolor! Porque todo es parte del ciclo universal y quizás el día de
mañana te materialices en aquello que hoy desangras.
Que miedo siento al pensar que nuestra existencia pueda ser
vana, que la única razón por la que estamos aquí es por pura
casualidad, que todo esto es pura imaginación nacer, crecer, vivir
ordinariamente satisfaciendo nuestras necesidades cotidianas, permitir

todo lo malo y lo bueno que se nos pueda presentar en el camino y morir así nada más. Es ese temor el que me ha despertado, porque si nosotros imitamos al universo entonces este con la misma rapidez fallece.

Escucha y siente el latir de tu corazón, huele la tierra mojada por la lluvia, respira hondo y deja que el aire fluya, siente el calor del fuego y ten compasión por todo lo que te rodea para que puedas iniciar tu despertar a la verdad; he decidido a creer, no en lo que los malos dirigentes y doctrinas de terror nos han hecho vivir todo este tiempo, sino en un propósito a mayor escala, la de proteger y llevar al planeta y a sus habitantes a la prosperidad, me da vergüenza saber que soy yo y somos todos, el resultado evolutivo de nuestra especie. Creo que, si adoptamos la verdad justa del universo, no solo cumpliremos con nuestro propósito en este planeta, sino que lograremos nuestra función que es la de mantener el balance universal y que, de lo contrario, activamos con nuestros actos y decisiones, los sensores universales que existen para proteger la integridad de este.

6 EL PLANETA ESTA EN PELIGRO

—Al amanecer, Silver y Roser dentro de una cafetería empapados por la lluvia descansaban de tan ajetreada noche.

Noticiero: Seguimos informando acerca de este extraño suceso en donde el sol no se ha dejado ver en ningún lugar alrededor del mundo, astronautas que se encuentran en misión en el espacio mencionan que es una capa gruesa de nubes que extrañamente apareció de la nada, esto ha ocasionado pánico e innumerables llamadas al número de auxilio, por el número de víctimas que han sido presa de las abominables criaturas, el grupo de naciones unidas temen por la seguridad de la ciudadanía en tanto los gobiernos se han declarado en zona de desastre y están optando por mantenerse a la defensiva, con ayuda de la milicia, mientras que creyentes de diferentes sectas y religiones se vuelcan a los templos y lugares sagrados a iniciar sus sacrificios, dicen que el inicio del fin del mundo ha comenzado.

Silver: Debió de haberse teletransportado, hubiera sido más rápido.
Roser: Quizás tenía la necesidad de estar solo.
Silver: Gracias a Daniel y a Deneb recobramos el conocimiento, al principio solo atacaba a maleantes, a esos quienes matan por nada o aquellos que sabía habían cometido crímenes salvajes, y a corruptos que han invadido cargos importantes en nuestra sociedad y así sin darme cuenta involucré a inocentes ajusticiándolos erróneamente uno tras otro convirtiéndome en una máquina asesina.
Roser: De igual manera yo inicié linchando a quienes sin piedad hicieron sufrir con muertes crueles a animales indefensos y sin culpa alguna; pero tenemos una nueva oportunidad…

Silver: Solo descansaré mis ojos un poco. —Quedando dormido.
Roser: Yo. —Duerme también.

—Muy temprano por la mañana ambos se despiertan, salen dándose
cuenta de lo nublado y tenebroso que se ha volcado todo, de pronto
se escucha un estrepitoso ruido alrededor de la calle y estos
esperando comenzar el día peleando, se acercan a donde proviene el
ruido, pero se dan cuenta que no son Animated Shadows sino
vándalos atracando algunos negocios.

Roser: Es mejor que se vayan a sus casas, no es correcto lo que
hacen.
Maleante 1: La puerta estaba abierta no es mi culpa que nos inviten
tan amablemente.
Roser: ¿Y si estaba abierta porqué rompieron el vidrio de la ventana?
Maleante 2: Tengo dos opciones para ustedes ¿Desaparecen o los
desaparezco?
—Apuntándole con una pistola.
Roser: Te has metido con la persona equivocada.

—En un parpadeo lianas entran hasta donde los maleantes quienes son
tres y amagándolos, son arrastrados fuera del local.
Maleante 3: ¿Es un demonio?
Maleante 1: ¡Quítanos esto!
Silver: ¿No qué muy valientes? Vandalizar propiedades ajenas no está
bien, esperó que aprendan la lección. —Comienza a caminar junto con
Roser alejándose de ellos.
Maleante 2: ¿Es en serio? Tienen que desatarnos, si esas cosas vienen
aquí nos van a matar.
Roser: Si me los hubiera encontrado días antes yo misma los hubiera
matado.
Maleante 3: Mi mamá me va a castigar, por favor.
Roser: Les di una oportunidad pidiéndoles que se marcharan, pero de
esa manera no aprenderán porque sus vidas ya están corruptas, si
tienen suerte la policía los liberará.
Silver: Esperó que sean ellos y no las sombras quienes los encuentren
primero.
Maleante 3: Maldición, te dije que no lo hiciéramos.

Roser: Tienen que entender que nuestras acciones tienen consecuencias, en ocasiones comprendemos con palabras y en otras, así como ahora, comprenderán con el ejemplo.

Maleante 2: No se vayan.

Roser: Les deseo lo mejor, adiós.

Silver: Parece que hemos logrado erradicar a las Animated Shadows de esta zona, a pesar de las torres, no puedo sentir la presencia de ninguna de ellas.

Roser: hemos hecho un buen trabajo, yo diría que jamás hemos peleado como anoche.

Silver: Quizá sea también momento de regresar a nuestro lugar de origen.

Roser: Regresar al lugar donde nací, Francia.

Silver: El lugar de cual nunca debí de haber salido, Kofu Japón.

—En tanto Daniel llega a su casa, poco a poco se acerca y toca a la puerta.

Vecino: ¡Se han marchado!

Daniel: ¿A dónde fueron?

Vecino: Seguramente al refugio principal, es muy probable que los encuentres allá

      ¿Daniel?

Daniel: Si.

Vecino: Me alegra que en esta crisis hayas regresado a casa, me da gusto saber que estas bien.

Daniel: Muchas gracias ¿Usted no irá al refugio?

Vecino: No, no permiten mascotas, y yo, no puedo dejarlos solos, ellos son mi familia, no podría abandonarlos.

Daniel: Le aseguro que todo saldrá bien, esta pesadilla pronto terminará.

Vecino: Ve con cuidado.

—Daniel decide buscar dicho refugio, pero la falta de transporte público lo hace tomar una bicicleta, al ir pedaleando nota que el día ha seguido nublado y el viento sopla fuerte de vez en cuando, las calles no están tan vacías pero la gente anda aprisa y desconfiada por el temor de toparse con las cosas, como ellos nombran a las Animated Shadows.

Naturae por su parte llega a la superficie y es testigo directo de aquel crudo aspecto.

Naturae: ¿De qué se trata esto? El color y brillo de la mañana ha sido reemplazado por el frio color de extrañas sensaciones ¿Qué ha pasado aquí?, ¿Quién se ha atrevido? Aqua, eres la fuerza viva y rebelde, la gracia vital que nos caracteriza; ¡Terra, despierta tu furia, te sacudirás tanto que todos postrados te clamaran perdón; Ventus, señor de ímpetu excelsa, conductor de vida y muerte, acaricias y bofeteas como aquella espada de doble filo; Ignis, corazón dorado, de mis entrañas sales y con recelo miras la vida desarrollarse alrededor, guardianes elementales que mi voz, ¡Mi plegaria llegue hasta ustedes y los traiga aquí!

—Naturae posa con los ojos cerrados y las manos implorando de frente al mar, de ella parten ondas de energía que fluyen con gran rapidez hasta llegar al lugar oscuro, donde los guardianes elementales permanecen dormidos; mientras hace su llamado, decenas de Animated Shadows la rodean sin darse cuenta.

Animated Shadows: ¡Energía, Animated Shadows!

—Estos espectros, saltan al mismo tiempo para atacarla, cuando Naturae abre los ojos y se gira, su cabello en cámara lenta se mueve haciendo su cuerpo hacia atrás al ver muy de cercas tales criaturas, de pronto las Animated Shadows y ella se reincorpora, una figura sobre un atador de cuerdas de barco permanece mirándola detenidamente.

Daniel: ¿Estás bien?
Naturae: ¡Ah!
Daniel: Es muy peligroso andar sola por la calle en estos momentos, es mejor permanecer en resguardo.
Naturae: Esas criaturas.
Daniel: Animated Shadows, seres oscuros que atacan a quien se encuentren en su camino, vamos, te acompañaré a un lugar seguro.
Naturae: Gracias, pero no es necesario.
Daniel: Lo siento, no puedo dejarte sola es muy peligroso.
Naturae: ¿Qué está pasando? Estas nubes son diferentes.

Daniel: El sol debe estar brillando del otro lado de esas nubes.

Naturae: Me preocupa.

Daniel: A todo problema hay una solución.

Naturae: Estos cambios bruscos, aceleran el movimiento de la tierra.

Daniel: Por favor dime ¿A dónde te acompaño?

Naturae: A ningún lado. —En ese momento, comienza a nevar.

Daniel: Pero si estamos en pleno verano ¿Cómo es posible? Además, aquí nunca ha nevado.

—Una ráfaga fuerte de viento llegó haciendo que estos se cubrieran el rostro, toda la plaza central quedo vestida de blanco, señalando un camino hacia la torre que se había erguido en la plaza principal, con rapidez aparecieron decenas de Animated Shadows a los costados del camino.

Naturae: Esas criaturas otra vez.

Daniel: Animated Shadows, mantente atrás de mí.

—Poco a poco una silueta se fue acercando hasta quedar a 50 metros de distancia.

Daniel: ¡Imposible!

Naturae: Ah.

Daniel: No puede ser.

Ander: Miren a quien tenemos aquí. —Refiriéndose a Naturae.

Daniel: ¡Tú deberías estar muerto!

Naturae: ¿Estás detrás de todo esto?

Ander: Me sorprende que todavía sigas con vida.

Daniel: ¿Red, en donde está él?

Ander: Lamento decirte que tu amigo patético no corrió con la misma suerte.

Daniel: ¿Qué?

Ander: Fue tan ingenuo, mira que creer que con trucos baratos me detendría.

Daniel: AEred, fue muy valiente él arriesgo su vida para detenerte.

Ander: Hubieras visto como lo hice pedazos. —Dando un paso al frente.

Daniel: ¡Cállate! ¿Cómo puedes ser tan sádico?

Ander: ¿Sádico yo?

Daniel: AEred hiciste tu mejor esfuerzo, al igual que él dio su vida para cumplir con su misión yo también lo haré ¡AEblue actúa! —Una serie de esferas azules crean un radio a su alrededor que, al contraerse, lo dejan transformado.

Naturae: ¿Eh?

Ander: Aun sabiendo que me fue fácil quitarle la vida a tu compañero te arrojas al paso de la muerte.

AEblue: No lo entiendes.

Ander: ¡De acuerdo! —Al colocar su barra en el suelo, origina una ola de picos de hielo, brotando del suelo hasta alcanzar a AEblue y Naturae.

—Dando un paso hacia atrás AEblue, toma a Naturae de la cintura con una mano mientras que, con la otra, la extiende para crear una esfera azul que los eleva rápidamente.

Naturae: ¿Qué haces?

Ander: No estoy aquí para juegos.

AEblue: ¡Jamás me daré por vencido! —Al tocar suelo, ella queda detrás suyo.

Ander: Mira a tu alrededor, esto es tan solo el inicio de nuestra revolución, no hay nada que impida el triunfo de la gran familia, esta es nuestra lucha y la hemos ganado ya.

AEblue: Esta no es la manera de crear un mejor futuro.

Ander: ¿Crees qué me importa? —Lanzando un ataque.

AEblue: ¡Esferas!

Ander: Eso ya no volverá a funcionarte, ¡Soy superior a ti! —Elevando su barra, produce energía que lanza como un potente rayo hacia AEblue.

—Al recibir el golpe directo, AEblue es alzado y de forma agresiva cae, quedando inconsciente.

Naturae: ¿Has optado por desafiarme?

Ander: No me dejas otra opción.

Naturae: El aroma a lavanda se perderá sin los rayos del sol.

Ander: Cuando esta revolución termine ya no habrá de quien preocuparse, te mostraré que somos el resultado de la evolución humana.

—AEblue poco a poco vuelve en si, borrosamente ve a Naturae, cierra sus ojos y los vuelve a abrir, Naturae esta postrada teniéndolo recargado en sus brazos rodeados de pasto, en medio de la nieve.

AEblue: ¿Estás bien?
Naturae: Sí.
AEblue: Me alegra.
Ander: Ni los gatos cuentan con tantas vidas.
AEblue: Durante tanto tiempo he entrenado para proteger, tantas veces he caído, pero en ningún momento me he dado por vencido.
Ander: No me interesa pelear contra ti, eres patético.
Naturae: Basta.
AEblue: Red, dame fuerza ¿A dónde vas? —Mira a Naturae caminar hacia Ander.
Ander: ¿Vas a rendirte? —Lanzando otro ataque.
AEblue: ¡Jamás me rendiré!

—Rápidamente AEblue se interpone, recibiendo el golpe directamente, ella lo mira y sigue su paso.

AEblue: ¡Espera!
Naturae: Terra, Ventus, Aqua, Ignis.

—Ella cierra los ojos y junta las manos en su pecho, las ondas de energía que habían partido, regresan tan titilantes como los primeros rayos del sol por la mañana, aquella cálida energía simultáneamente atraía a los elementales que se encontraban sumidos en un sueño profundo; haciéndolos despertar, sus rostros y sus cuerpos emanando energía y a un mismo tiempo gritan el nombre de "Naturae".

Mientras tanto, algunos vecinos locales no se marchaban del área, llamados por la curiosidad y el morbo a seguir de cerca tales acontecimientos desde los ventanales de edificios y casas, de la misma manera periodistas se arriesgan a ser atacados por las Animated Shadows, pero tenían una misión diferente que es la de propagar la información por todo medio posible y a su alcance, las redes sociales se mantenían saturadas, pero era el mejor medio para comunicarse.

AEblue: ¿Esto es?

Ander: Que luz tan cálida, sin lugar a duda eres lo más preciado en este sistema solar.

AEblue: ¿Acaso esta luz proviene de ti? —Se pone de pie.

Ander: ¡Eres un estorbo, me aseguraré de terminarte con fuego!

AEblue: Es muy poderoso, no resistiré... —Extendiendo sus brazos crea un campo protector, gotas de sudor corren por su rostro.

—De repente un remolino de aire apaga las llamas, y una bruma invade el lugar.

Ander: ¡Me han colmado la paciencia! —De aquella bruma, ataques continuos de Ander, salen disparados, cuando un gran estruendo hace retemblar el lugar.

Ventus: ¡Détente en este momento!

Terra: Ignoraste nuestra advertencia.

Aqua: Has subestimado nuestro poder.

Ignis: ¡Ahora sabrás con quien te has metido!

Ander: Ya veo, los has liberado, ¡Tontos! Pudimos haber formado un buen equipo, juntos podemos lograr el milagro de un nuevo mundo en donde la palabra "amenaza humana" no exista, pero insisten en darme la espalda.

Ignis: Nos encerraste cobardemente tratando de utilizar nuestro poder, quisiste jugar con fuego y ahora ese fuego te va a quemar ¡Serpiente de Fuego!

—Del brazo de Ignis despierta aquella enorme serpiente de fuego que ágilmente avanza hasta enrollarse alrededor de Ander y trata de devorarlo, sin embargo, este prácticamente rasga la piel de esta con ayuda de su barra, librándose sin algún problema.

AEblue: ¿Ustedes son? (Recordando a AEred).

AEred: Entonces me di cuenta de que ellos también han despertado, los guardianes elementales, aquellos a los cuales les fue encomendado el cuidado y restauración del planeta, son quienes mantienen el equilibrio vigente, aunque ellos nos pueden ayudar a detener a la gran familia directamente, el uso de sus poderes no solo detendrá el mal que aqueja, pero también causarán estragos de gran magnitud que darán paso a la devastación.

AEblue: ¿Son ustedes los guardianes elementales de este planeta?

—Aquellos cuatro lo miran fijamente.

Terra: ¿Por qué el interés?
AEblue: Si es así ¡Ustedes pueden ayudarme a detener a Ander y salvar al mundo!
Ander: Ingenuo.
AEblue: ¿Ah?
Ignis: No me interesa saber quién eres, pero seré clara, nosotros no recibimos ordenes ni ofrecemos servicios a nadie, solo hemos asistido a cumplir con la misión de mantener el balance en este planeta.
Ventus: Exiliaremos a quien interfiera con nuestros planes.
AEblue: ¡Mi deber es proteger esta tierra y a sus habitantes, compartimos la misma misión!
Terra: Si interfieres en nuestro trabajo, puede que resultes ser lastimado.
AEblue: ¿Pero si su misión es proteger este planeta, no creen qué proteger también a las personas ayudara a un mundo mejor?

—Todos permanecen callados hasta que Naturae rompe el silencio.

Naturae: La crisis está aumentando.
AEblue: ¿Ah?
Naturae: Si colocamos en una balanza la magnitud de destrucción y maldad de Ander con la que el resto de la humanidad ha causado, te darás cuenta del porque no podemos ayudar ni a uno ni a otro, es un asunto del que debemos mantenernos al margen.
AEblue: ¿Tú?
Terra: Nuestra misión es proteger al corazón del planeta.
Ventus: Para mantener la vida en este sistema.
Aqua: Así es.
Ignis: Estorbas.
AEblue: ¿Qué?
Ventus: Señora Naturae, gracias por liberarnos.

AEblue: Todo este tiempo.

Aqua: Nosotros nos encargaremos a partir de aquí.

AEblue: ¿Si eres tú el corazón del planeta? ¡Entonces tienes que ver por todos nosotros!

Naturae: Eh.

Ander: Todos quieren poseer esta tierra, pero no hay duda alguna en que yo seré quien conquiste y salga victorioso, entonces gobernaré por siempre.

Ignis: Lo único que podrás conquistar es el infierno, estoy cansada de personas huecas como tu ¡Yo seré quien corte tu cabeza!

Ander: No me hagas reír, pero me alegra tenerlos a todos reunidos. − Alza su barra, luego lanza un ataque en forma de remolino directo hacia Naturae.

Terra: ¡Tierra Emerge!

−Terra logra que del suelo marino emerja una columna de roca, quebrando y atravesando el muelle a varios metros de altura, deteniendo aquel ataque, dejando a Naturae y a AEblue del otro lado de la barrera, los cuatro elementales listos para pelear contra Ander.

Aqua: ¡Basta de charlas!

Ander: Interesante.

Aqua: ¡Torrente Marino!

Ander: ¡Ha! −Activa su poder, rebotando tal ataque.

Ventus: ¡Ventus Tornado! −De igual forma es esquivado.

Aqua: ¿Me pregunto hasta cuando pelearas con tus propios puños?

Ventus: ¿Acaso no tienes poderes propios?

Ander: ¿Me hablas a mí? Por un momento creí que se referían a AEblue. −Ríe a carcajadas. −Me han hecho el día.

Ignis: Te aseguro que el día terminará pronto para ti.

Ander: Ya lo veremos.

Aqua: De acuerdo ¡Torrente Marino!

Terra: ¡Tierra Emerge!

Ventus: ¡Ráfaga de Viento!

Ignis: ¡Serpiente de Fuego!

−De una manera feroz, los elementales inician una serie de ataques simultáneos contra Ander, mientras que al otro lado del muro Naturae permanecía en silencio.

AEblue: ¿Si ustedes no hacen algo, entonces quién nos protegerá?

Naturae: No lo sé.

AEblue: En este momento alrededor del mundo, millones de personas inocentes están sufriendo, están siendo castigadas sin poderse defender, las personas de este mundo no cuentan con poderes especiales que los libre de este tormento; hasta este momento miles han fallecido sin haberse dado cuenta, sin haberse despedido de sus personas amadas y de igual manera millones de especies morirán sin nada que ellas puedan hacer ¿Por qué si ustedes cuentan con poderes, no les permites que peleen para defender a todos? Es difícil perder a quienes amas y estimas, es difícil ver morir a tu familia y amigos; pero es peor cuando dejas que todo esto pase sin hacer algo para evitarlo ¿Acaso no percibes el dolor de sus corazones?

Naturae: Entiende no hay nada que podamos hacer.

AEblue: ¡Es una broma, empiezo a creer que todo es parte de una broma!

Naturae: ¡Es tanto daño y destrucción, ya no podemos seguir soportando tanto dolor!

—Llorando. Existe un ciclo al que debemos dar continuación y para tener el paraíso que tú y tantos anhelan todo esto tiene que desaparecer.

AEblue: Cuando llegue a este lugar, todo ya estaba impregnado de dolor, corrupción y sueños rotos; ser testigo de ello me dio motivos para luchar aún sin contar con poderes como los que ustedes poseen.

Naturae: Nosotros nos encargaremos de él, ve y despídete de los tus seres queridos.

AEblue: ¡Tú no entiendes nada!

Naturae: Quizás…

—Llorando y sintiéndose fuera de lugar, AEblue corre dejando atrás a Naturae quien lo ve perderse en la distancia, a su paso solo puede apreciar destrucción y se pregunta ¿Por qué? Sintiéndose impotente ante la situación, sigue corriendo sin parar, hasta llegar a un crucero en donde empuñando sus manos se detiene y se deja caer al suelo sin parar de llorar.

AEblue: He fallado, si ellos no pueden protegernos ¿Quién lo hará entonces? Yo no sé cómo hacerlo, AEred, lo siento, no pude vengar tu muerte, no soy rival para ninguno de ellos mucho menos tengo los poderes para proteger, lo siento, soy un cobarde soy un maldito cobarde ¿Por qué perdiste tu tiempo conmigo? No entiendo.

—Mientras tanto los elementales, Naturae y Ander seguían su batalla.

Ignis: ¡Lava Ardiente!
Terra: Todos tienen un punto débil y yo encontraré el tuyo.
Ander: ¡Aunque ustedes sean los legendarios guardianes de esta tierra, no dejan de ser débiles, si no quieren cooperar por las buenas entonces los obligaré por las malas!
Aqua: ¿Siempre has sido así de malcriado?
Ander: Consigo lo que quiero... ¡Energía Oscura!
Aqua: Esa actitud no te servirá conmigo. —Esquivandolo.
Ventus: Es un insolente.
Aqua: ¡Torrente Marino!
Ventus: ¡Ventus Ráfaga!

—El ataque de ambos encapsula a Ander en una roca de hielo.

Naturae: Guardianes.
Ventus: ¿Se encuentra bien?
Terra: Es peligroso que este aquí, es mejor que regrese al núcleo.
Naturae: Debemos acelerar el proceso de purificación.
Ignis: Naturae...
Aqua: Si hacemos eso, la civilización...
Naturae: Es la manera más rápida de recuperar el balance.
Ignis: Aqua, debemos correr el riesgo, toda especie cuenta con un sentido de supervivencia muy agudo.
Ventus: La fuerza de la naturaleza se hará sentir.
Naturae: No hay nada que pensar.

—En estos momentos era transmitido una y otra vez a nivel mundial la transformación de Daniel a AEblue y el inicio de la batalla entre los elementales y Ander, las personas que se encontraban en los refugios y aún en sus casas o quienes habían sido atrapadas en centros comerciales veían incrédulos lo que parecía ser un acto mágico o de otro mundo, en donde personas peleaban con extraños poderes sobrenaturales vistos solo en películas, por su parte, Silver y Roser observaban desde la calle algunos aparadores donde los televisores repetían las imágenes siguiendo la cobertura como especial y de gran prioridad, mostrándolos como la causa de los recientes acontecimientos.

Roser: Están mostrando su identidad sin importarles nada, AEblue está en peligro.
Silver: ¡Ander está vivo!
Roser: Una pelea mano a mano contra él, suena ilógico.
Silver: Los guardianes elementales también están ahí, ese lugar fue el mismo a donde Gold y yo fuimos atraídos por su energía, seguramente está conectado a su dimensión, si Ander logra adueñarse de su energía todo estará perdido…
Roser: Los poderes que tiene AEblue, no son los suficientes para derrotar a Ander.
Silver: AEblue ¿Qué haces en esta pelea?

—Entonces en aquel aparador y por medio del cristal notan una luz que aparece a sus espaldas y crece con tal fulgor.

Roser: ¿Qué es este resplandor?
Silver: ¿Eh?

—La organización de las naciones trabaja en idear un plan para proteger a las ciudades principales y mantener seguros a sus dirigentes, cientos de imágenes de alrededor del mundo mostraban la cruda realidad que acontecía con bajas tanto de civiles como de militares, uno de los miembros de la guardia de seguridad presentó titubeante y agitado el uso de una bomba nuclear, lanzarla a aquel puerto en donde estos seres que podían transformarse y usaban poderes sobrenaturales, que sucumbieran por ser los autores intelectuales de las masacres perpetuadas.

Mientras que el encargado de dirigir las guardias pacifistas replicó que era demasiado, ya que no daría tiempo a que la población vecina a esta entidad escapara a un lugar seguro, además el daño que irrevocablemente causaría al ambiente seria devastador "¡Pero es que no existe otra manera de eliminar a esas criaturas, no existe otro método para arreglar esto!" —Grito aquel primer orador. —Y aunque tengamos que sacrificar las vidas de esas personas, será en favor del resto de la humanidad. Los recordaremos con todos los honores y ofreceremos la mayor de las gratitudes a todos aquellos que mueran por el resto de nosotros. ¡Pero es que no podemos dar acceso a eso! — Sulfurado respondió el representante de dicho país. ¡Morirán miles de personas y ni siquiera sabemos si funcionara, si eso no funciona todos ellos habrán muerto en vano!

Presidente: Levanten su mano en favor de un ataque directo. Esta es sin lugar a duda la decisión más difícil en nuestra administración, hemos de ser llamados inhumanos y terroristas por el resto de nuestras vidas, pero si no actuamos ahora, al paso de los ataques de esos individuos, es muy certero pensar que dentro de muy poco tiempo el resto de la población sea atacada y erradicada completamente. Será el fin de nuestra civilización y entonces no habrá nadie que nos pueda llamar humanos.

—Todos permanecieron atónitos, pero compartían una opinión parecida la operación "recobrar" daba inicio.

—En tanto Ander rompe el hielo que lo mantenía preso.

Aqua: Ya era tiempo de que salieras de tu cascaron.
Ignis: La única forma de detenerte es fulminándote... ¡Fuego Guardián!
Ander: ¡No sirve! —Controlando este ataque lo desvía lanzándolo hacía Terra.
Terra: ¡Ah!
Ander: Este es el momento perfecto. —Golpeando tres veces el suelo, genera tanta energía en su barra creando una burbuja electrizante, para luego descargarla en el suelo, esta se sumerge rápidamente hasta desaparecer.

Ventus: Estén alerta…

—En un breve momento y sin darle la opción de terminar su oración a Ventus, debajo de ellos un potente rayo se dispara individualmente atrapándolos y haciendo que sus cuerpos se estremezcan de dolor, caen uno a uno, azotados contra el suelo.

Ander: No son ni siquiera una cuarta parte de fuertes de lo que yo.
Naturae: No lo conseguirás.
Ander: ¿Eh?
Naturae: ¡Tú eres parte de la escoria, eres uno de ellos! Tu deseo de conquista y poder no es más que la misma avaricia corrupta de su especie.
Ander: ¡Cállate! —Lanzándole un ataque directo, el desatino que le hizo sentir, lo orilla a actuar con ira, a lo que los guardianes reaccionan y se interponen, siendo estos quienes reciben el resto de los ataques.
Ventus: ¡No te atrevas!
Ander: ¿Qué?
Terra: No volverás a causarle daño.
Ignis: Así es, ella no está sola.
Naturae: ¡Guardianes!
Ander: ¡No me hagan reír, lo quieran o no tendrán que arrodillarse ante mí!
Aqua: Estas equivocado, jamás permitiremos que la lastimes, no importa cuál sea nuestro sueño personal, ella siempre será nuestro objetivo primordial.
Ventus: ¡Ventus Guardián!
Terra: ¡Terra Guardián!
Ignis: ¡Ignis Guardián!
Aqua: ¡Aqua Guardián!
Todos: ¡Attack!

—Su cuerpo comenzó a emanar energía y al mencionar los cuatro a un mismo tiempo "¡Attack!", disparan una espiral hacia Ander, envolviéndolo en una esfera de ataques sincronizados que se eleva, y es arrojada con tal fuerza hacia los edificios más cercanos, dejándolos en ruinas, al fondo de aquel rastro de escombros la luz del ataque se disipó y todos esperaron.

Aqua: ¡Así se hace!
Ignis: La aurora llegará…
Ander: Aún falta mucho para que amanezca.

—Al fondo se le ve a Ander lleno de rabia caminando hacia ellos, en tanto, AEblue aún se encontraba en el mismo sitio pensando en su fallo.

AEblue: ¿Qué hago? Parece que todo fue en vano, todos los sacrificios por alejarme de este lugar por su seguridad, ni siquiera puedo pelear contra ellos Deneb.

—Sin darse cuenta, AEblue había sido rodeado por un numeroso grupo de Animated Shadows, el estrés de saber que su familia y amigos corrían peligro le hacía sentir una gran carga sobre su espalda, de pronto todas ellas se le echan encima muy tarde su reacción, sin el tiempo de poder hacer algo.

AEblue: ¡Ah! —Atónito al ver a aquellas sombras desvanecerse en el aire.
Silver: ¿Es así como resuelves las cosas?
Roser: ¡La siesta se terminó!
AEblue: ¡Roser, Silver!
Silver: Estábamos preocupados.
AEblue: ¡Están aquí!
Roser: ¡Sí!
AEblue: Pero, no sé qué podamos hacer.
Silver: Tenemos que dar lo mejor de nosotros.
AEblue: Ah.
Roser: Sabes, una extraña energía nos guió hasta aquí, AEblue no te des por vencido.
Silver: Nuestro deber es pelear a tu lado, no dejaremos que enfrentes a Ander solo.
AEblue: ¿De verdad?
Silver: Ander es la causa de todo esto y debemos arrancar el problema de raíz.
AEblue: Algo hicimos mal.
Roser: ¿A qué te refieres?
AEblue: Creo, ya no hay nada que podamos hacer, ellos traerán devastación, de igual manera estamos entre la espada y la pared, me cuesta admitirlo, pero… —Silver irrumpe.

Silver: ¿Quieres decir qué tenemos que pelear contra ellos también? — Extendiendo la mano.
AEblue: Silver...
Roser: ¡Vamos, caer no es sinónimo de debilidad, sino es la pauta que te ayuda a organizar tus ideas y a encontrar el motivo porque levantarte!
AEblue: Roser, el camino ha sido largo y cansado, es verdad, no puedo darme por vencido ahora, aún hay por quienes pelear, es nuestro deber volver a levantarnos no importa las veces que caigamos.
Silver: ¿Entonces qué estamos esperando? No perdamos más tiempo.
Roser: Enfrentemos juntos a Ander, debemos detenerlo a toda costa no importa que sacrifiquemos nuestras vidas, AEblue, no olvides cual es nuestro objetivo.
AEblue: Sí, Roser, Silver, siento que en ocasiones sea complicado y actúe de manera egoísta, pero gracias por haber venido hasta aquí, esta es nuestra oportunidad para detenerlo antes de que siga causando más estragos.

—Una vez de pie, comienzan su carrera hacia la pelea.

Ander: ¿Y se hacen llamar guardianes? Que débiles.
Aqua: Pero si apenas vamos comenzando. —Se pone de pie con esfuerzo.
Naturae: Aqua...
Aqua: ¡Mi misión siempre ha sido la misma, proteger!
Naturae: ¡Ah!
Aqua: Lo haré, a pesar de este cuerpo exhausto.
Ander: Que conmovedor. —Arrojando una descarga de energía.

—Una barrera de lianas se interpone al ataque.

Aqua: ¿Ah?
Ander: Pero...
Roser: ¿Me extrañaste?
Silver: Nos volvemos a ver Ander.
Ander: Me sorprenden, ¿Acaso vienen a pedir perdón?
Silver: ¿Sorprenderte? Hemos venido a derrotarte.
AEblue: ¡Así es!

Ignis: ¿Otra vez tú?

AEblue: Nuestra misión ha sido la de conseguir un mundo equitativo y de paz entre las naciones, ya no queremos ver sufrir o morir a seres indefensos; queremos proteger esta tierra de igual manera ver por cada especie, este mundo no necesita de guerras, diferencias o divisiones entre nosotros; lo que necesitamos es abrir los ojos a la verdad del universo, debemos mostrar con ejemplo a la población que todos somos iguales, todos pertenecemos al mismo sistema universal, nuestra energía es la misma y todos vibramos al unísono, el egoísmo debe terminar; todo aquel que existe en materia tiene el derecho de vivir sin miedo, con la oportunidad de disfrutar y con la obligación de respetar a todo lo que le rodea, es por eso que no nos daremos por vencidos, por favor ayúdenos a restaurar el daño que se ha hecho y a reconstruir la confianza perdida, porque cuando nuestra energía vital abandone nuestro cuerpo ésta continuará su ciclo en este gigantesco ser vivo que se llama Universo.

Naturae: ¿Ah?

Roser: AEblue…

AEblue: Cada uno de nosotros ha despertado para proteger y guardar al planeta tierra, y si todos unimos nuestras fuerzas y le mostramos la verdad a todas las tribus, en lugar de matarnos entre nosotros mismos.

Terra: Abrir los ojos a la verdad...

Ventus: Despertar a la verdad del universo…

Aqua: ¿Qué farsa planean?

Roser: ¿Eh?

Aqua: ¿Defensores de la vida? ¿Asesinar a sangre fría le llamas, proteger?

Ignis: ¡Basta! no es necesario involucrarte en el pasado.

Aqua: ¡Cállate! Guardiana del fuego, la omnipotente, ¿Cómo me pides que ignore mi pasado, si es parte de mí? ¿Cómo quieres que lo olvide? Silver aparto de mi lado a mis amigos, ¿Cómo me pides que defienda la vida del planeta si estas permitiendo la muerte de todas las especies que lo habitan?

Naturae: Aqua…

—Despojándose de su transformación mientras sigue caminando lento hacia Silver.

Aqua: ¿Acaso ya lo olvidaste?, ¿No recuerdas cómo le arrancaste la vida a mis amigos y a mis compañeros sin piedad? —Desde los pies de Itziar, un hilo de agua corre a Silver rodeándolo se convierte en un tornado de agua elevándolo para azotarlo contra el suelo.

Silver: Es verdad cometí muchos errores, pero estoy aquí arrepentido y yo sé que no puedo regresar el tiempo, pero si puedo cambiar mis acciones.

Ignis: Es mejor que se vallan de aquí o yo misma me encargaré de ustedes.

Roser: ¡No lo haremos!

Terra: ¿Qué?

Roser: No tienen ningún derecho al querer evitar que luchemos por lo que también es nuestro, ya que nosotros también hemos sido elegidos para proteger este mundo, es verdad, estuvimos equivocados haciendo lo incorrecto, sin embargo, hubo alguien que nos ayudó a abrir los ojos y nos apoyó sin nada a cambio, no nos consideren sus enemigos, pero si tratan de atacarnos entonces nos defenderemos.

Ander: Vaya que confuso, me siento en una verdadera obra de teatro barata.

Silver: Estuve confundido, pero ya no, mi pelea ya tiene sentido, mi deber ahora es pelear al lado de AEblue.

Ander: ¿Eh?

Silver: Soy la espada de Aequor y como tal estaré en guardia a su disposición. —Como magia hace aparecer una espada de energía plateada en su mano mostrándola).

AEblue: ¡Silver!

Roser: Yo me mantendré de pie como un muro a su lado y como tal lo resguardaré, soy el escudo de aequor.

AEblue: ¡Roser!

Ander: Un escudo y una espada no serán suficientes para evitar que cumpla mi propósito.

Aqua: Eso si yo lo permito, ni tu ni ellos son bienvenidos.

Terra: ¡Aqua!

Ander: Entonces decidamos quien saldrá victorioso de una vez por todas...

AEblue: ¡Esperen, juntos podemos lograrlo!

—Los tres grupos listos para entrar en combate se miraban unos a otros.

T.V.: Nos informan que en poco tiempo se llevará a cabo una rueda
de prensa en donde el vocero de la sede de naciones unidas nos dirá
la decisión que se ha tomado en relación con lo que acontece,
recordemos que cada uno de los representantes de cada país tiene un
voto en todas las decisiones tomadas, nos avisan que ya están listos.
Vocero Oficial: ciudadanos de todo el mundo, es inhumano lo que
estamos presenciando, durante mucho tiempo la población ha sido
atacada sin jamás ponerles rostro y nombre a los responsables, hoy,
hemos localizado y seguido de cercas a quienes mantienen nuestras
calles y comunidades llenas de terror, en estos momentos podemos
prometerles que estamos preparados para terminar con esta pesadilla;
este comunicado es para informarles que devastaremos la zona cero,
que es donde se encuentran los culpables, la razón del porque hemos
optado por esta drástica acción es porque sabemos que de esta
manera el ataque será infalible y es por esto que les pedimos a los
ciudadanos que quienes aún se encuentran en esta zona cero salgan
de ahí inmediatamente, fuerzas militares cubrirán las vías alternativas
de escape de este puerto dentro de poco tiempo, esta zona de batalla
será devastada, esta decisión ha sido aprobada por la mayoría de
representantes y ha sido para el bienestar y seguridad del resto del
mundo, esperemos que este sacrificio nos ayude a recuperar la
tranquilidad de siempre.

—Todos quienes escuchaban el mensaje definitivo y oficial
permanecieron en silencio, temblando y llorando de impotencia ante
la decisión a un sacrificio obligado y de tal magnitud.

AEblue: ¡Despertemos juntos a la verdad!
Ignis: Demasiado tarde, ¡Ignis Guardián!
Ventus: ¡Ventus Guardián!
Terra: ¡Terra Guardián!
Aqua: ¡Aqua Guardián!

Ander: ¡Energía Oscura!

Silver: No nos dejan alternativa ¡Golpe Feroz de Silver!
Roser: ¡Dark Thorns!
AEblue: Esta era mi última esperanza... ¡Esferas de AEblue!

—El ataque sincronizado de todos termino por destruir aquel muelle, creando una gran nube de humo... así todos se recorren hacia la gran plaza junto al muelle, sin esperar más Ander grita su siguiente ataque.

Ander: ¡Animated shadows!

—Una considerable masa de estos espectros se alza del suelo y vuelan rápidamente adelantando sus garras para atacar. Se le ve a Silver y Roser pelear con ellas, varios pasos adelante de AEblue, hasta que las Animated Shadows son arrasadas con el furioso golpe de Silver, por su parte, los elementales, utilizan sus poderes para deshacerse del resto.

Ander: Prepárense ¡Energía Oscura!
AEblue: ¡Cuidado!
Ignis: No sabes en el problema que te has metido ¡Serpiente de Fuego!
Aqua: ¡Lo tienes!
Ander: Si el infierno existiera, serías una buena gobernadora. —Al maniobrar el ataque de fuego, lo lanza a Aqua, y este cae a los pies de Silver.
Silver: ¿Estás bien? —Al brindar su mano, recibe un golpe directo que lo noquea.
Aqua: Idiota.
Roser: ¡Silver, eso no se hace!
Aqua: Fueron advertidos.
AEblue: Escúchame, nadie tiene el derecho a humillarte, el daño que hizo es irreversible, y tienes razón, pero todavía así tiene la oportunidad de corregir su camino y pelear por lo correcto.
Aqua: Entonces ahora mismo me encargaré de ustedes, así desaparecerán como desaparecieron ellos ¡Aqua...!
Roser: ¡Entiéndelo por favor, lo único que queremos es ayudar!
AEblue: ¡Ah! Esta no es solo tu pelea. —Interponiéndose al ataque.

Aqua: Silver no tuvo la mínima consideración ni misericordia ¿Qué es lo que abogan hoy? Él asesino a sangre fría a mis amigos y a tantas otras personas inocentes ¡No puedo perdonarlo!

AEblue: Aqua, quizás esté equivocado, pero antes de despertar como los guardianes que son ahora, ya peleaban para proteger a los demás, todos ustedes ya tenían una misión ¿Correcto?

Aqua: ¿Qué?

AEblue: Siento mucho lo que le paso a tus amigos, por favor danos la oportunidad de demostrarte que nosotros también queremos proteger a todos, la razón de nuestra existencia ahora tiene sentido.

Ventus: Es verdad que buscamos nuestra identidad por mucho tiempo y crecimos con otro tipo de objetivos a la del resto de personas, al darnos cuenta de la razón de nuestra existencia, sin mucha resistencia abandonamos nuestros lazos con la sociedad porque entendemos que para poder mantener este planeta con vida es necesario el sacrificio.

Terra: Nuestro objetivo es darle continuación al ciclo de vida.

—Silver despierta desconcertado.

AEblue: Por favor recobremos y reconstruyamos juntos.

Ander: ¿Recobrar y reconstruir?

AEblue: Así es, juntos lo podemos lograr.

Ander: Durante tanto tiempo nuestra gran familia ha vivido en las sombras mientras que hemos sido testigos de cómo la raza humana camina hacia atrás sin respeto a nada, en esta revolución nosotros nos haremos cargo de hacerles conciencia y darles una muerte digna ¡Energía Oscura!

—Tanto los elementales como Roser, Silver ven venir aquel ataque un tanto resplandeciente, que hace que se cubran los ojos, para luego escuchar unas campanillas, para cuando todos abren sus ojos ven muchas esferas azul eléctrico tanto en el suelo como flotando alrededor de AEblue, el cual mira de frente a Ander.

Ander: Lo hiciste otra vez...

AEblue: Me pregunto ¿Por qué eres tan obstinado?

Ander: ¡Maldito ya verás! —Alza su barra liberando ataques.

AEblue: ¡Esferas Legendarias Aequor, actúen!

—Como era de esperarse, aunque Ander trata de esquivar el ataque de AEblue, termina por recibir el ataque por completo, lo que hace que se estremezca y doblegarse.

AEblue: ¡Ya basta!
Ander: ¿Cómo quieres hacer las paces, así?
AEblue: No me das otra alternativa.
Naturae: Es momento de definir las cosas.
Terra: ¡Naturae!
Naturae: Nada podrá alejarnos de nuestra misión, quien esté en nuestro camino será erradicado.
AEblue: Pero…
Ignis: ¡No seas insolente!
Naturae: AEblue, estas en una pelea sin siquiera ser reconocido, si mueres en este momento ninguna persona por quien peleas llorará tu muerte, no obstante, cualquier decisión que tomes no será acreditada por ellos porque no eres un líder.
Ander: Estoy de acuerdo, tu no significas nada para ellos.
AEblue: No importa, debemos educar a todos, salir a la luz y hablar con la verdad; debemos mostrarles quien somos y quienes son ellos y qué importancia tiene el que respeten y se dirijan por buen camino a partir de hoy.
Ander: ¿Sabes qué obtendrás de todo esto?
AEblue: Yo solo quiero hacer mi parte, no me interesa ser reconocido como su líder.
Ander: tonto, no has aprendido nada.

—Por un momento todos permanecieron callados mirándose unos a otros, de pronto, AEblue con gran tristeza soltó en llanto sin poder contenerse más.

AEblue: Acaso no perciben mi impotencia al saber que hay personas importantes en este mundo que dejarán de existir así nada más, es verdad todos tenemos un momento para partir, pero ¡Nada ni nadie tiene el derecho de hacernos partir cuando aún no es nuestro momento!
Roser: Una segunda oportunidad es lo único que les pide…

AEblue: No puedo permitirlo, si ustedes están decididos a darnos la espalda, entonces no me darán otra opción más que la de pelear contra ustedes ¡Créanme que lo haré!
Silver: Daniel.

—Entonces una caravana de cuatro camionetas a toda velocidad arriba al lugar, haciendo ruidos con sus llantas y levantando polvo entran al área; de aquellas camionetas bajan ocho personas con armas de alto calibre, cuando uno de ellos grita.

Líder: ¡El área está asegurada!
Ander: ¿Qué es esto?
Aqua: Imposible.
Terra: ¿Eh?
Aqua: Pero si es…
Ander: Ellos jamás estarán listos para un nuevo comienzo, están atados a la corrupción, falsas doctrinas que han adoptado y que utilizan como mascara para cubrir su verdadera identidad; tanto se han acostumbrado a la corrosión que han olvidado el verdadero motivo de existir, las personas de este mundo están listas para morir, es lo que vienen pidiendo a gritos desde hace mucho tiempo.

—Mientras que varias Animated Shadows aparecen rodeando las camionetas.

Líder: Así que ustedes están detrás de tanta atrocidad.
Aqua: ¡Salgan de aquí!
Líder: ¡Ustedes han traído tanta calamidad, criaturas del mal!
Ander: ¡Basta, no toleraré sus impertinencias! —Creando un rayo de energía lo dispara hacia él.
AEblue: ¡Esferas legendarias! —Encapsulando aquella energía.
Ander: ¡Demonios!
Silver: ¡AEblue!
Ander: ¡Animated Shadows!

—Siendo presas vulnerables, Aqua se lanza e interpone entre ellas y la caravana; en tanto AEblue libera la energía hacia las Animated Shadows logrando erradicarlas.

Aqua: ¡Vamos, váyase de aquí!

Líder: No, nos iremos aún...

Aqua: ¿Por qué?

Líder: Ningún lugar es seguro, y sabemos que estamos en la puerta del enemigo, pero no importa.

—Aqua no titubea al despojarse de su transformación una vez más, quedando al descubierto frente a ellos, girándose para quedar de frente.

Líder: ¿Eres?

Itziar: Si.

Líder: Pero, hace mucho tiempo no sé nada de ti.

Itziar: Es mejor así.

Líder: Todo este tiempo, perdón estuve cegado por el alcohol ¡Perdón!

Terra: ¿Itziar?

Líder: Pensé que te había perdido.

Itziar: Lo hiciste.

Líder: Siempre has tenido retos y obstáculos desde que eras un niño, aun así, has peleado de frente a pesar de las inclemencias, siempre viendo por los demás, la misma cualidad de tu madre.

Itziar: Todo eso ha terminado.

Líder: ¿Qué dices? Lo siento, estoy seguro esta es la verdadera razón de tu nacimiento, este es el motivo por el cual existes, no importa en donde estés o que hagas siempre serás mi hijo y tu madre también ha de estar orgullosa de ti.

Itziar: Reinicia tu vida, bórranos a todos.

Líder: Itziar...

Itziar: Este es un campo de batalla, es mejor que te los lleves de aquí.

Líder: Ah, ustedes también corren peligro, han decidido atacar este lugar con armas de destrucción nuclear.

Itziar: ¿Qué?

Líder: El mundo tiene sus ojos en este lugar, en ustedes. —Viendo a su alrededor.

Itziar: Pero ¿Cómo?

—Itziar y los demás siguen la mirada de aquel hombre hacia los edificios y casas de la zona, dándose cuenta de todas las personas que están llevando la noticia al mundo por medio de las redes sociales, haciéndolo con sigilo. Ampliamente se muestran uno a uno cientos miles de personas alrededor del globo que reciben la imagen y siguen paso a paso lo que sucede en el campo de batalla.

Líder: Dentro de muy poco arrasaran con este lugar y con ustedes también.
Roser: Eso sería desastroso.
Ventus: Es lamentable.
Naturae: ¿Bombas nucleares?
Ignis: ¡Maldición!
AEblue: Esta ciudad y su gente serán exterminados también ¡No podemos permitirlo!
Líder: Te encontramos ¡Caravana, protección!
Itziar: ¿Qué?

−Los primeros que han bajado de las camionetas adoptan la posición de resguardo por temor a ser atacados por las Animated Shadows; entonces el resto de los tripulantes de las camionetas salen con cuidado caminando entre ellos.

Líder: Nos arriesgamos mucho, pero valió la pena Itziar y Daniel.
AEblue: ¿Cómo sabes mi nombre? ¡Imposible!
Mamá: Volviste...
AEblue: ¿Mamá?
Papá: Que bueno que regresaste.
AEblue: Papá ¿Cómo lo supieron? −Apartando su transformación.
Mamá: Quizás si usaras máscara no te hubiera reconocido.
Roser: ¿Eh?
Ander: Interesante.
Itziar: ¿Quién eres?
Daniel: Escuchen, es muy peligroso que estén aquí. −Agachando su mirada.
Mamá: Nos da mucho gusto volverte a verte.
Daniel: Ah, lo siento.
Papá: Ya eres todo un hombre.
Daniel: Siento mucho el haberlos dejado solos tanto tiempo.
Mamá: ¿Por qué no nos dijiste lo que sucedía? Nosotros hubiéramos encontrado la manera de ayudarte con todo esto, son tantos años.

Daniel: No quería exponerlos, fue por eso por lo que me alejé, pero las cosas no resultaron como imagine, he fallado.

Papá: No lo has hecho.

Mamá: Estamos muy orgullosos de ti.

Daniel: Yo, yo no quería marcharme ¡Jamás quise dejarlos!

Mamá: Lo sabemos. ─Corre y se abrazan.

Papá: Regresaste.

Daniel: Los extrañe mucho.

Mamá: Y nosotros a ti a cada momento.

Papá: El día que te fuiste tratamos de detenerte, pero creemos en ti, fue por eso por lo que decidimos dejarte partir.

Daniel: ¡No quería que algo malo les sucediera!

Papa: No puedes evitarlo, no somos exentos a sufrir o a morir.

Daniel: De todas maneras.

Papá: Llora, llora todo lo que quieras ya estamos juntos.

Mamá: Mírate cómo has crecido, estas tan cambiado.

Daniel: Mamá...

Chofer: ¡Han dado luz verde al ataque, es hora de irnos!

Ventus: ¿Naturae?

Papá: ¡Oh no!

Líder: Itziar hijo es mejor que vengas con nosotros y salgamos cuanto antes de aquí.

Itziar: ¿Qué?

Mamá: Tú también Daniel, hemos venido por ti.

Papá: Mujer espera...

Daniel: Me gustaría mucho, pero no puedo. ─Empuñando sus manos.

Mamá: ¡Si te quedas aquí morirás, no quiero perderte otra vez!

Daniel: Lo siento, no puedo marcharme aún...

Mamá: ¿Por qué?

Daniel: Porque es mi responsabilidad ver por ustedes y por quienes merecen seguir viviendo, mi misión es la de destruir esta sociedad y levantarla con verdaderos pilares.

Silver: ¿AEblue?

Daniel: Mi objetivo, no es tan diferente como el de todos ellos, ¡Quiero un mundo de equidad y verdad! Es por eso de mi lucha ¡Porque creo en la verdad del universo!

Mamá: Creo en ti, que egoísta de nuestra parte. No importa a donde vayas siempre estarás en mi corazón.

Papá: No puedo decirte adiós, porque creo en ti y en la promesa de que volveremos a encontrarnos.

Daniel: Gracias, gracias por haber venido hasta aquí.

Itziar: Papá me dio gusto volver a verte, pero tengo un propósito de vida que debo cumplir, Adiós. —Dándose la vuelta su transformación regresa y este sigue caminando hacia los elementales.

Líder: Itziar da lo mejor de ti.

Papá: ¡Daniel!

Mamá: ¡Daniel!

Daniel: Gracias.

—Con estas reuniones imprevistas todos bajaron su guardia y Ander haría excepción a esto, así que mientras los demás se mantenían distraídos; el aprovechó para rodearlos con docenas de Animated Shadows.

Chofer: ¡Vámonos, oh maldición estamos rodeados!

Daniel: ¡Ander, permite que se marchen!

Ander: ¿Perdón?

Daniel: Permite que se vayan de aquí, ellos no tienen nada que ver contigo.

Ander: ¿Dime qué harás al respecto?

Silver: ¡Ander ellos no son un peligro para ti, permíteles marcharse!

Ander: Que ridículo han venido a hacer ¡Animated Shadows attack!

Mamá: ¡Daniel!

Daniel: ¡AEblue Esfera de Acción! —Transformándose. —La pelea no es con ellos.

—Antes de ser encontrados por estos seres, una potente barrera de agua se levanta para luego expandirse arrasando con las Animated Shadows que rodeaban la caravana, abriendo así camino para que se marchen)

Aqua: ¿Qué esperan para irse?

AEblue: ¡Aqua!

Ander: Está bien, arrasaré con todos de un solo golpe, no perderé más mi tiempo, esta vez terminaré contigo y con ellos para que ya no tengas de que más preocuparte ¡Energía Oscura!

AEblue: ¡Esferas Legendarias Aequor!

Ander: ¡Esta vez tu truco barato no funcionara! —Incrementando su potencia, ríe despiadadamente.
AEblue: Su poder está aumentando.

—Las esferas Aequor no son capaces de detener el ataque debido al nivel de energía utilizado. Cuando las esferas explotan aquel potente ataque, toman forma de dagas y siguen su curso hacia las personas de la caravana, AEblue se interpone y crea su campo protector, que se rompe recibiendo así aquella potente descarga de energía directamente.
Roser: ¡Oh no!
Ander: Te tengo ¡Energía Oscura Attack!
AEblue: ¡No me importa tu poder, mi deber es protegerlos!

—Viendo venir aquel potente ataque de Ander, AEblue logra escuchar su propio corazón latir cada vez más lento, y a su madre gritar su nombre, frente a él en cámara lenta un destello se acerca más y más, mientras inhala y exhala profundamente, por sus mejillas corre un par de lágrimas y automáticamente extiende sus manos para crear un campo de protección; estrepitosamente al contacto de aquel ataque una fuerte explosión y humo al choque invaden el lugar.

Naturae: ¡Ah!
Ander: Al fin. —Ríe despiadadamente.
Aqua: Oh no…

—Aquella polvareda se va disipando, primero dejando a la vista a AEblue quien agitado se encuentra de pie, para luego ver a Silver y Roser sirviendo como escudo adelante de él.

Roser: ¿Están bien?
Aqua: ¿Qué?
AEblue: ¡Silver, Roser!
Roser: Daniel…
Ander: ¡Increíble, que tontos han sido al lanzarse frente a mi poderoso ataque!
Silver: Daniel…
AEblue: Es muy pronto.

Silver: Este es nuestro agradecimiento por lo que has hecho por nosotros...

Roser: Nosotros también creemos en esa promesa, Daniel, si la reencarnación existe, quiero volver a nacer en el nuevo mundo que tanto quieres.

−Ambos caen al suelo.

AEblue: ¡Esperen! −Corre y se agacha frente a ellos.

Roser: Fue un honor pelear a tu lado...

AEblue: ¡Roser no digas eso por favor necesito de su ayuda!

Silver: Aqua perdón por todo el daño que cause.

Aqua: Ya no te preocupes por eso.

Ander: Mediocres.

AEblue: Silver ¡No me dejen solo!

Silver: No te des por vencido…

AEblue: Ustedes vinieron aquí porque lucharíamos juntos, no les voy a perdonar que se vayan tan pronto.

Roser: Hemos cumplido con nuestra misión.

AEblue: ¿Silver, Roser, nosotros somos amigos verdad?

Silver: Amigos, claro que sí.

Roser: Somos amigos…

AEblue: ¡Amigos, volveremos a encontrarnos en este universo!

−Ambos le sonríen y lentamente pierden sus fuerzas, mientras que AEblue quien sostenía su mano y de rodillas con ellos, llora y empuña sus manos, cuando estos se comienzan a desvanecer en el aire; luego de que desaparecen se ve a AEblue ponerse de pie.

Mamá: ¿Desaparecieron?

Papá: Ellos dieron sus vidas…

Ander: Que tontos, dar su vida por unos simples humanos que no merecen la pena.

AEblue: ¡Cállate! Ellos pelearon hasta cansarse y todo por enmendar sus faltas, no son ningunos tontos, ellos son mis amigos y dieron su vida para proteger a mis padres.

Ander: Veo que no solo la avaricia y la traición son su fuerte, sino que también la cursilería y lloriqueo lo son, ¡Esta es una batalla no un

172

juego, así que mantente al margen y no me vengas con ejemplos de ética, Animated Shadows Attack!

AEblue: Roser, Silver… Deneb, les pido que no me dejen solo en esta pelea.

—AEblue ve de reojo la caravana en donde sus padres están y al otro extremo los guardianes elementales que permanecen al lado de Naturae.

Ander: Ahora te darás cuenta de que su muerte fue en vano.

—Con su barra, mueve una de las camionetas que estaba al frente, mientras la eleva sus ocupantes saltan para escapar, luego la lanza hacia los árboles; solo se les escucha a los tripulantes gritar asustados al caer al suelo, mientras que los demás salen de sus camionetas temiendo que les haga lo mismo y están en lo correcto pues apenas salieron levanta las tres camionetas restantes, aunque esta vez las lanza sobre ellos.

Ventus: ¡Ventus tornado! —Desviándolas a distancia considerable.
Naturae: ¡No interfieran!
Terra: ¿Naturae?
Naturae: Nos mantendremos al margen.
Aqua: ¿Qué?
AEblue: Ellos son el motivo de mi entrenamiento, no importan las circunstancias, jamás me rendiré.
Ander: Entonces será un honor mandarte al infierno frente a ellos ¿Estás listo?

—Flotando en el aire aparecen una espada y un escudo de energía azul los cuales bajan hasta AEblue y este recuerda como Silver y Roser se presentaron en su retorno como la espada y el escudo de aequor.

AEblue: Ustedes vinieron a pelear a mi lado, ellos están aquí ¿Te das cuenta del porqué no puedo darme por vencido?
Ander: ¡Energía Oscura!
AEblue: ¡Destello de Espada! —En el aire ambos ataques chocan.
Ander: ¡Dark Electroshock!
AEblue: ¡Ah!

Ander: Ese escudo y esa espada no te servirán de nada.

—Ander simultáneamente vuelve a atacar, esta vez lo hace incrementando la intensidad, con tal poder va y rompe tanto la espada como el escudo, mientras que el cuerpo de AEblue se contorsiona ante tal magnitud que le hace ser elevado en el aire y caer al suelo precipitadamente. En la confusión el sonido de un disparo se hace escuchar.

Mamá: ¡Daniel!
Papá: ¡Nosotros no te dejaremos solo!
Líder: ¡Estamos contigo!
Mamá: Hijo...
Ander: ¿Cómo te atreviste?

—Aquel disparo fue certero en la mano cual sostenía la barra, la bala se había alojado entre sus huesos, pero utilizando su energía hace que esta salga y esta se le ve caer al suelo manchada de sangre.

Ander: ¡Animated Shadows Attack!
AEblue: ¡Campo Protector!

—Desorientado, AEblue reacciona al ataque creando una burbuja azul pegada al suelo la cual solo protege a los cuatro y los demás acompañantes son arrasados, hasta que esta comienza a quebrarse poco a poco, todavía desvariando entreabrir y cerrar de ojos ve el rostro de su madre.

AEblue: hmm…
Animated Shadows: Animated, Animated, rompe, rompe....
Aqua: ¡Naturae no me puedo quedar con los brazos cruzados! —Corre hacia AEblue y los demás.
Naturae: ¿Eh?

Aqua: ¡Torrente Marino! —Quitando a las Animated Shadows de encima, justo a tiempo cuando la esfera se rompe y AEblue descansa sus brazos.
AEblue: Gracias…
Líder: ¡Hijo así se hace!

—Al momento en televisión mundial se anunciaba que dentro de poco los misiles destinados a terminar con la pesadilla impactarían el área cero, con esto la reacción de los habitantes alrededor del globo fue de tristeza y dolor.

Ander: Tú eres el rebelde del grupo, veo que te interesa más ellos que el propio corazón del planeta ¡Mueran!

—Aqua responde y el ataque de ambos colisiona sin llegar a golpear a alguien.

Aqua: No debieron de haber venido, solo entorpecieron las cosas.

—Animated Shadows rápidamente aparecen y crean una barrera que nos les permitirá retirarse.

AEblue: Tengo que llevarlos a un lugar seguro… —Era notable su desgaste.
Ander: Demasiado tarde, es su final ¡Dark Electroshock!
Terra: ¡Lamento Terrenal!
Ander: ¿Ahora tú?
Ignis: ¿Terra?

—Todos miran a Terra mientras ésta se mantiene de pie frente a Ander.

Terra: Si mis padres siguieran con vida y se encontraran en la misma posición que ellos, te aseguro que haría lo mismo por protegerlos.
Ander: Ya veo, para su mala suerte, yo no pensaré dos veces.

—Sin avisar le lanza un rayo directo a ella lo que la aturde, al mismo tiempo otro potente rayo lo dirige hacia Naturae en donde Ventus e Ignis al protegerla reciben todo el ataque, quedando en el suelo.

Terra: ¡Ah!
Ander: Creí que se mantendrían fuera de esto ¡Electroshock!
Naturae: ¡Ah!
Ignis: ¿Naturae?

Ventus: ¡Oh no!

Naturae: Ah, estoy bien.

Ander: No nos estamos entendiendo para nada...

Mamá: ¿Qué está sucediendo? —Acercándose a AEblue.

AEblue: Esperen tras de mi...

Ander: ¡Nadie tiene que darme la espalda! —Lanzando un rayo oscuro.

AEblue: ¡Ah! —Haciendo a un lado a su mamá, recibe el golpe directo.

Ander: Esta vez no te soltaré maldito, bastantes problemas me has ocasionado, es momento de robar tu energía vital.

Mama: ¡Détente!

AEblue: Huyan por favor... —Pierde el conocimiento.

—Aquel cuerpo inconsciente es alzado con el rayo de Ander, su madre no lo deja ir aferrándose a sus pies y sin más es lanzado junto con ella hacia los otros dos, quedando tirados en el suelo también.

Ander: Ahora mismo te daré el golpe de gracia.

Ventus: ¿Acaso es? —Apuntando hacia el cielo.

Ignis: ¿Qué no se cansan de todo el daño que provocan?

Aqua: Es un misil.

Ander: ¿Qué? —Interrumpiendo su ataque.

Ignis: ¡No puedo permitir que te lastimen más!

Naturae: ¡Ignis!

Papá: Adelantaron el ataque, no fue el tiempo que prometieron en las noticias.

Líder: ¡Imposible, dijeron que darían más tiempo a los ciudadanos para abandonar este lugar, ellos mintieron nos destruirán a todos!

Mamá: No me arrepiento de haber venido, si he de morir a su lado.

Líder: Itziar me dio mucho gusto volver a verte.

Papá: No hay tiempo para correr, ya no.

Aqua: Ventus, Terra, Ignis ahora lo veo, antes de convertirnos en guardianes elementales cada uno de nosotros ya librábamos una batalla para proteger a nuestros seres queridos y a otros seres indefensos, debimos abandonar nuestra vida cotidiana para resguardar a Naturae es verdad, y ella nos pidió total exclusividad pero eso no quiere decir que les estemos dando la espalda a los habitantes del mundo ciegamente, pero protegiendo a Naturae es cuidar y defender nuestra propia casa, nuestros amigos y nuestra familia porque sin planeta no hay nada. —Recordando a su mamá.

Líder: Hijo…

Ventus: Es el momento… —Recuerda a Tristán. —Jamás podría quedarme sin hacer algo por proteger a Tristán, ¡Él es la única motivación que tengo!

Terra: Así es, ¡Daremos lo mejor de nosotros por ti Naturae, de la misma manera que mis padres lo hicieron por mí!

Ignis: Cuando fui abandonada tú me rescataste y estoy muy agradecida, ¡Tú eres mi hogar y no permitiré que caigas en penumbra!

Naturae: ¡Aqua, Ventus, Terra, Ignis!

Aqua: ¡Elementales!

—Los cuerpos de los cuatro comenzaron a radiar energía, con sus miradas decididas se arrojan hacía el cielo a gran velocidad al encuentro de aquello que atenta contra el corazón del planeta, mientras subían todos los ven incrédulos de lo que los cuatro intentan hacer aún sin siquiera saber de las consecuencias que pueda haber. El resto del mundo seguía por medio de la televisión todo lo que sucedía en el lugar de batalla, solo a segundos del impacto ya se puede apreciar el misil acercándose, la gente de todas partes presencian la imagen cruda; familias enteras oran mientras otros lloran, es un momento muy crítico para todos, es el momento en que todas las culturas de todo el mundo crean silencio por el dolor mismo, el sacrificio valdrá la pena; la esperanza de que todo esto termine mantiene a todos a la expectativa, de pronto a un costado de las noticias nacionales una cuenta regresiva aparece marcando el momento de impacto 10, 9, 8, 7, 6, 5, 4, 3, una distorsión comenzó para luego quedar sin comunicación.

Naturae: ¡Guardianes!

—Una gran esfera de luz se ve formarse en el cielo que luego de contraerse le sigue una explosión de tal magnitud, creando ondas de energía que sacuden la tierra, Ander y Naturae antes de ser sucumbidos por tal explosión se les ve mirar entre los destellos; en aquel cielo apocalíptico navegar varias luces que caen precipitadas a tierra, todo es arrasado como hojas secas, inclusive destellos de fuego se precipitan a tierra incendiando diferentes partes del puerto.

      Mientras tanto desde el centro de operaciones militares ordenan el vuelo de aviones para dar un recorrido y reconocer el lugar de ataque, primero muestran una polvareda y humo que se ha levantado y cubre gran porción de terreno, incendios se han interceptado a millas del lugar, en tanto no se localiza a ninguno de los involucrados para quien fue lanzado este ataque, por lo que es ordenado el despliegue de caravanas militares por tierra y mar.

Polvo y humo mantuvieron aquel lugar sin visibilidad, pero en medio de aquella bruma tres siluetas aparecen donde la polvareda iniciaba, la estructura de metal que se encontraba en la plaza había sido derrumbada y convertida en chatarra, pero tras sus escombros AEblue, sus padres y el líder permanecían resguardándose.

Líder: No me explico cómo fue, pero logramos sobrevivir a tal cosa, mi hijo.
Papá: Ellos fueron muy valientes, se lanzaron frenéticamente sin importarles que podían morir, corrimos con suerte, apenas unos raspones y él perdió el conocimiento, esta exhausto. −Refiriéndose a AEblue.
Mamá: De verdad que han sido muy valientes (Se da cuenta de que un pedazo de metal se había incrustado en el brazo izquierdo de su hijo), será mejor removerlo antes de que despierte.
Papá: Sí.
Líder: Me pregunto, ¿Qué sucederá ahora?

−AEblue caía en un sueño, venía del espacio y caía hacia la tierra, apenas pasando la estratósfera su cuerpo se reanimaba haciéndolo despertar, por un momento entro en pánico, se le veía manotear y gritar mientras trataba de mantener sus ojos abiertos; entonces dos destellos lo ʻalcanzaron y juntos caían en la misma dirección, sin ninguna fuerza para poder mover sus músculos, cae al vacío resignado a estrellarse contra el suelo, aquellos destellos se separan un poco de él para después interceptarlo en un choque que origina ondas que se expanden alrededor del mundo arrasando con todo a su paso y dejando al planeta ardiendo en llamas.

Ander: Increíble, ellos se han arrojado al fuego por ti...
Naturae: Los guardianes elementales, es su deber.

Ander: No hubo motivo para que ellos se fueran, pero es momento de ceder tu poder y yo me encargaré del resto, te aseguró que lo reconstruiremos y la era de oro llegará al mundo.
Naturae: ¡Es tan grande tu avaricia como la de ellos!
Ander: ¡Vamos, entrégame tu poder, ríndete ante mí!
Naturae: Jamás, que egoísta he sido, mi objetivo es mantener el equilibrio en el mundo; sin embargo, no me di cuenta del terror y la presión que ellos sufrieron a esta responsabilidad, la soledad que ellos han tenido que sufrir ¡Y a ti solo te interesa obtener más y más poder!
Ander: ¡Maldición, está bien yo me encargaré de ti! ─Extendiendo su barra hacia arriba. ─¡No tienes idea de mis posibilidades, estrella de cinco puntos!

─En medio de aquella bruma cinco luces aparecen, estas comienzan a girar alrededor mientras que lentamente subían acercando su espacio una de la otra girando aún más veloz que antes, tornándose electrizantes y al mismo tiempo comenzando a arrastrar hacia ellas el humo que cubría el lugar, dejando a la vista la destrucción causada hasta el momento.

Una vez que el humo desapareció, Ander se encontraba mirando a Naturae; en ningún lugar podía apreciarse los rayos del sol, tan solo las nubes grises que lo cubrían todo y las calles llenas de pavor por las Animated Shadows.

¿A dónde han ido los elementales? quienes en su intento por detener aquel misil nuclear se lanzaron al vacío con la convicción de proteger a Naturae, su líder y corazón del planeta tierra.

Las batallas tienen dos caras, una es la opresora, irracional, falta de verdad y egoísta; la otra es el hambre de terminar con las injusticias, la sed de libertad, las ganas de defender y el sueño de terminar con lo malo existente; no importa de qué lado estés, la guerra seguirá siendo un juego de ajedrez en donde los peones van a una muerte segura mientras que sus dirigentes se escudan cobardemente.

CAER ES PARTE DEL PROCESO, LEVANTATE.

7 ULTIMATE GUARDIAN

Ander: ¡El gran suceso inicio y es momento de darle continuación!

Maya: El mundo que tu anhelas es un lugar frio cubierto de sombras.

—Una mujer joven aparece de entre los escombros, con mirada sublime y piel morena fresca y resplandeciente. Con ella dos personajes cubiertos con gabardinas ligeras se mantenían a su lado, por un momento una tranquilidad llego al lugar, el viento levantaba polvo súbitamente y daba espacio para mirarse unos a otros.

Ander: ¿Quién es?
Naturae: ¿Eh?
Maya: Tú tan cálido despertar, la luz que palpita muy dentro mío, aquí estas mi señora, perdón por haber demorado.

—Mientras esta chica y Naturae se miraban directamente a los ojos, cuatro esferas resplandecientes se mantenían orbitando a 150 pies del suelo, mientras, Ander lentamente se elevó y flotaba en el aire, aunque a corta distancia del suelo.

Maya: Mi nombre es Maya, hija del sol y heredera de la lengua, esperamos su despertar desde el inicio del tiempo, la vida en este planeta depende de usted.
Naturae: ¿Quién eres?
Maya: Mi padre Ciro nos habló de los ciclos del universo y nos señaló su venida, este sistema solar, como cada lugar sagrado dentro de este inmenso espacio, existe, la vida como muchos le llaman es la práctica que le sigue a la teoría; nuestra existencia es el resultado de la energía vital en experiencia o lo que es, la materialización de la energía, todo

forma parte de un plan maestro, sin embargo, cuando los frutos no son los deseados, el ciclo al cual pertenece llega a su punto final. A todo principio le corresponde un final.

Naturae: ¿Eso significa?

Maya: Si, mi gente durante muchos calendarios ha tratado de suavizar el paso del tiempo, sin embargo no hemos logrado mucho, hemos sido embestidos y sometidos una y otra vez por los guerreros de corazón ciego, nosotros nativos de esta tierra, pero de entre los escombros y cenizas nos volvemos a levantar porque hemos sido elegidos por el sol para mantener el mensaje y el momento de su arribo, ese es nuestro deber como hijos fieles de esta tierra, no importa cuantos calendarios pasen nuestra tribu no cede ante nada; nosotros solo miramos hacia el infinito no ponemos objeción a los designios del firmamento, entiendo cuál es el sufrimiento que lleva por dentro.

Naturae: He sido muy egoísta.

Maya: Sin suelo no hay raíz, para poder proteger a las especies primero tenemos que asegurarnos que usted esté a salvo.

Ander: ¿De dónde saliste tú?

—AEblue aparece en escena tras ellos, visiblemente exhausto y deteniéndose la herida del brazo izquierdo.

Maya: Nuestros ancestros nos hablan del desarrollo de este sistema planetario, bajo los rayos de luz de mi padre, nueve semillas fueron puestas para su germinación Zoe de Plutón, Yaiza de Saturno, Ura de Urano fueron los primeros planetas en dar frutos y fueron quienes han permanecido por más tiempo con vida, sin embargo, así como surgieron súbitamente desaparecieron en el silencio ensordecedor de este espacio; luego de una pausa, el nuevo ciclo llegó Nereo de Neptuno, Dromit de Mercurio, Leah de Marte, Ada de Venus y Yeray de Júpiter despertaron, esta etapa ha sido la más avanzada, en tan poco tiempo fueron capaces de explotar su conocimiento y sus recursos al máximo, no obstante las especies que habitaban Nereo y Dromit fueron brutalmente arrasadas por los habitantes de Ada y Leah, después al tratar de conquistar el planeta de Yeray una nueva gran batalla comenzó, tan violenta que devasto aquellos tres planetas restantes…

AEblue: De qué hablas ¿Acaso hubo vida en los otros planetas?

Maya: Ahora tú…

Naturae: ¿Somos el nuevo ciclo?

Maya: Así es, pero, eres la última semilla que queda en este sistema planetario, este mensaje ha pasado de generación en generación por miles de años y se ha esparcido a lo ancho y largo del globo, esperando el momento preciso de la misma forma en que los guardianes elementales han reencarnado una y otra vez, esperando tu despertar para evitar la destrucción.

Naturae: Pero ¿Qué puedo hacer?

Maya: Permíteme ayudarte, no estás sola. —Llevando sus manos al pecho.

Ander: ¡Basta! —Lanzando un ataque hacia Maya, haciéndola desvariar, es sostenida al caer por uno de los personajes que la acompañaba.

Ander: ¿No comprendo por qué están aquí? Pero, presenciaran la función estelar ¡Calamidades Transfórmense!

—Las cuatro esferas que se habían mantenido girando, bruscamente pararon y tomaron la forma de un humanoide puntiagudo, todas de color azul y sonrisa espeluznante.

AEblue: ¿Qué son esos?

Ander: No importa quien sean ustedes ¿Verdad que son aterradoras?, Me pregunto si podemos modificarlas para darles una mejor apariencia ¿No creen?

—Aquellas Calamidades comenzaron a contorsionarse de tal manera hasta adoptar la imagen de Copper, Gold, Silver y Roser.

AEblue: ¡Gold, Silver, Roser! Que cruel eres.

Ander: Acaso no te da gusto verlos de nuevo, ¡Malditos, ahora conocerán el infierno!

Zaiel: ¿De verdad conoces el infierno?

Ander: ¿Qué?

Nathaniel: Quizás solo está repitiendo las palabras de otros, dime ¿Crees que existe el infierno?

Ander: ¡Exista o no yo les mostraré ese sentimiento, Roser ataca! —
Elevándose más.

—Desde lo alto Roser vuela sin control alguno hacia los presentes, sus
brazos se convierten en cañones que lanzan proyectiles de energía
simultáneamente; pasa y se eleva rápidamente mientras todos
esquivan tal ataque, regresando baja a tierra y entre la humareda se
encuentra de frente con AEblue, por unos momentos permanecen
mirándose uno al otro.

Roser: ¡AEblue por favor! —Con voz titubeante y mirada nostálgica.
AEblue: ¿Roser?
Roser: Por favor permíteme eliminarte ahora mismo.
AEblue: ¿Por qué juegas de esta manera? Ander, jamás te perdonaré.
Ander: Entonces no te gustara lo que sigue, luego de eliminarlos, mis
Calamidades se encargaran de ir por el mundo eliminando lo que
resta de basura humana ¡Roser entrégame su energía!

—Sus brazos se tornan en lianas que toman a AEblue, ella se eleva un
poco cambiando sus piernas por una cuchilla larga y filosa,
lanzándose hacia él para atravesarlo, a poca distancia de lograr su
cometido es tomada por una fuerza que la lleva a estrellarse contra el
suelo, soltando a AEblue.

Ander: ¿Qué?
Roser: ¡Calamidad! —Con voz escalofriante.
Ander: ¿Quién se atrevió?
AEblue: Eh…

¡Soy un legendario mensaje que ha despertado de su letargo!

—Un grito proveniente del cielo dejo a todos alertas cuando en el aire
un punto de luz comienza a expandirse hasta quedar a la vista una
puerta dimensional, de donde un ángel sale agitando sus alas, su
vestidura es una túnica blanca la cual lo cubre todo y una capucha tan
solo permite ver su boca y nariz.

Mamá: ¿Un ángel?
Ander: ¡Calamidad Roser Attack!

—A la orden de Ander, aquella calamidad con apariencia a Roser desenfrenadamente vuela hacia aquel ángel misterioso, sus manos se transforman en cañones y lanza ataques de energía uno tras otro parando su carrera a medio vuelo mientras que su rival sin ninguna preocupación permanece en el mismo lugar cubierto de humo por aquellos embates, disipándose.

Roser: ¡Calamidad!
Naturae: ¿Quién eres?
AEblue: No le hizo nada.
Ander: Identifícate ¿Acaso tú también quieres arruinar mis planes?
Ángel: He venido a quitarles ese peso de su espalda, este es el momento de abandonar esta guerra.
Ander: Aún no me dices quién eres.
Ángel: No hay otro camino para llegar al futuro, si no se rinden ahora no habrá algo que yo pueda hacer.
AEblue: ¡Ah!
Ander: He llegado hasta aquí peleando, no rindiéndome ¡Calamidad Roser!
Roser: ¡Calamidad!

—Pronto se lanza agresivamente disparando ataques sin parar, el ángel se recorre esta vez saliendo del humo y cuando la calamidad cruza este humo aquel ángel estira su mano derecha en dirección a ella luego le muestra la palma de su mano originando un estallido magnético, el cual impidiendo que avance más y por un momento ella forcejea ante tal fuerza, hasta perder y cae con tal presión que la hace estrellarse contra el suelo. Como si este cuerpo fuera hecho de cascarón, la piel se le quebró hasta quedar en la forma original de calamidad para después estallar en luz resplandeciente.

Ander: ¡Imposible!
Ángel: A partir de ahora las cosas cambiaran para el planeta tierra y sus habitantes, incluyéndolos a ustedes.
Ander: No estés tan seguro de ello.
Ángel: Entonces no me dejas otra alternativa que la de colectar tu energía.

Ander: ¡Maldito no sabes con quien te metes! ¡Calamidades Destrúyanlo!

—Frenéticamente Copper, Silver y Gold vuelan transformando sus brazos en cuchillas directamente hacia aquel personaje, un estruendo tras otro al choque de tal embate deja a la vista al ángel con su túnica rasgada, aún con la capucha cubriéndole el rostro; sin esperarse mucho aquellas calamidades rompen sus cuerpos de forma humana y quedan como originalmente son, listas para su siguiente ataque, como si fueran trompos comienzan a girar en su propio eje para luego lanzarse hacia aquel ángel y una vez que lo rodean comienzan a girar creando una jaula redonda la cual se va contrayendo cada vez más, esperando hacer trizas de su objetivo. Una coreografía bien balanceada es lo que parece, de pronto aquellas paran en seco su vuelo, viéndoseles alrededor del ángel el cual tiene extendido ambos brazos hacia el cielo, luego los baja hacia los lados quedando en forma de cruz mientras empuña sus manos, las tres calamidades se contraen gritando horrorosamente.

Ander: Al fin alguien que me puede hacer frente, ya me estaba aburriendo.

Ángel: Créeme que no he venido a jugar, no tardare mucho te lo aseguró.

AEblue: ¿Ah?

Ander: ¿Quién eres?

—Las manos del ángel parecen temblar mientras las calamidades quieren zafarse de su prisión y cuando él abre sus manos ellas explotan en luz, haciendo que su capucha caiga dejando ver su rostro por completo.

AEblue: ¿Eh?

Ander: No puede ser.

Deneb: "Si te encuentras sumergido en un sueño oscuro tienes un cien por ciento de probabilidad de abrir tus ojos al cálido rayo de luz del Universo y su verdad".

Ander: ¡Imposible, yo mismo termine contigo!

AEblue: ¡Estas vivo!

Deneb: La energía vital la cual mantiene con vida nuestro cuerpo solo nos pertenece a nosotros y nadie debe de robarla. AEblue, he acudido a la promesa, te prometí que terminaría con todo esto y así lo haré.

AEblue: ¿Deneb?

Deneb: Ander, te di la oportunidad de rendirte y como no lo has hecho, no me das otra opción más que la de terminar contigo, tenemos una pelea pendiente.

Ander: Eres ese muchacho patético, pero si yo mismo me encargue de destruirte ¿Cómo es posible que hayas regresado?

AEblue: ¡Deneb, eres tú!

—Aquel día, AEred al intentar detener a Ander en su amenaza del comienzo del gran suceso, el arribo de las torres y el ataque abierto de las Animated Shadows en contra de la humanidad; este teletransportó a ambos a otra dimensión, un lugar paralelo a nuestro mundo en donde utilizando todas sus reservas de energía contratacó con un solo propósito, detener al nuevo gran opresor, Ander por su cuenta había alcanzado un nivel de preparación superior por lo que no le costaba nada de trabajo fastidiar y destruir a su adversario y así sin utilizar toda su energía logra sorprender a AEred con un gran ataque que le hace caer sin vida al centro de la galaxia; una vez hecho esto, Ander regreso y justo antes de cruzar el portal entre las dos dimensiones grito: "El día de la liberación ha llegado".

Mientras tanto el cuerpo inerte de AEred se adentraba en los abismos del espacio, en medio de aquella oscuridad una pequeña chispa de luz llego a él, así aquel cuerpo comenzó a desintegrarse mientras flotaba en el espacio y la misma materia giró alrededor y aquella chispa de luz tomo intensidad hasta dejar de caer, luego como una estrella fugaz salió disparada de regreso a tierra y antes de cruzar el portal se acercó a un lugar donde tres puertas se encontraban abiertas, y sin esperar más termino de cruzar aquel portal.

AEblue: Pensé que habías muerto…

Deneb: AEblue…

AEblue: ¡Pensé que me habías abandonado!

Deneb: Te prometí construir un mundo mejor.

AEblue: ¡Deneb!

Deneb: A partir de ahora yo me encargaré de todo.

AEblue: ¡Lo siento no pude hacer nada para protegerte!

Deneb: Hiciste un buen trabajo, a partir de hoy me encargaré de gobernar esta tierra y dirigir a todos hacia un lugar equitativo para todas las especies. Naturae, ya no hay de que temer.
Naturae: Ah.
Deneb: Tu tiempo de tomar el trono ha llegado.
Naturae: El tiempo ha llegado.

─La señal en las pantallas regresaba y mostraba a todos al salvador quien renació para derrotar al opresor y azote de la humanidad, un ángel que apareció en momento de terror y pánico. Al mismo tiempo, innumerables gobernantes mostraban inquietud al haber escuchado que este personaje gobernaría equitativamente, fue esto lo que los aturdió y comenzaron a enfrascar cuestionamientos llamando inmediatamente a una junta a puerta cerrada para discutir el futuro de sus naciones. Cada uno de ellos frente a una pantalla gigante en donde el resto de los gobernantes se mostraba; su ambición política y de poder inicio un debate para encontrar una manera de utilizar y luego destruir a aquel personaje.

      "Es lo que siempre se hace, cuando un individuo con intenciones de mejorar o proteger aparece el resto como aves de rapiña vienen a atacar para seguir manteniendo para ellos el poder", no solo se puede apreciar en cuestiones políticas sino también familiares, laborales o de cualquier otro espacio en donde los individuos llenos de egoísmo y soberbia se sienten amenazados por la falta de valores y sentido común.

Ander: ¡Que coincidencia porque yo también tengo una promesa que cumplir, una promesa a quienes viven en las sombras del mundo, los exiliados a quienes nos fue hecho a un lado, quienes se doblegaron ante la raza humana… nuestra "gran familia, la legendaria" ¡Seremos nosotros quienes dirijan al mundo, Animated Shadows! ─De la nada cientos de ellas resurgen creando una enorme cápsula sobre ellos.
Deneb: Terminemos esto de una vez por todas.
Ander: ¡Attack! ─Saliendo de aquella trampa, se escuchó el sonido de cuchillas cuando las Animated Shadows se transformaron a un mismo tiempo en puntiagudas dagas que darían fin a Deneb.
AEblue: ¡Cuidado!
Ander: ¡Maldito, esta vez no correrás con la misma suerte!
Deneb: Transmutación Aequor…

—Un grito aislado resuena de entre esta capsula y así rayos de luz comienzan a aparecer escapando poco a poco de aquella oscuridad.

Ander: ¿Qué?
AEblue: ¿Qué sucede?

—El fulgor creado les hace cubrirse los ojos y con una resonante explosión inusual todas las Animated Shadows quedaron convertidas en mera energía vital, aunque personificada, mujeres y hombres de todas las edades que habían sido presa de Ander y su gran familia eran liberadas al fin de la oscuridad, de esta manera comienzan a disiparse en el aire dejando rastros de luz en su partida hasta desaparecer.

En aquel momento el resplandor iluminó con gran asombro no solo a AEblue, Naturae, Maya y los otros; si no a todos los espectadores y dirigentes alrededor del mundo.

En cámara lenta de fondo se mira a Deneb inclinando su postura un poco para luego lanzarse hacia Ander, desplegando sus alas abiertamente con una espada en mano y una mirada decidida.

AEblue: Lograste revertir la energía.
Ander: ¡Ah, maldito! —Con sus manos se rasgaba la piel del rostro al gritar.

—En medio vuelo muestra su espada hacia Ander sin darle la oportunidad de atacar, lanza un rayo que paulatinamente va cristalizando su cuerpo y en cuestión de segundos su imagen distorsionada comienza a carcajear de risa mientras es destruido.

Deneb: El mundo ya no tiene por qué temer.
AEblue: Al fin.
Naturae: ¡Lo ha derrotado!
Ander: ¡Ahora es mi turno!
Deneb: ¿Ah?
AEblue: ¿Qué?
Naturae: Pero…

−A sorpresa de todos, al notar de donde provenía aquella voz, Deneb quiso rápidamente actuar, pero era muy tarde; Ander se encontraba detrás de todos lanzando su ataque sin que nadie se diera cuenta, con sus dos manos sosteniendo aquella barra comenzó a desplegar ataques furiosos electrizantes y riendo malvadamente. No hacía mucho tiempo Ander había invocado a las calamidades para que salieran a deshacerse del resto de la población, una vez aparecido les cambio la imagen adoptando la forma de Copper, Silver, Gold, Roser y ahora todos se daban cuenta que estaban peleando solamente con un reflejo de Ander, la quinta calamidad, apenas y pudieron girarse para ver quien estaba a sus espaldas fueron presa del mismo Ander el original.

Ander: ¡Malditos mueran!
−Mientras este había lanzado sus electrizantes ataques hacia el grupo sometiéndolos, al mismo tiempo creaba uno más potente e inmenso que una vez formado soltó.

Deneb expuso su mano poniendo Resistencia tratando de proteger al grupo, pero cuando Ander soltó su gran ataque, la fuerza que ejerció arrojo a Deneb con tal intensidad, mientras el resto del grupo tan solo recibía aquel ataque.

Luego de la polvareda y el sonido estrepitoso creado, un silencio llego.

Maya: ¡Señora Naturae!
Naturae: Estoy bien.
Maya: Señora…
Mamá: ¿Daniel?
AEblue: Ah… Mamá.
Papá: ¿Daniel estas bien?
AEblue: Papá. −Alzando su rostro descubrió a sus padres tratando de ayudarle a levantarse, con sus rostros llenos de polvo.

Mamá: Vamos, arriba…
Papá: ¡Daniel levántate!
Mamá: Eso es, vamos, párate…
Papá: No caigas, estamos aquí para levantarte.
AEblue: Mamá, Papá.

—Cuando AEblue se sostenía de sus rodillas para incorporarse sus padres caían al mismo tiempo hacia atrás y entonces AEblue regresó su mirada atónita hacia ellos al sentir que las manos de ambos lo soltaban.

AEblue: ¿Mamá, Papá?
Mamá: Daniel...
Papá: Cuídate mucho...
AEblue: ¡No se vayan, esperen!
Naturae: Ah...
AEblue: ¡Por favor no me dejen, no se vayan Mamá, Papá!

—Sus cuerpos comenzaron a disiparse frente a él.

AEblue: ¡Esperen!
Deneb: AEblue...
AEblue: No sirvió de nada, lo que tenía que proteger está desapareciendo.
Deneb: AEblue, has sido muy valiente.
AEblue: No tiene sentido...

—Los cuerpos de sus padres y el papá de Itziar (Aqua) se elevan ligeramente para luego desvanecerse completamente.

AEblue: ¿Es el silencio de la muerte la respuesta a todo?
Deneb: Daniel.
AEblue: Ellos no eran malos ¿Por qué tuvieron que morir?
Ander: AEblue dime, ¿Cuántas vidas te quedan?
AEblue: No tienes consideración.
Ander: ¿Qué?
AEblue: ¿Por qué hacer daño a quien no lo merece? Ambos estamos en este camino porque decidimos proteger, pero al final de cuentas solo causamos más víctimas.
Ander: Recuerda que esto es una guerra.
AEblue: No entiendo ¿Cuál es la razón del porque estoy aquí?

—Se mira caminar a Deneb hacia ellos empuñando su espada mostrándola a lo largo.

Deneb: ¡Mi espada quiere tu sangre! —Corre varios metros luego salta agitando sus alas.

Ander: Esta vez me aseguraré de destruirte por completo hasta que no quede rastro de ti.

—Con aquella seguridad ambos se arrojan al vuelo decididos a matar, en el primer ataque cuerpo a cuerpo ambas armas chocan poniendo tal resistencia una contra la otra y con tal fuerza se separan.

Ander: ¡Esta es una espada de verdad!

Deneb: ¿Quieres probar su filo?

Ander: ¡Deja de parlotear, al fin disfrutaré de una verdadera pelea!

—Sin dudarlo dos veces Deneb se lanza al ataque y con aquel temple maneja la espada agresivamente mientras Ander bloquea uno a uno cada golpe con ayuda de su Barra.

Ander: ¿Es eso lo qué querías mostrarme? ¡No me hagas reír!

Deneb: Para ti, todo esto es un juego, si hubieras utilizado toda tu energía de una manera positiva hubieras cambiado el curso que llevaba el mundo, pero en lugar de eso te corrompiste de igual manera.

Ander: ¡Y lo hará!

Deneb: No lo entiendes, pudiste haber cambiado el destino ¡Ser el héroe en esta historia!

Ander: ¿Qué no ves lo que son ellos? Son el mal andante, la destrucción personificada, ellos a quienes proteges te apuñalaran la espalda una vez que les hayas servido de ayuda; esta raza es maldita y no hay nada que los salve, si no los elimino yo tarde o temprano terminaran eliminándose a sí mismos; no tengo tanta paciencia, es por eso por lo que les adelantare su partida.

Deneb: No importa quien seas, mientras estés con vida, tienes la oportunidad de cambiar las cosas y de hacer de este mundo un lugar mejor, ¡Ander, soy tu última oportunidad!

Ander: No seas mediocre y pelea, no renunciaré a todo lo que he construido con mis propias manos; si al tronar de mis dedos pudiera desaparecer a la raza humana lo hubiera hecho desde hace tanto tiempo.

—Este último muestra su Barra soltándola en el aire, flota y comienza a girar como aspas hasta crear la ilusión de haber desaparecido.

Ander: ¡Anda!

—Sin más Deneb se acerca para atacar, sin embargo, en cada intento es repelido, aun así, continua y en cada acercamiento su espada produce chispas al contacto con el campo de Ander.

Mientras este combate sucedía Ander tuvo un recuerdo vago de su pasado, el momento el cual lo marco para siempre.

Ander: Durante los primeros años de vida fui un niño feliz rodeado de mis padres y amigos, todo el tiempo jugando y corriendo; me llamaban "diamante" por mi pasión al béisbol, pero día a día algo en mí no era normal, me sentía diferente a todos y aunque mi rostro sonreía, mi mente comenzaba a idear llevándome a otro espacio, poco a poco fue alejándome de mis amigos y mi familia hasta el día de mi sexto cumpleaños. mi madre noto que algo había cambiado porque en lugar de tomar el bate y guante me detenía a medio patio a mirar el cielo y mi atención por las estrellas creció; así que sin decirme nada organizo mi última fiesta de cumpleaños invitando a mis amigos y sus padres, aún recuerdo aquel traje de astronauta con el nombre de diamante grabado.

Durante toda la fiesta no me quite el casco y luego de partir el pastel, mis amigos insistieron en ir a jugar béisbol, al final acepté sin ninguna emoción, así después de un corto tiempo mis amigos regresaron a casa corriendo asustados y gritando, mis padres al no verme llegar con el resto salieron a buscarme, mientras que yo recibía el mensaje.

En un principio me desconcertó como mis amigos corrían despavoridos hacia casa y yo aún sin quitarme el traje de astronauta pude sentir y ver una luz que llegaba aquietando todo, poco a poco me di la media vuelta y aquel resplandor me decía que yo había sido elegido para salvar la tierra y recobrarla, para entonces abrir las puertas del cielo. Mis padres llegaron a buscarme encontrándome de pie mirando hacia el infinito y al escuchar que me llamaban "diamante" me quité aquel casco de astronauta y respondí: mi nombre es Ander.

A partir de entonces mi preparación y transformación comenzó, ha transcurrido tanto tiempo, más del que parece, y tengo la certeza de a pesar de haber nacido en medio de ustedes, no soy uno de ustedes.

–Continuando con la pelea, se le ve a Deneb caer y realizar el vuelo, esta vez al ir acercándose a Ander va creando ondas que lo rodean y sin que se dé cuenta su oponente también es envuelto en estas ondas que se van materializando en una gran esfera cristalizada y de tono guinda.

Deneb: Terminemos lo que comenzamos.
Ander: Así que tú puedes revertir la transformación de las Animated Shadows, pero mi plan ya no tiene marcha atrás.
Deneb: Correcto.

–Durante un momento ambos se miran detenidamente esperando uno del otro el siguiente ataque, ya dentro de la esfera de cristal, esta comienza a girar en el viento.

Ander: ¡No es necesario ir a otra dimensión, terminaré contigo aquí mismo!
–Con un solo movimiento recobra su barra la cual había estado girando alrededor de él, entonces otro recuerdo le viene de la nada.

Ander: Ahora recuerdo, antes de cumplir mi séptimo cumpleaños todos se habían ido de mi lado, mis padres y mis amigos, pero fue ahí en el campo de béisbol en esa soledad que me había internado que deje de sentirme solo, mi nombre es Ander, me llaman el diamante del béisbol ¿Quieren jugar? De mi propia sombra cuatro siluetas despertaron y desde ese momento me acompañaron, siendo yo Diamante ellos también deberían tener un nombre así que los llame: Gold, Silver, Copper y Roser.
En ocasiones pienso que fue tanto mi deseo a no estar solo lo que los guio a mí y años más tarde los encontré en mi camino, pero ahora no me importa estar solo porque este planeta se convertirá en el hogar que tanto deseé para mí y para ellos.

—Desde donde AEblue y Naturae se encontraban podían apreciarse la batalla uno a uno en donde choques de energía iban de un lugar a otro dentro de aquella esfera de cristal, donde luego de varios estruendos se les aprecia respirar agitados, pero aún en óptimas condiciones para seguir en pelea. De repente, Ander lanza una serie de ataques hacia Deneb provocando que este desvaríe y se estrelle contra la pared de aquella esfera de cristal.

Deneb: Sabes que he venido por ti.
Ander: ¡Lo único que obtendrás de mi será una paliza!
Deneb: No, he venido a cerrar nuestro ciclo; has tenido la oportunidad de retractarte, pero no ha sido así; Ander, he venido a darle seguimiento a los designios del universo, es momento de que veas la realidad.

—Luego de su última frase Deneb creó una burbuja entre sus manos la cual se desplazó como un fulgor directo a Ander, un destello que lo dejo perplejo y en nada de tiempo lagrimas comenzaron a recorrer sus mejillas, quedando casi inmóvil y temblando.

Ander: ¿Crees qué me voy a rendir?

—El rostro de Ander se llenó de ira y coraje, de la nada su barra giro una vez más con tal rapidez, esta vez expeliendo rayos oscuros que fueron intensificando su poder, con tal fuerza disparó aquel ataque directo hacia su oponente el cual se refugió tras su espada, todavía con un rostro serio, siguió disparando aquel ataque, con ayuda de la inercia del golpe y rebotando una y otra vez contra la pared de aquella burbuja guinda de cristal hasta romperla, logrando que sus fragmentos caigan desvaneciéndose en el aire .

Naturae: ¡Se han liberado!
Ander: ¡Maldito! Has destrozado mi sueño…
Naturae: Ah…

—Desde lo alto se ve desplomarse a Ander y al caer al suelo a varios metros de ellos, se le mira con la espada incrustada a su pecho, titubeante la extrae dejándola a un lado de él.
Deneb: Ander...

Ander: Así que eso es que nos espera…

AEblue: ¿Lo ha derrotado?

Ander: Ah…

AEblue: ¡Tú has robado su energía, adelantaste su partida! Ignoraste nuestro llamado, no te importo el sufrimiento ajeno, aun así continuaste con la masacre ¿Dime de qué sirvió? ¡Si los seres inocentes que queremos vivos han muerto y tu al morir haces que todo haya sido en vano!

Ander: AEblue no importa quién o cuantas veces la humanidad sea protegida, liberada, auxiliada; ellos siempre traicionaran a quien les brinde la mano, ¡Esa es su maldición y la causa de que todo esto se pudra!

AEblue: No me interesa.

Ander: Ah… reniego de llevar en mi sangre, la sangre asesina de una raza frívola, egoísta y llena de avaricia. Malditos, todo lo que he hecho fue librar una batalla para arrebatarles el mando y así poder dirigir por buen camino estas tierras.

Deneb: Lo has hecho incorrectamente, quizás en un principio solo arrebataste la energía de malhechores y corruptos, pero pronto te perdiste ciegamente y también atentaste contra inocentes.

Ander: ¿Y qué querías que hiciera? No había otra manera más ágil y rápida, ya no existen los milagros en este planeta lo único que existe es la ley del más fuerte, quien tenga el poder, es por eso por lo que les declare la guerra a todos, a unos por malditos de corazón frio y a los demás por permitir convertirse en víctimas y vivir a su disposición.

Naturae: Ander...

El corazón de Ander agitado palpitaba aún más rápido que antes y de su herida unos diminutos rayos de luz parecían querer salir de su cuerpo, cuando esos rayos de energía pudieron apreciarse mejor, a su alrededor una fuerza extraña giraba. De pronto unas Animated Shadows que estaban cercas fueron absorbidas dentro de la herida, lo que le provoco mucho dolor haciéndole gritar con desespero.

Maya: La profecía se cumplirá muy pronto, señora, no queda mucho tiempo.

Naturae: Profecía…

Ander: ¡Ah...! −Animated Shadows seguían alojándose en la herida lo que incrementaba su sufrimiento.

Nathaniel: Por favor detenlo.

Zaiel: Espera, este es el castigo por sus faltas, pronto perecerá.

Nathaniel: Pero está sufriendo...

Ander: ¡Ah!

AEblue: Maldición... —Corre y toma la espada del suelo para incrustársela en el corazón y así terminar con su dolor. —Lo siento Ander...

Ander: ¿Cuántas vidas tienes? —Una luz llegó mostrándole a Copper, Silver, Gold y Roser sonriendo como aquella primera vez que aparecieron frente a él.

AEblue: Ha muerto... Ander ha muerto.

—Extrae la espada y con su mirada agachada se pone de pie tambaleante, cuando es presa de una visión: Al subir la mirada pudo ver como el universo parecía caérsele encima, observando miles de meteoros y estrellas fugaces aproximándose con gran velocidad, de pronto el tiempo paro y se encontró flotando en la línea que divide el espacio y la tierra, descubrió que cada uno de los planetas del sistema solar se encontraban alineados, incluyendo a la luna y el sol; entonces sintió que la inercia de la tierra lo hacía caer a gran velocidad de espaldas mientras que a sus costados Nathaniel y Zaiel aparecieron equilibrando la caída evitando que no se estrellara, la velocidad se aminoro al máximo y justo cuando sus pies pisaron el suelo fue el mismo momento que Deneb retiraba la espada de él y este volvió a la realidad.

AEblue: ¿Qué fue eso?

Deneb: Ander ha muerto.

Naturae: Al fin, nuestro enemigo ha perecido.

AEblue: Los planetas se han alineado...

Maya: No hay duda alguna este ciclo está llegando a su fin.

Zaiel: Estamos muy cerca, Nathaniel.

Nathaniel: Hermano...

—En aquel instante en el que Ander ya no se movía más, en la cercanía de entre los escombros un grito se escuchó: "el tirano ha muerto" y desde ahí sobrevivientes quienes se habían quedado para difundir aquella batalla al resto del mundo salieron a celebrar y de igual

manera alrededor del globo la población se volcó a las calles dando
gracias, pues al fin la pesadilla de los ataques de las Animated
Shadows terminarían con la misma muerte de su líder; por su parte
los dirigentes políticos y religiosos no les saciaba el momento y
esperaban ansiosamente que paso seguiría, mirando su agenda de
poder. Descaradamente durante mucho tiempo esto viene
sucediendo, quienes buscan el poder utilizan cualquier medio para
cumplir su cometido aún a costa del esfuerzo de otros, a costa de la
vida de otros y traicionando se aseguran de vivir a costa de los
ciudadanos.

Naturae: No había otra solución.
Deneb: Naturae, en ti confiamos para que el balance vuelva a este
mundo.
AEblue: Todo termino ¿Así nada más?
Deneb: Daniel, nuestra misión ha terminado con la destrucción de
Ander y con él las Animated Shadows, siento mucho no haber
actuado con rapidez.
AEblue: No tiene caso, ya nada tiene caso. —Lo dice con mal actitud.

—Una onda de energía comenzó a escabullirse y circulando alrededor
de ellos, haciendo que aquel cuerpo inerte se eleve y rayos de energía
salgan disparados incrementando su intensidad.

Zaiel: Esta energía…
Naturae: ¿Animated Shadows?
Nathaniel: ¡Su cuerpo esta convulsionando!
Deneb: Esta esencia es…

—Aquel cuerpo convulsionante estallo luminosamente y de él dos luces
salieron disparadas aún más alto, allá a lo lejos apenas se apreciaban
dos siluetas sobrevolar, lo que les hizo que la piel se les erizara por
aquella escena tan intrigante. Poco a poco fueron bajando hasta que
sus figuras fueran notables, así como su voz, eran dos hombres con
estatura de 7"5' con alas aún más largas que ellos y de mirada hostil.
Siendo televisados, llenó de pavor a los civiles dejándoles inmóviles
tan solo por el miedo a lo desconocido.

Daemian: Al fin...

Arnau: Aún tengo su aroma impregnado ¡Asco!

Naturae: Su energía es parecida a la presencia de Ander, pero hay algo diferente.

AEblue: ¿Quiénes son ustedes?

Daemian: ¡Soy Daemian el guardián del amanecer!

Arnau: ¡Soy Arnau guardián de la noche!

Deneb: ¿Daemian y Arnau?

Daemian/Arnau: Somos las fuerzas del bien y el mal ¡Declaramos este mundo como nuestro!

Deneb: ¿Qué significa todo esto?

Daemian: Parece que fue ayer que nos vimos las caras, que casualidad encontrarte una vez más, es verdad lo que dicen el mundo es tan pequeño como la palma de tu mano.

Arnau: A nosotros también nos da gusto volverte a ver custodio, primeramente, queremos agradecerte por habernos liberado de ese ser tan deprimente y obstinado, permitiéndonos ver la luz con nuestros propios ojos.

Deneb: Ustedes han estado detrás de este malévolo plan, todo este tiempo.

Naturae: Deneb, será mejor que reveles lo que sepas de todo esto, cada vez se pone más confuso y no nos permite resolver nada.

Deneb: Ya veo.

AEblue: ¿Deneb son enemigos?

Arnau: ¿Enemigos? No seas tan rudo.

AEblue: Ander solo fue...

Daemian: ¡Una marioneta!

AEblue: ¿Pero?

Deneb: No te metas en esto AEblue.

AEblue: ¿Eh?

Deneb: Que juego tan sucio.

Arnau: No soporto ese olor a vomito. —Baja hasta donde unos civiles y estos sin poderse mover por el terror. —¡Esta peste es la que no aguanto!

—Arnau les muestra un rostro de desprecio, sus ojos se tornan negros completamente, tanto es el temor que provoca que en el momento uno de los civiles sufre de ataque al corazón, mientras que otro se moja los pantalones permaneciendo inmóviles del terror.

Arnau: ¡Que raza tan asquerosa! —Regresando al lado de Daemian. —
Pueden retirarse.

Daemian: ¿Acaso no escucharon? Todos ustedes estorban.

Naturae: No puedo creerlo, me hacen pensar que la única solución
para terminar con estas guerras es la de destruir el planeta de una sola
vez.

AEblue: Ah, todo este tiempo hemos librado una pelea en contra de
marionetas, Copper, Gold, Roser, Silver y Ander, vivieron engañados
toda su vida y llevados a cometer actos imaginando que luchaban por
un bien; ahora dicen que solo los utilizaron para llevar a cabo sus
planes de conquista ¡Ustedes no tienen nombre!

Daemian: Lo que faltaba, un humano dirigiéndose a mí con tal
frescura, pero en fin que más se puede esperar, y como no se fueron
yo los desapareceré ¡Circulo de luz!

—Sin mostrar ningún interés en conversar rápidamente alrededor de
Deneb y los demás se formó un círculo, antes de que pudieran
reaccionar fueron presa de rayos extremos de energía los cuales los
doblegaron del dolor; Deneb incrustando su espada en el suelo
intentando romper con aquel circulo fue lo que activo que dagas de
energía cayeran sobre ellos manteniéndolos opacados.

Con el aumento del ataque, Naturae quien se encontraba en el
grupo y quien también sufría el embate de tan potente ataque,
exteriorizo el dolor que sentía causando con su grito que la marea se
agitara y las olas se elevaran a varios metros de altura azotando las
costas, al mismo tiempo en otras regiones la tierra copió el
movimiento del agua y se estremeció arrojando al suelo edificios y
construcciones, los volcanes hicieron erupción arrasando con fuego
lo que estaba a su paso; mientras que tornados se erigieron dejando
destrucción a su paso; agua, tierra, fuego y viento replicaron al
unísono con Naturae, la tensión rápidamente se propago alrededor
del mundo, ahora con los embates naturales la población gritaba "El
fin del mundo ha llegado".

AEblue observó a Deneb con sus Alas ya no blancas sino
manchadas de rojo por la sangre de sus heridas, aun así permanecía
tratando de liberarlos de aquel círculo de luz, el primero empuña sus
manos con enojo y mirada altanera, pero con cierto temor a aquellos

dos humanoides, con contratiempo se pone de pie mientras ve los rostros de aquellos afuera.

Zaiel: Hagámoslo ahora.

Nathaniel: Daniel estamos contigo.

—Dos luces salen rápidamente del círculo y atacan a Daemian y Arnau, AEblue toma la espada de Deneb y sin pensarlo dos veces corre e intenta romper aquella barrera, recibiendo una descarga de energía que lo lanza y golpea contra el suelo.

AEblue: no tengo miedo… ¡No les tengo miedo!

Zaiel: Dame tu mano. —Regresando al interior del círculo, los ataques parecen no surtir efecto en él.

AEblue: ¿Quiénes son ustedes?

Nathaniel: Hermano, hemos atendido al llamado ¿Te encuentras bien?

AEblue: ¿Hermano?

Deneb: ¡Daniel!

—Aquellos dos personajes toman la espada al mismo tiempo que AEblue.

Zaiel: ¡Hazlo!

AEblue: ¡Ah! —Luego de cargar energía, la espada se dispara hacía la barrera en donde luego de incrustarse, la rompe, liberando a todos.

Daemian: Interesante…

Deneb: ¿AEblue?

Arnau: Que aburrido. —Apuntando con su dedo a ellos una pequeña chispa de luz surgió.

Daemian: Deberíamos divertirnos un poco más ¡Sabes fue mucho tiempo viviendo en ese espacio frio que quiero desgarrarles la piel uno a uno con mis propias manos! —De igual manera extiende su mano y aquella chispa pronto se torna a una flama sin control.

Naturae: ¿Qué intentan hacer?

Maya: Señora, mi tribu ha esperado por milenios este momento.

Naturae: ¿Cómo?

Maya: Este es el momento ¡Despierte!

Naturae: ¿Ah?

Maya:
Padre sol
ilumina con tu luz mi corazón
estrella en el firmamento
amor del universo
une nuestros corazones.

—Ocho siluetas se dibujaron alrededor de ella para luego cada una
guiar un rayo de luz sobre Maya, quedando todas conectadas ahí.

Arnau: ¿Jugamos a tiro al blanco?
Daemian: Espera, veamos qué es lo que traman.

—Sobre Maya una imagen con gran resplandor que apenas y se podía
apreciar, debido a la gran luminosidad, apareció expeliendo rayos
dorados.

Ciro: Tus lamentos se pudieron escuchar a través del espacio, soy el
astro guardián de este sistema, he venido a brindarte el último aliento
de los planetas.
Deneb: ¿Ciro?
Ciro: Maya, mi hija amada, la más pequeña.
Maya: Padre, aquí estoy, mi tribu siempre ha esperado tu regreso,
porque confiamos en el nuevo día. Los planetas se han alineado ya,
por favor guíanos hacia la verdad.
Deneb: Ciro estrella del firmamento.
Ciro: Naturae, tu sabiduría innata hizo tu propia germinación tardía,
Daemian y Arnau, su deber es guiar y proteger ¿Qué significa esta
revolución?
Daemian: Ciro, los planes han cambiado.
Ciro: El universo sabe mantener un equilibrio, yo no puedo
entrometerme en sus designios mi único deber es seguir su mandato.
Arnau: El universo es injusto.
Ciro: Maya, hija amada, has sido elegida con esta difícil misión…
Maya: Para mi será un honor, salva a nuestro pueblo padre.
Ciro: Así será. —Adhiriéndose al cuerpo de Maya.
Naturae: Ah…
Ciro/Maya: Tú, corazón de este planeta azul, última semilla de
nuestra generación que con el rugir de tus elementos naturales te

defiendes de quienes profanan tu suelo, ha llegado el momento de despertar como la guardiana que eres ¡oh Naturae eres nuestra última esperanza!

—Maya, con la luz de Ciro vuela hasta Naturae como si fuese un rio de lava la cual la envuelve creando ondas fuertes de aire a su alrededor.

Naturae: ¿Qué es este poder?, Maya puedo escuchar el latir de tu corazón.

—En ese momento Naturae término de ser envuelta en una incandescente burbuja que, al detonar, muestra transformada a Naturae en la "legendaria guerrera Euralia, ángel de la tierra y sus habitantes".

Nathaniel: ¡Despertó!
Zaiel: Si...
Deneb: Ciro.
Arnau: Cobarde, se va sin ni siquiera dar batalla alguna.
Daemian: ¡Es verdad los planetas se han alineado, lo han hecho para presenciar su muerte!
Euralia: ¡Basta!

La legendaria guardiana ha despertado, su cabellera larga de tonos azules y su piel bronceada con destellos dorados, portando un vendaje que cubre sus ojos y en sus manos porta al mundo mientras sus brazos se mantienen encadenados, estas mismas cadenas caen hasta el suelo como lo hace su vestidura y se mueven con vida propia.

Euralia: Estamos exponiendo este sistema planetario a la extinción.
Daemian: Te entendemos perfectamente, no es así Arnau.
Euralia: Soberbios.
Arnau: Nosotros nos encargaremos de terminar con esto cuanto antes.
AEblue: ¿Naturae?
Daemian: ¡Será tu bienvenida y despedida!

—Un rayo de luz es lanzado desde lo alto y se expande conforme va cayendo, Euralia lanza su primer contrataque, una serie de tornados de fuego, agua y viento que cruzan el cielo por donde Daemian y Arnau se encuentran, ambas fuerzas chocan creando una resistencia.

Arnau: De verdad que eres tonta, un poder tan débil como el tuyo no es una amenaza.

Daemian: Si quisiéramos destruir este planeta ya hubiéramos utilizado nuestro poder al máximo, pero no es así, lo único que buscamos es erradicar a esta raza putrefacta y que tú y tu poder mantengan una atmosfera habitable.

Euralia: Zita, Columbae, Oriol e Itziar me mostraron el valor para proteger a los demás y también me enseñaron a no subestimar al oponente, pero sobre todo me mostraron que no existe mayor enemigo que el que tú puedes crear.

Arnau: Ya veo, te has impregnado.

Euralia: No ¡me creo capaz de enfrentarlos y derrotarlos, no toleraré más intrusos!

Daemian: ¡Entonces muéstranos de lo que eres capaz!

Euralia: ¡Cadenas del Mundo!

–De aquel pequeño planeta que sostiene en sus manos, docenas de cadenas salen disparadas hacia el punto en donde las dos fuerzas hacen contacto, mientras que Euralia intensifica su poder, el ataque de Daemian y Arnau es atravesado y destruido creando una gran explosión, ambos quedan encadenados.

Euralia: Mi advertencia es clara, ahora sentirán el efecto que mi cuerpo experimenta ¡La fuerza que el espacio ejerce sobre mí!

Arnau: Eres sin duda muy fuerte, esta presión es inmensamente dolorosa.

Daemian: Es sofocante, ¡Pero no es suficiente para derrotarnos!

AEblue: ¡Yo me encargaré del resto! –Se trepa de un salto a las cadenas y corre sobre ellas sosteniendo la espada de Deneb.

Daemian: ¿De verdad nos crees tan ingenuos?

–Estando corta distancia, Arnau y Daemian se prenden en un fuego multicolor creando una explosión la cual se contrae para luego expandirse, liberándose así de las cadenas que los atan, cuando las cadenas caen, el cuerpo de AEblue también pero poco antes de que lo alcance aquella resonancia, Deneb acude a su auxilio entre pedazos de cadena que salen disparados como proyectiles librándolo de una caída; aún en el resplandor se le ve alcanzar a AEblue, Deneb lo atrapa en la caída y es quien recibe el golpe directamente, el cual pega justo en su espalda y por más que quiere controlar su vuelo le es imposible, viajando de un lado a otro caen precipitadamente.

Euralia: Siento un gran poder dentro de mi cuerpo, ese sentimiento de cansancio y temor ha desaparecido.
Daemian: Euralia, nuestra intención jamás ha sido de hacerte daño y hemos tratado de hacerte entender desde que estuvimos dentro del cuerpo de Ander, pero hasta ahora no has hecho tu mejor elección…
Euralia: ¿A dónde quieren llegar con todo esto?
Arnau: Nuestros planes tuvieron que ser modificados, lo hicimos con las mejores intenciones.
Daemian: Así es, nuestra gran familia no tiene por qué estar esperando más, juntos podemos deshacernos de la raza inmunda que resta escondida en sus madrigueras.
Arnau: Ellos son una plaga maldita, si no la erradicamos ahora, tarde que temprano te darán una muerte segura pero lo más lamentable será que lo harán lentamente, incrementando tu dolor.
Arnau/Daemian: ¡El momento de que nuestra sangre sea la que fluya por estas tierras ha llegado, la prosperidad se reflejara en tu longeva vida!
—Ambos se arrancan del pecho una llave respectivamente, dejándola volar ambas llaves al tocarse se fusionan creando un rombo el cual se comienza a desenvolver como si fuese una figura de origami hasta crear un romboide gigante el cual es lanzado al mar, aunque no se hunde, sino se detiene en el aire flotando a varios metros del agua pronto unos hilos eléctricos le rodean ejerciendo tal presión magnética sobre el agua, que esta se recorre haciendo que el fondo marino puede observarse y todo el espacio que se ha creado alrededor del romboide prevalece como una zona electrizante, la energía misma lo hace girar, tomando una fuerza considerable forma un tornado que se dispara hacia el cielo, gradualmente se acelera hasta alcanzar las nubes, una vez hecho esto se expande alrededor del globo terráqueo.

AEblue: ¿Qué están haciendo?
Daemian: No tengas ansias, en poco tiempo lo sabrás.

—Apenas unos instantes y en aquel cielo algo pasaba, las nubes comenzaron a prácticamente moverse como si fuera la barriga de una mujer embarazada a punto de dar a luz. Ya mal herido, Deneb vuela hacia donde el romboide y en su intento de destruirlo ataca directamente, sin embargo, su ataque no hizo ningún efecto.

Deneb: Parece ser que tendré que enfrentarlos a ustedes primero.
Arnau: Eres tan solo un guardia nada más.
Euralia: Este planeta no es ningún trofeo. —Extendiendo sus alas.
Deneb: Prometí que te defendería con mis propios puños si es necesario y así lo haré.
Euralia: El infinito está lleno de sorpresas.
Deneb: Daemian, Arnau, las consecuencias en que ponen a Euralia son devastadoras, no pueden exponerla de esta manera.
Daemian: Exactamente, si en lugar de hacernos frente, se hicieran a un lado y nos dejaran hacer nuestro trabajo…
Euralia: Esto tiene que terminar y no será de la manera que tienen planeado.
Arnau: No hay nada que ustedes puedan hacer.
Euralia: Entonces no me dejan otra opción, más que pelear.

—Euralia se ha decidido a luchar y con Deneb a su lado ambos parten directo hacia aquellos dos, iniciando una agresiva pelea, ambas partes se miran viajar de un lugar a otro volando con decisión dejando la compasión de lado, choques de energía por los embates en aquel cielo gris angustiante y los estruendos del tornado eléctrico llenan a aquel recinto con un sentimiento frio y de muerte.

Mientras tanto alrededor del mundo, las personas que habían iniciado a celebrar la caída de Ander comenzaban a temer por lo que se acercaba. No hay lugar a donde correr, no hay lugar seguro a donde esconderse; muchos presencian la imagen de siluetas que se esconden entre las nubes y de vez en cuando salen de ellas y vuelven a esconderse, puede apreciarse el terror en los rostros de mujeres y hombres mientras las sirenas y campanarios cercanos replican en son de alerta, las madres escondiendo a sus hijos bajo su regazo, ancianos tomados de la mano frente a la muchedumbre que desesperada, perdían la esperanza por salir de esta caótica realidad y en esa crisis optaban por liberarse a sí mismos. ¿En dónde ha quedado la fe cuando el Universo se presenta como tal y te dice abre los ojos esta es la realidad? no permitas que te sigan engañando como lo han hecho desde entonces, la raza humana quien es la amenaza para las otras especies es ahora presa directa, mientras que por su espina dorsal siente lo frio del miedo a la extinción.

AEblue: ¡Deneb, Euralia!

—AEblue tranquilamente con la cabeza agachada se incorpora poco a poco, primero se sienta, con lágrimas en los ojos, mirando a todos lados, respirando hondo como nunca, viendo el cielo revolotear mientras cierra sus ojos, una vez de pie camina paso a paso apenas se incorpora y descubre que Nathaniel y Zaiel caminan en su misma dirección, cuando llegan a la orilla del muelle se detienen sin quitarles la mirada a aquellos cuatro.

Deneb: ¡Daniel!
Arnau: ¡Tonto!
Euralia: ¿Qué?

—Un breve momento en que Deneb no puso atención, fue suficiente para que Arnau lo rematara con un potente ataque, pero que aún tambaleante, se dirige con velocidad hacía AEblue.

Zaiel: Así como el hierro se corroe, ellos han sucumbido ante la corrupción del poder olvidando su deber como guardianes…
Nathaniel: La energía vital que es la fuente de vida en el universo no debe ser expuesta, un planeta que grita dolor no merece seguir sufriendo…

Deneb: ¡Esperen!
Zaiel: La raza humana ha escondido su inocencia para cometer vandalismo causando daño y destrucción al planeta que le acogió y le brindó la oportunidad de existir con otros seres y elementos…
Nathaniel: Me da mucha tristeza ver en lo que todo esto se ha convertido.
Deneb: Aún tenemos tiempo.
Zaiel: Demasiado tarde.

Nathaniel: Nosotros nos encargaremos desde aquí…

Deneb: ¿Pero?

Nathaniel: Acaso no ves con que crueldad los humanos tratan y matan a cualquier otra especie incluso entre ellos, ni siquiera respetan al planeta ¡No, ya no quiero que nadie sufra más!

Zaiel: Si permitimos que este sentimiento vague por el espacio estaremos exponiendo el todo.

AEblue: No se quienes seas ustedes, pero, tienen razón…

Deneb: Ah.

AEblue: No hay nada que valga la pena, ellos ya no tienen salvación, será mejor desaparecer todo esto para que nadie más sufra para que no existan más guerras.

Deneb: Pero tú siempre has creído en el futuro.

AEblue: ¡Este es el futuro de nuestro pasado, un lugar cruel donde las personas que más quería ya no están!

−De repente el destello de dos luces se acerca a ellos, pero la reacción pronta de Deneb bloquea tal ataque y utilizando su espada aquellas luces rebotan yendo hacia dos esquinas diferentes.

Daemian: Custodio de pacotilla.

Nathaniel: Euralia…

Euralia: ¿Qué?

Nathaniel: Corazón del planeta tierra, perdón por haberte hecho sufrir tanto, perdónalos a todos te prometo que el día de hoy tus penas terminarán.

Arnau: ¿De qué hablan?

Zaiel: Esto no debió haber sucedido…

Deneb: Nathaniel.

Zaiel: Creímos que eras el milagro que salvaría a este sistema solar pero una vez más nos equivocamos.

Deneb: ¡Zaiel!

Zaiel: Deneb, entréganos la llave que salvará al universo del peligro en el que se encuentra…

Deneb: Pero…

Nathaniel: Haz lo que dice mi hermano, deprisa.

−Entre ellos se crea un espacio de silencio y espera, Euralia baja a donde Deneb y los otros mientras que Arnau y Daemian permanecen a distancia, todo esto mientras en el cielo siguen revoloteando la legión de ambos.

Zaiel: Hemos sido testigos de la creación y la evolución de esta galaxia, testigos en la transición de la energía vital; la vida y la muerte.
Nathaniel: Nuestro deber ha sido vigilar que todo corresponda al lugar y tiempo, lo que debe ser y lo que no debe, siempre estar alerta a los cambios notables cuidando que lo alterado vuelva al sistema.
Zaiel: En este caso ustedes han violado las reglas del Universo, por tanto, serán juzgados por sus actos e innaturalidades.
Daemian: Nadie nos juzgará.
Arnau: Somos guardianes, el origen del bien y el mal, creación directa del omnipotente.
Euralia: ¿Qué?
AEblue: Están equivocados…
Deneb: ¿Ah?
AEblue: ¡El universo no crearía unos seres sin compasión y llenos de avaricia!
Arnau: ¿No?, Entonces dime ¿Quién creó a la humanidad?
Daemian: Nuestra obligación es asegurarnos que ellos no sigan cometiendo tantas atrocidades.
Zaiel: Es verdad, ustedes han sido creados por la gracia del ser supremo, sin embargo, no han sido más que un acto secundario en su creación.
Daemian: ¡No seas blasfemo! −Lanza un ataque el cual es absorbido en la túnica de Zaiel.

Zaiel: Gracias a esta especie es que ustedes están aquí ¿O acaso ya lo olvidaron?
Son muchas las teorías que se han pregonado, las historias de cómo nació el Universo han sido varias entre las etnias y grupos que buscan tal explicación en este planeta; todos relacionados con lo mismo, el gran secreto que cubre el firmamento.
El ser supremo ha ido despertando personajes a los cuales llamamos guardianes, para proteger y salvaguardar a la energía vital que va expandiéndose a lo ancho y largo del espacio. Fue entonces que llego el momento en el que creó este sistema planetario dando la oportunidad de compartir la experiencia de la vida en materia; a su cargo Ciro el sol radiante vigilaría para que estos planetas se

prepararán para sustentar vida. Plutón, Saturno y Urano fueron los primeros planetas en despertar, Ciro brillaba a su máximo esplendor y las especies alcanzaban su madures como tal y a ustedes para que les guiasen y atendieran, entonces algo imprevisto sucedió, una rebelión caótica hizo cimbrar a los tres planetas en los que comenzaron a librarse batallas sangrientas y de horror, en ese momento Ciro acudió para ver lo que sucedía y llamo a los tres guardianes de esos planetas, Zoe de Plutón, Yaiza de Saturno y Ura de Urano. Aquello de lo que estaba siendo testigo era inconcebible, no se explicaba como si se había sembrado calidad la cosecha resultaba una atrocidad y al intentar dar una solución a toda esa destrucción Zoe, Ura Y Yaiza se perdieron en sus ideas y tomaron acción por su propia cuenta, lo que activo el censor de purificación, en un abrir y cerrar de ojos aquellos planetas quedaron inhabitables, Ciro hizo llamado a los corazones de los planetas restantes para que despertasen, sin embargo uno de ellos no estaba listo aún, el planeta azul de Euralia, así que lo dejo a un lado, por lo pronto Dromit de Mercurio, Leah de Marte, Ada de Venus, Nereo de Neptuno y Yeray de Júpiter; iniciaron el proceso de gestación, bastaron entonces cientos de años para cubrir sus superficies por completo con la especie humana a cargo del resto de especies que en su modo y forma disfrutarían por el igual de la experiencia de vivir, con la ayuda de su intelecto y otras cualidades lograron poder viajar por el espacio, visitarse entre ellos y compartir sus conocimientos.

Mas perfecto no podía ser, armonía entre los planetas y sus habitantes daba la señal de que la cosecha era buena, sin embargo, de la nada una fuerza extraña creó un conflicto sin precedentes en donde Dromit y Nereo fueron brutalmente sometidos mientras que Yeray de Júpiter tuvo que hacerles frente a Leah y Ada cuando estas iniciaron un ataque para dominarlo y comandarlo también, durante ese enfrentamiento en afán de liberarse, Yeray recurrió a sus guardianes elementales para contratacar; sin embargo el poder desatado ha permanecido como una gran inclemencia que sigue azotando al mismo planeta deshabitándolo por completo hasta el día de hoy, Yeray el gran guerrero se indujo en un coma catastrófico, mientras tanto en aquella pelea que excedió los limites imaginados de asalto y violencia, los personajes involucrados resultaron con cero porcentaje de probabilidades para nuevamente originar vida, Dromit, Leah, Ada, Nereo perdieron su lucha ante las circunstancias. Ciro permaneció en silencio durante mucho tiempo hasta que un día una cálida luz comenzó a palpitar, una ligera pero constante luz se asomaba entre los otros planetas, llenando de tal calidez su superficie y siendo así el nacimiento de Euralia el planeta azul, sucedía aquel maravilloso nacimiento lista para dar frutos, Euralia la última de su generación, el milagro de Vida surgía en medio de un cementerio de planetas.

Daemian: Así es, nosotros tratamos de ayudar a dirigir por el camino correcto a esa raza sorda, pero ellos ignoraron nuestras advertencias y consejos optando por hacer lo que se les viniera en gana.

Arnau: Es por esa misma razón que decidimos iniciar esta conquista, no permitiríamos ante nada que los causantes de la destrucción del resto del sistema planetario cometieran el mismo error una vez más.

Nathaniel: ¿Exponiendo al universo en si?

Daemian: Al contrario, lo hicimos para mantener la vida, este planeta le debe pertenecer a nuestra gran legión, nosotros que hicimos nuestro deber al pie de la letra, pero, fuimos ignorados y condenados al silencio con la destrucción del resto de ellos, es por eso que estamos reclamando una oportunidad en este último planeta, dime ¿De qué le sirve la razón a los humanos si al final resultan ser maquinas que tienen que ser dirigidas y programadas? Son unos tontos a los cuales puedes manejar como títeres, nuestro propósito siempre ha sido ver por el bien de esta galaxia, es por eso que debemos librarnos de ellos ¿Cómo el ser supremo pudo arrojar todo un sistema planetario a la basura?

Nathaniel: Pero esa no es tu responsabilidad.

AEblue: Si se creen mejor que nosotros ¿Por qué hacer todo esto?

Arnau: Erradicando a la raza humana y haciendo una conversión de su energía vital no solo nuestra legión podría pasar a este plano, sino que intentaríamos fertilizar otros planetas devolviéndoles la capacidad de ser habitables como un día lo fueron.

AEblue: ¿Qué pasa cuando ustedes rompen las reglas?

Arnau: No pasara nada, construiremos la utopía perfecta.

Daemian: El que logremos regresar la vida al resto del sistema alegrara al infinito, la raza humana es la verdadera amenaza, entonces la erradicaremos por completo de otros planetas, de otras galaxias.

Euralia: ¡Entonces no soy la única de mi especie!

AEblue: ¿Deneb cuál es la razón de nuestra existencia?

Deneb: Aprender de los errores del pasado nos ayuda a tomar las mejores decisiones para crear un mejor futuro, nuestra misión es esa, fortalecer nuestro presente para poder encontrar un nuevo mañana día a día.

Nathaniel: Hermano, Zaiel me ha mostrado el terror y crueldad que hay en este mundo yo no quiero verlo así, es tan triste y penoso...

AEblue: Ya no sé qué creer.

Euralia: Todo esto es tan confuso, cada uno de nosotros peleamos por el mismo objetivo, regresar el balance al mundo y mantener una armonía para bien, sin embargo no vivimos en la misma realidad o quizás no queremos compartirla con nadie; será acaso que nuestro egoísmo e ideales nos hacen diferenciar uno del otro al punto de querer someter al otro para salir triunfantes, demostrando que el poder lo merece el más fuerte sin tener que compartirlo con el débil; quiero decir que todos hemos perdido parte de nuestro orgullo como guardianes que somos y si no resolvemos esto pronto todos saldremos lastimados.

AEblue: Euralia.

Zaiel: Daniel, es momento de que despiertes.

AEblue: Quiero saber quién soy, todo este tiempo he tratado de dar lo mejor de mí, sin embargo, no ha sido suficiente, he renunciado a todo por proteger y aún no encuentro la respuesta del porque lo hago ¿Por qué desde que nací me he sentido diferente? Ni siquiera siento que pertenezco aquí, siempre en movimiento en una constante revolución y cuestionamientos, pensando en tener una conexión con algo más grande pero atrapado en un cuerpo que me limita e incluso estar en contacto con otros seres fuera de este mundo, pero me da miedo conocer la realidad y las respuestas a todas mis preguntas.

Deneb: AEblue...

AEblue: ¡Si tuviera la autoridad y poder haría sucumbir a los tiranos que mantienen al resto de la población opresos, crearía un sistema único e igualitario y terminaría con el suplicio, pero ¿Qué tan profundo es ese fango que no nos deja vivir?

Deneb: Mi razón en este planeta fue la de ser el vigía de las tres puertas y ser quien despertará al que detendrá cualquier amenaza contra la energía vital.

AEblue: ¿Entonces lo supiste desde el principio?

Nathaniel: Todo el sufrimiento que han experimentado, tanto dolor se hubiera evitado.

Deneb: Mi deber solo era estar pendiente de abrir esas tres puertas, cuando el tiempo lo ameritara, un día mientras custodiaba, sin razón alguna una de ellas se abrió, mi primer reacción fue tratar de cerrarla, entonces un pensamiento cruzó por mi mente "tenía que abrir las tres puertas cuando el tiempo lo ameritara" así que sin ningún problema terminé de abrir aquella puerta de madera, jamás había visto algo parecido, desde mi nacimiento siempre había permanecido ahí vigilando sin la compañía de alguien; durante cientos de años permanecí en soledad y también era la primer ves que veía una luz vital tan brillante, por cuenta propia esa luz cruzó la puerta acercándose más a mí, entonces dos legendarios guardianes aparecieron llamados por aquel resplandor e intentaron arrebatarme aquella energía vital ellos eran Arnau y Daemian, en aquel forcejeo mi cuerpo fue casi destruido pero aún aquel resplandor que brillaba nos condujo a cruzar el portal que conecta con esta dimensión; mientras caíamos ellos volaron hasta nosotros y como aves de rapiña nos atacaron hasta que nos desvanecimos en el viento, perdiéndolos por completo.

Euralia: Fue en este lugar, es por eso por lo que Aqua despertó aquí para vigilar esta zona.

Daemian: Puesto objeción a nuestro pedimento, has malgastado tanto tiempo.

AEblue: Deneb…

Deneb: Se comunicó conmigo, sabía lo que se aproximaba y temía que la historia se repita, por eso se adelantó en el camino, quería aprender más acerca de cómo era vivir entre la especie y que era lo que los había llevado a su extinción anteriormente.

Arnau: Desobedeciste a tus superiores.

AEblue: Me siento vacío.

Deneb: Daniel, siento mucho todo lo que está pasando.

Nathaniel: Por favor entréganos la llave.

AEblue: Dime, esa llave de la que ellos hablan ¿Nos librará de todo mal?

Nathaniel: Nuestro único objetivo es ver por la seguridad del infinito evitando que esta ola de destrucción se esparza.

AEblue: ¿Por qué nunca lo dijiste, por qué no revelaste la verdad? Quizás las cosas fueran diferentes.

Deneb: Lo siento, yo solo seguí sus órdenes.

Euralia: ¿Eh?

Deneb: Prometí proteger este planeta y eso significa no entregar la llave de la liberación.

AEblue: Quizás mis padres seguirían con vida y yo tendría una vida normal.

Euralia: AEblue…

AEblue: ¿Por qué no me entregas esa llave ahora?

Deneb: ¿No lo entiendes verdad?

AEblue: Estas jugando conmigo.

Deneb: Prometí proteger las sonrisas que alumbran este mundo.

AEblue: ¡Entrega esa llave ahora!

–Aquel rostro de enojo de AEblue pesaba sobre los hombros de Deneb, al cual la mirada se le perdía entre las imágenes de un mundo en crisis mientras, ensordecido a los reproches de su amigo, se daba por vencido.

Zaiel: No lo hagas más difícil.

Deneb: "El amor en silencio es la muerte más agonizante…

AEblue: Solo dámela.

Deneb: Pero también es la fuerza que te ayuda a caminar sobre las espinas".

Euralia: Deneb…

Deneb: ¡Yo, vigía guardián de las tres puertas del juicio invocó al Universo, ser creador, para que me permita cumplir con mi único propósito liberar la llave!

–Del cielo un rayo de luz que partió el cielo y cayó directamente sobre la espada que Deneb sostenía, todos permanecían ante la expectativa mientras que un aura astral invadía el lugar.

Deneb: Aquí está tu petición.

AEblue: Esa espada es la llave...

Nathaniel: Toda tristeza se ira.

Zaiel: Es la llave que salvará al infinito.

Euralia: ¿Deneb?

Arnau: Esta aura es energía pura.

Daemian: Esa espada.

Deneb: AEblue, te entregó la llave que salvará la energía vital.

AEblue: Deneb…

—Deneb gira su espada con su mano derecha, luego su mano izquierda la alcanza y empuñando fuertemente se incrusta aquella espada llameante de luz en su cuerpo…

Deneb: ¡Ah!
Euralia: ¡Deneb!
Arnau: El sacrificio de la vida.
Daemian: Tonto.
AEblue: Oh Deneb, ¿Qué has hecho? ¿Qué te obligado a hacer?
Nathaniel: ¿Zaiel?
Zaiel: Él es la llave.
AEblue: ¿De qué estás hablando?
Deneb: Daniel…
AEblue: No ¿Por qué no me dijiste que te pasaría esto?
Deneb: Tus mandatos son órdenes.
AEblue: ¡No, no te vayas! ¿Maldita sea qué he hecho?
Deneb: Esta es la razón de mi existencia, pero al igual que ellos, yo también creo en la promesa.
AEblue: No quise hacerte daño, perdóname, he sido un idiota al orillarte a esto.—Llorando inconsolablemente y sin respuesta continua su lamento dejándose caer al suelo. —¡Ah, Deneb, maldición!

—El cuerpo de Deneb se elevó creando olas de viento a su alrededor y los rayos de luz que expulsaba se tornaron cada vez más fuertes e incandescentes.

Euralia: ¡Él es la llave!
Nathaniel: Siento mucho que el sacrificara su energía vital…
Zaiel: No había otra opción…
AEblue: ¿Por qué los escuche a ustedes que ni siquiera sé quiénes son?
Nathaniel: Somos tú.
AEblue: ¿Qué?
Zaiel: Somos uno.
AEblue: ¿A qué se refieren?
Nathaniel: Volvamos a ser uno.

Zaiel: Es hora. —Ambos se desvanecen adhiriéndose a la luz en el cuerpo de Deneb.

AEblue: ¡Ah Euralia! —Comienza a flotar hacia la luz de Deneb.

Euralia: ¡AEblue te tengo!

AEblue: ¡Lo siento no quise lastimar a nadie, he sido un egoísta también!

Euralia: Resiste, desde un principio me pediste ayuda y mantenernos juntos para salir adelante pero no te escuche.

AEblue: ¡Mi intención no era lastimar a Deneb, lo he vuelto a perder y no lo quiero perder!

Euralia: La verdad que se te ha revelado muestra un camino corto y sin salida, pero puedo percibir que tu corazón busca nuevos horizontes.

AEblue: Todos se van poco a poco, no quiero sentirme solo.

Euralia: No tienes que darte por vencido, es verdad no se mira solución alguna pero no debes ignorar la confianza que todos ellos han puesto en ti; el camino que has recorrido hasta aquí no se mira fácil como parece, pero aquí estas y ahora más que nunca tienes que ser fuerte y luchar por ellos.

AEblue: Siempre he tenido miedo de enfrentarme al conocimiento universal, a pesar de que yo lo pido e invocó a gritos, aún tiemblo por contactar el todo, lo desconocido, lo que siempre pregone, tengo miedo a la verdad del universo.

—AEblue estiraba sus manos tratando de alcanzar a Euralia mientras que las cadenas se rompen, entrando al perímetro de aquella luz, el calor creado es tan incandescente que todos tienen que retroceder.

Euralia: ¡AEblue!

AEblue: ¡Euralia, Deneb!

Arnau: Ah esta imagen parece recordarme un sueño…

Daemian: Un recuerdo vago, algo que ya habíamos vivido antes…

—Súbitamente una extraña calma parecía detener el tiempo y entre los resplandores los recuerdos del pasado llegaron a ellos.

Desde mi portal pude ver con que gracia todas esas especies celebraban la experiencia de vivir, la alegría perfumada con las flores del campo y la brisa del mar se extendía hasta el centro de la galaxia.

Jamás imagine que la energía vital que rige este Universo pudiera transformarse en algo tan bello como lo es, ver a esos planetas esplendorosos me llenaba de tanta nostalgia, era la gran promesa cumplida; cuando el hombre y la mujer aparecieron para coexistir junto a tantas magnificas especies, todo ensamblaba correctamente, pero, no tardó mucho tiempo para que la humanidad tomará ventaja sobre los demás, haciendo de cada especie una marioneta "un chiste hueco", comenzaron matando por hambre hasta convertirlo en diversión, burla, crueldad, mostrando su ser oscuro capaz de comerse así mismo solo por un hecho egoísta y vanidoso, en el proceso también lo hicieron entre ellos mismos unos a los otros.

Esto fue lo que dio la pauta para el nacimiento de dos seres especiales que se encargarían de cuidar y ayudar a que todas las especies de los planetas lograran su propósito, a su mando una legión de energía pura les facilitarían el trabajo; Arnau señor que rige la noche estrellada y Daemian señor que rige el amanecer, cumplirían su misión de crear un equilibrio entre las especies sin embargo eso no fue suficiente, a pesar de existir desde la primer generación, el 90% de este sistema planetario quedo inhabitable ellos dejaron de escuchar y los otros de dirigir. Hoy todo termina.

—La luz en la que AEblue se había perdido crea una fuerte explosión de energía la cual hizo vibrar la tierra y los cielos, aquella luz se disipo hasta mostrar una figura de un hombre joven que era sostenido por un par de alas y portaba una balanza que simplemente flotaba frente a él sin la necesidad de tocarla, su cabello azul y verde, mostraba un Daniel maduro, con sus ojos cerrados que luego de exponerse por completo los va abriendo paulatinamente.

Euralia: ¿AEblue?
Daemian: Pero…
Arnau: Imposible…
Haniel: Aquí estoy Euralia, el planeta inmaduro quien rompió inconscientemente las reglas fue hasta que estuviste lista que decidiste despertar, eres el milagro que sorprendió a todos, ahora dime ¿Qué es lo que te aqueja?
Euralia: Se han fusionado de la misma manera en que Maya lo hizo a mí para poder despertar, las posibilidades a las que estamos expuestos son superiores a nuestras más inocentes expectativas.

Haniel: Sin duda el universo está lleno de posibilidades que
sorprenden.
Euralia: Los tres se han fusionado en uno solo.
Haniel: Ciro, guardián de este sistema solar, ha sucedido por tercera
vez. —Al momento de llamarlo, aparece frente a él.
Ciro: Lamentablemente.
Haniel: Ese mismo olor a muerte es el que me ha llamado.
Ciro: El milagro se desmorona.
Haniel: El peligro que representan ahora es inmenso, Euralia yo
terminaré con este suplicio.
Euralia: ¿De qué hablan? ¿AEblue?
Haniel: Mi nombre es Haniel, juez del apocalipsis encargado de
purificar este planeta ¡The Ultimate Guardian!
Euralia: ¿Ultímate Guardián?
Haniel: Soy aquel sensor que se activa cuando la energía vital está en
peligro.
Euralia: Al igual que los elementales y yo.
Haniel: Todos pertenecemos al mismo sistema y cuando alguien falla
en sus funciones, sensores de protección se activan regresando el
balance al mismo sistema, en aquella ocasión:

En lo alto de un conjunto de torres, un niño de 7 años platica
sin alguna contestación con tres siluetas con auras flameantes que se
encuentran dentro de cilindros de cristal, el piso es inmenso, este
edificio posee el telescopio más grande y alberga material de
astrología con planos, figuras e inventos.

Las otras ocho torres menos altas también cuentan con
telescopios más pequeños y al pie de ellas un palacio con 60 grandes
corredores que se expanden por la ciudad, jardines por doquier en
donde los habitantes visten con ropas simples, pero bien construidas,
las casas todas con similares fachadas. Alrededor del palacio existen
cuatro edificaciones importantes y son las cuatro casas elementales
que protegen su planeta.

Un poco más a la orilla, 88 jardines naturales haciendo
referencia a la fascinante vía láctea y estos a su vez dan paso a otras
ciudades que simbolizan el universo en expansión.

Ganímedes: Han llegado.
Yeray: Ah ¿De verdad? Les dije que vendrían, ellos no se olvidarían,
sé que les dará mucho gusto cuando les diga que los encontré a

ustedes, saben lo tengo todo planeado, ustedes serán el mejor regalo de cumpleaños que nadie haya recibido en cientos de años.

Ganímedes: Si me permite…

Yeray: Claro.

Ganímedes: No creo que sea necesario darles detalles exactos.

Yeray: ¿Pero?

Ío: Ganímedes tiene razón.

Yeray: ¡Ah!

Ío: Estoy seguro de que te divertirás como nunca.

Yeray: Entiendo, vamos es hora de divertirnos.

Ío: Lo está haciendo otra vez.

Ganímedes: Ah, no se vaya a lastimar.

−Desde lo alto de la torre, Yeray salta por un ventanal y con él un cachorro en su espalda, bajando en un rayo de luz. Antes de chocar con el suelo, Yeray salta junto con el cachorro, el rayo se nulifica en el suelo dejando una pequeña marca de humo mientras que varios personajes en tierra se estremecen con el sonido de trueno que este produce.

Apenas Yeray se reincorpora ofrece una reverencia hacia sus invitados y dos de estos lanzan confeti hacia él.

Ada: ¡Sorpresa!

Yeray: Gracias, yo también les tengo una gran sorpresa.

Dromit: Me da gusto verte hermano.

Leah: No entiendo ¿Cómo si somos casi de la misma edad tu sigues siendo un niño?

Yeray: No veo porque no, si soy el más joven de los cinco, ¿Pueden ver esa estrella? Es nuestra hermana, ella es la más pequeña de todos.

Leah: De eso justamente quiero hablarles ahora de que estamos juntos.

Nereo: Felicidades.

Yeray: Nereo, gracias no te hubieras molestado. −Recibiendo un regalo.

Nereo: No es ninguna molestia, es nuestro más reciente descubrimiento, son cristales purificadores que actúan cuando hay impurezas al contacto, no solo limpian, sino que crean el balance original renovando el flujo de la vida.

Yeray: Fascinante, esto nos será de gran favor.

Nereo: ¿Cómo vas con tus proyectos?
Yeray: Muy bien, tengo mucho que mostrarles.

—Una mujer se acerca a Europa y le susurra al oído.

Europa: el gran comedor está listo, los mejores chefs en el reino se
han esmerado en crear y presentarles los sabores más exquisitos de
nuestro planeta, por favor síganme.
Yeray: Dromit, Leah, Nereo, Ada, muchas gracias por estar aquí.

—A todos se les ve ingresar al palacio y son conducidos a un gran
salón en donde un banquete espera por ellos. Yeray como todo un
fanfarrón va al frente de todos, como dirigiendo una banda de
música. Platillos exóticos y de buen ver eran presentados uno tras
otro y todos exhaustos de tanto comer.

Ada: Han hecho un buen trabajo, este lugar es fascinante, por
momentos me siento como en casa.
Calisto: Nos da mucho gusto escuchar sus palabras, verán, nuestro
reino también es llamado el santuario por el acuerdo planetario, nos
dimos a la tarea de albergar a miles de especies y fue esa la razón que
decidimos a crear los 88 diferentes hábitats que no solo representan
al sistema solar sino también a otros sistemas planetarios en nuestra
galaxia, la vía láctea.
Leah: Yeray, que cosas, eres apenas un niño y a ti te pertenece el
planeta más grande de nuestro sistema solar, no me lo tomen a mal,
pero, bueno seré directo, estoy listo para colonizar al tercer planeta.

—Todos se muestran sorprendidos por la decisión de la matriarca de
Marte.

Yeray: Aunque nuestra hermana no pudo lograrlo, eso no significa
que tomaremos su suelo sagrado…
Nereo: Hubo un acuerdo en que nadie tomaría ese planeta, primero
por su inestabilidad ya que no pudo desarrollarse para concebir.
Leah: De eso no te preocupes hermano, tengo todo arreglado, este
nuevo mundo será solo un reflejo en dimensión de nuestro pequeño
planeta.
Yeray: No puedes tomarlo…

Leah: Solo vine a informarles, no a pedirles su permiso.

Yeray: ¿Y qué del acuerdo planetario?

Leah: ¿Te gusta vivir en un sistema donde casi la mitad son planetas sin vida?

Dromit: Hermano, quizá no estes de acuerdo con esto, porque tu reino es inmenso; en cambio nuestros planetas son pequeños.

Ada: No existe razón suficiente para pelear entre nosotros, tomaremos el tercer planeta y punto.

Leah: Me parece buena idea que Dromit se preocupe por la sobrevivencia de su pueblo.

Nereo: No estamos hablando de eso.

Leah: Prácticamente si, Nereo tú no tienes idea porque tu planeta es suficientemente grande para albergar a los tuyos y pensando así no me molestaría tomar la antigua casa de Saturno.

Ada: ¿Qué piensas tu Yeray?

Leah: No veo porque debamos de vivir entre un cementerio cuando podemos reconstruir.

Yeray: ¡No te atrevas a tocar a Saturno!

Nereo: ¿Leah te das cuenta de lo que dices?

Yeray: Eso no será posible, yo…

Ganímedes: Yeray…

Yeray: Había pensado hacer algo similar a lo que ustedes quieren hacer, pero no de esta forma descabellada.

Dromit: ¿Lo dices en serio?

Yeray: Es posible, por favor confíen en mí.

Leah: Hermanito, tus sueños son solo eso, sueños, Ada está de acuerdo con nosotros ¿Verdad Ada?

Nereo: ¿Qué significa todo esto, Ada?

Ada: A mí también me gustaría tener una casa así de grande pero más hermosa, lo siento, no sé qué sucede conmigo.

—El ambiente se tornó tenso, de pronto una serie de explosiones hizo cimbrar el lugar y todos salieron corriendo para ver que sucedía; los ataques seguían acechando y provenían de las naves que habían venido custodiando a los patriarcas y matriarcas externos, sobrevolaban la ciudad. Rápidamente Calisto y Europa se lanzan al contra ataque y derrumbe de estas naves.

Yeray: ¡Todos ellos están en peligro, Calisto, Europa!

Ganímedes: ¿Cuáles son sus intenciones?

Dromit: ¿Creyeron que nos íbamos a conformar con la Tierra, Saturno, Urano y Plutón? Esos son planetas que no tienen futuro, nuestra meta es conquistar este suelo, Nereo, únete a nosotros y desterremos a este niño malcriado.

Yeray: ¿Por qué están haciendo esto? Si somos hermanos.

Leah: Es muy tarde Yeray.

–Con aquella frialdad, la matriarca del planeta Marte se dirigió a Yeray, la ciudad se tornaba en un campo de guerra cuando del cielo miles de naves hicieron su arribo trayendo consigo aún más destrucción.

Ío: ¡imposible que hayan viajado esta gran distancia entre los planetas en tan poco tiempo, ustedes ya lo tenían todo planeado!

Yeray: Ío, Ganímedes, vayan protejan a todos.

Ganímedes: Lo siento, no lo podemos dejar solo.

Phobos: ¿Acaso tienen miedo a pelear?

Deimos: ¿Señora si terminamos con ellos podemos tener nuevos satélites?

Ío: Ustedes son…

Leah: Phobos, Deimos, tráiganme sus cabezas.

Ganímedes: no saben con quien se meten. –Llamando por comunicador. –Guardianes de las 60 casas, descendientes de Júpiter, atiendan al llamado de lucha, fulminen con el rayo a nuestros enemigos.

–Los cuatro salen disparados en un combate a muerte, mientras tanto un ejército se hace aparecer haciéndole frente al enemigo, varios misiles son lanzados hacia el palacio y a las torres, atinando sin ningún problema.

Yeray: ¡Detengan esta masacre!

Dromit: Ríndete ahora, cede tu trono y esta guerra terminará.

Nereo: Lo que están haciendo y pidiendo no es válido.

Ada: Nereo, ven con nosotros. –Se acerca a darle un beso en la boca mientras lo gira acercándolo a los otros dos.

Nereo: ¿Ada? No puedo hacer lo que me piden.

Ada: Es una lástima.

Nereo: ¿Qué?

—A un mismo tiempo, Leah y Dromit le clavan por la espalda a Nereo dos dagas que pronto se extienden atravesando su cuerpo de arriba abajo.

Nereo: ¡Ah!
Yeray: ¡Nereo!
Nereo: Yeray… no cedas, no ahora.
Yeray: ¡Deténganse!
Dromit: Puede que la fuerza de la descendencia de Júpiter sea magnifica, pero si no saben cómo utilizarla, si no han tenido el entrenamiento necesario jamás podrán utilizarla al máximo, a este momento tus guardianes deberían haber terminado con nuestro ejército, sin embargo, es todo lo contrario ¡Míralos!
Yeray: ¡Ío, Europa, Calisto, Ganímedes!
Leah: ¡Cédeme tu trono! —Lanza un ataque directo a Yeray, pero un campo de energía lo cubre.
Europa: Nosotros protegeremos a nuestro padre Júpiter.
Yeray: Europa, ellos, están peleando en serio.
Ganímedes: No podemos permitir que hagan tanto daño.
Ío: Han venido a distorsionar el orden.
Calisto: Sus actos tienen que ser castigados.
Europa: Señor, si no actuamos ahora, expondremos a nuestros habitantes a una carnicería segura.
Yeray: Pero…
Ganímedes: ¡Por Júpiter!
Ío: ¡Por Júpiter!
Calisto: ¡Por Júpiter!
Europa: ¡Por Júpiter!
Yeray: ¡Ío, Calisto, Europa, Ganimedes!

—Aquellos cuatro guerreros y su ejército vuelven a ponerse de pie y seguir en la batalla, en tanto Yeray toma en sus brazos a su cachorro y corre hacia el elevador que lo lleva rápidamente al último piso de la torre principal.

Nereo: ¡Se han corrompido y han traído la destrucción al sistema solar, Proteus, Tritón, Nereida, guardianes de Neptuno!

Leah: ¡Demasiado tarde hermano, tus guardianes no llegarán a tiempo!

Nereo: ¡Yeray!

–Leah, Ada y Dromit unen sus ataques en un golpe certero que termina con la vida de Nereo y de este su energía vital sale y vuela hasta llegar con Yeray. En un cerrar y abrir de ojos aquel reino quedo convertido en un campo de batalla, al momento los guardianes elementales de Júpiter; Ío, Calisto, Europa y Ganimedes logran impactar a Dromit directamente logrando fulminarlo.

Leah: ¡Dromit!

Ada: Solo necesitamos a Yeray.

--En la cima de la torre.

Yeray: ¿Es ese el único camino? Sino existe otra opción lo haré, Nereo puedo sentir tu presencia.

Ada: Aun después de muerto se viene a refugiar contigo.

Yeray: ¿Por qué son tan crueles?

Leah: Si te rindes en este preciso momento te perdonaremos la vida, y ahora que Neptuno no tiene un dirigente ese planeta pueda ser tu nuevo hogar.

Ada: No es justo, yo quiero ese planeta para mí, pero ambos podemos gobernarlo ¿Qué dices aceptas?

Yeray: Pudimos ver las señales de sus planes y lo ignore, pero aún hay una esperanza y no voy a desaprovecharla. Ni este planeta, ni ninguno de nosotros se expondrá a su maldad.

Leah: ¡Entonces muere!

Yeray: Yo los liberaré del mal que los aqueja… –Recibe el golpe sin quejarse.

Ada: No quieras hacerte el fuerte.

Leah: Terminare contigo con mis propias manos.

Yeray: Ya no teman, ¡Yo los protegeré!

–Yeray junto con su cachorro comienza a resplandecer y lanzar rayos eléctricos que se incrementan más y más, el cuarto en donde están explota dejándolos a la vista y cuando Leah y Ada intentan huir, rayos de mayor magnitud los someten arrojándolos al suelo y aquel resplandeciente lugar pronto queda en tinieblas por la tormenta que se forma, toda edificación se derrumba y el cuerpo de cada miembro de su ejército y ciudadanos caen sin vida y la energía vital de todos ellos vuela hacia Yeray el cual se sigue elevando en el aire.

Ada: ¿Qué intentas hacer?
Leah: ¡Tonto estas exponiendo a tu propia gente!
Yeray: Este es el único camino que nos librara del mal, Ío, Europa, Ganímedes, Calisto, Nereo, confíen en mí.
Ada: ¡Malnacido!
Leah: ¡Eres un demente!
Yeray: No seremos presa de su egoísmo y avaricia, la guerra que iniciaron, hoy la termino yo, ¡Revolución de Júpiter!
Leah: ¡Júpiter!
Ada: ¡Ah!

−Yeray encendido en un eléctrico e incandescente fulgor, comienza a desintegrarse, quedado convertido en una gigantesca esfera de luz la cual sale disparada sobre la superficie destruyendo todo a su paso y acelerando la rotación del planeta y el inicio de su gran letargo.

Haniel: Cuando hice mi arribo en aquella ocasión y descubrí que no había matriarca o patriarca al cual pedir cuentas y siendo testigo de la amenaza que implicaba dejar con vida aquellos planetas y de la forma que eran un peligro para el resto de la galaxia, decidí borrar de su faz todo mal por medio del ritual de purificación, Marte, Venus y Mercurio estaban llenos de maldad y corrupción que no dude ni un segundo en acabar con aquel horror; por lo contrario cuando llegue al planeta Neptuno, a mi encuentro Proteus, Tritón y Nereida me mostraron lo que había pasado en aquella reunión a la que por órdenes de Nereo ellos se quedarían para proteger el planeta mientras él visitaba Júpiter, Daemian y Arnau también aparecieron ante mí y me imploraron que les perdonara la vida pero debido a la crisis de exponer el resto con esta maldad que ya había causado estragos por segunda vez, opte por erradicarlos con una muerte menos dolorosa.

Daemian: Así que tú fuiste quien destruyo aquellos planetas.
Haniel: ¡Soy the Ultimate Guardian!
Daemian: ¡Eres la muerte personificada!

Haniel: Los cielos revolotean acarreando consigo el olor putrefacto del pasado.
Arnau: ¿Eh?

—Estando, flotando en el aire, Haniel sube sin parlotear, todos a la expectativa de que es lo que hará, al ir subiendo su cuerpo comienza a arder en un fuego cósmico y al llegar a la misma altura que aquellos seres puros, estos tratan de alejarse de él apenas se acerca; desde abajo puede apreciarse como una ventana se crea en aquel cielo oscuro dejando ver la alineación de los planetas, incluyendo a la luna.
Daemian: ¿Qué cree estar haciendo?
Arnau: No sé cuáles sean sus intenciones.

—Entonces partiendo del cuerpo de Haniel, una gran ola flameante se esparció por toda la atmosfera terrestre cubriéndolo todo con aquel fuego cósmico donde por más que aleteaban aquellos seres tratando de huir eran fulminados entre alaridos huecos de horror.

Arnau: ¡Nuestra familia!
Daemian: ¡Maldito, detente!

—Sin pensarlo dos veces, Arnau agito sus alas desesperadamente y voló hacia el cielo esperando poder hacer algo para salvarlos, aunque fue en vano pues todos esos seres fueron fulminados rápidamente, en lo alto Arnau se vio cara a cara con Haniel.

Arnau: Has erradicado a toda la legión de un solo golpe, sin ninguna advertencia.
Haniel: Ustedes han alterado el destino y ellos no pertenecen aquí, no te preocupes, su energía vital regresa a su habitad natural.
Arnau: ¡Jamás te lo perdonaré!

—Desde abajo se vio iniciar un choque de energía entre ambos en medio del aún llameante cielo, en donde poco a poco las nubes comenzaron a disiparse permitiendo dejar ver la alineación planetaria, alrededor del mundo aquel fuego cósmico se iba apagando hasta permitir ver un cielo estrellado. Daemian por su parte vuela aceleradamente para hacerle frente a Haniel y apoyar a Arnau quien ya tiene sangre saliendo de su boca y se mira desgastado por la pelea, pero Haniel sin ningún rasguño y con aquella seriedad los mira.

Arnau: Todo por lo que hemos luchado.
Daemian: Todo se ha ido.
Haniel: Les otorgaré la oportunidad de ser exterminados sin ningún dolor, es lo único que puedo hacer por ustedes.

Euralia: ¿Desaparecemos así nada más?
Ciro: El tiempo es tan acertado que ni siquiera puedo preguntarme porque no aceleramos tu despertar como guardiana para erradicar a tiempo a la amenaza que hoy es, pero si lo hubiéramos hecho, si hubiéramos acelerado tu despertar durante el segundo ciclo, este momento no existiera, el universo en su conocimiento sabe cuándo y porqué de las cosas.
Euralia: ¿Ciro cuál fue la causa que te orillo a no interferir directamente?
Ciro: La tribu de Maya tuvo la noción del porqué la vida en el planeta tierra, así como lo hubo en los otros planetas, fueron expuestos a una verdad que les trajo inclemencias y amenaza de exterminio al tratar se compartir esa información; se mantuvieron de pie pero era el contacto que sus ancestros habían tenido en el pasado y el consuelo de saber que su vida trascendería lo que les hacía gozar de alegría, de esta manera permanecieron esperando la señal de los guardianes del firmamento, si yo hubiese interferido hubiera acelerado el final. Mi deber es de mantenerme al margen.
Euralia: Tantos se han sacrificado, han colocado sus esperanzas en el futuro, nosotros llevamos esa esperanza como estandarte porque queremos defender esta tierra y a todos ¡Ellos han colocado sus esperanzas en nosotros, Ciro!
Ciro: Euralia tú eres esa esperanza, pero ahora el ciclo termina, ya no hay nada que se pueda hacer.
Euralia: Deneb, es verdad, el amor mata lentamente.

—Sin ningún aviso, precipitadamente caen en la plaza dos meteoritos, eran Daemian y Arnau que habían sido lanzados por Haniel y este los observaba desde lo alto.

Daemian: Es el fin, él es el ángel del apocalipsis…

Arnau: Arrasara con todo.

Euralia: ¡No podemos darnos por vencidos!

Ciro: Euralia…

Euralia: ¡Daniel!

Haniel: He ahí las alimañas que con su terror mantenían al mundo en crisis, he ahí "la fisura en el espacio" los causantes de tu pronta muerte.

Euralia: ¡Daniel! Escúchame sé que estás ahí. −Volando hacía él.

Haniel: Euralia, ángel guardián del planeta azul, dame tu mano.

Euralia: No, aún estamos a tiempo, tú puedes hacer algo para que todo vuelva al punto de equilibrio, Daniel, es por lo que has venido luchando todo este tiempo, recuerda cual fue la razón del porque llegaste a la tierra.

Haniel: Naturae… −Voz de Daniel.

Euralia: Sé que estás ahí, yo puedo sentir el corazón de Maya que late dentro mío.

Haniel: Daniel es una tercera parte de mi al igual que lo es Nathaniel y Zaiel, "Soy lo que es", yo represento la aniquilación y purificación.

Euralia: Una parte de ti despertó para defender al mundo de la destrucción.

Haniel: Todo conlleva un sacrificio.

Arnau: Sus alas dejaron de moverse….

Daemian: Somos culpables.

Haniel: Su ambición les ha manipulado sin que se dieran cuenta de ello, convirtiéndose en su peor pesadilla.

Euralia: ¿Dime qué pasara si no luchamos?

Ciro: Euralia...

−Por unos instantes, Haniel miro fijamente a los ojos a Euralia y giro su cuerpo dándole la espalda y mirando hacia el espacio en la misma dirección en la que todos los planetas se encontraban alineados, recordando lo sucedido en ese entonces…

Haniel: A mí también me dolió, tener que darles el golpe de gracia, es un trabajo verdaderamente doloroso, los he visto sufrir y se me parte el corazón, pero ese es mi deber, ese es el mi propósito.

Dromit, Leah, Ada, Nereo, Ura, Yaiza Y Zoe, fueron juzgados al igual que sus habitantes y exterminados para evitar que esa maldad atentara con lo que todavía es puro. Durante la primera rebelión, cuando los habitantes ignoraron a los guardianes Daemian y Arnau, iniciaron una destrucción que despertó a los guardianes de los planetas, los cuales fueron impregnados del mal mismo, ocasionando letales ataques entre ellos, entonces tuve que actuar para defender al resto del sistema solar.

Después durante la segunda rebelión una vez alcanzado el clímax, una cruel batalla dio inicio, aunque de esos cinco planetas solamente uno persistió a la gran tempestad, "Yeray de Júpiter" comprendió su misión de proteger y sacrifico a todos sus habitantes y a él mismo con la única intención de detener el mal y evitar que se siguiera propagando.

Ahora ustedes han iniciado esa tercera rebelión, guiado e incitado a la raza humana a tomar caminos erróneos, ustedes son la razón de mi renacimiento, desafortunadamente el único camino que existe es el de purificarlo todo y evitar una mayor tragedia.

Daemian: La raza humana es la única que debe desaparecer por completo, ellos son la causa del mal existente.

Euralia: No todos ellos se han impregnado del mal, una gran mayoría ha permanecido luchando, defendiendo incluso sacrificando su propia existencia por mantener el equilibrio contra esos que han perdido su identidad de protectores, han perdido la razón.

Haniel: Lo sé, pero fuera de este sistema solar existe vida que desde el primer polvo estelar apareció y nueva vida vendrá en nuevas estrellas, es por eso por lo que tú tienes que sacrificarte, por aquellos que aún no nacen.

Euralia: ¿Entonces el fin es inminente?

Haniel: No hay motivo para que el mal siga erosionando la tranquilidad.

Euralia: La muerte de todos es injusta.

Haniel: Al contrario, es lo justo, la muerte es la única que no discrimina.

Euralia: ¿Es eso justicia para ti?

Haniel: ¿Acaso las vendas que llevas sobre tus ojos no te permiten ver la mera realidad?

¿Cuántas han sido las especies extintas hasta este momento y cuántas están a punto de desaparecer? La realidad es que la humanidad ha perdido su esencia de proteger, en este preciso momento puedo percibir el dolor y sufrimiento que sin compasión provocan y de igual manera o peor seguirán, sin importarles nada terminarán con especies completas y seguirán haciendo sufrir cruelmente a otras.

Euralia: En un principio les di la espalda, pero no negaré que puedo sentir esa desesperación e impotencia que sufren al ser maltratadas y asesinadas sin ninguna compasión, puedo sentir esa angustia dentro de su pecho y sus lágrimas rodar por sus mejillas sin alguien que los libre de ese tormento ¿Por qué? Eso no debe de suceder otra vez.

Haniel: Es por ello por lo que estoy aquí, ya no te preocupes, yo cambiaré eso.

Euralia: Debe de existir otro método, yo misma he estado buscando mantener un equilibrio para que todo lo demás se neutralice.

Haniel: Entiende yo soy aquel sensor que se activa y llega para esterilizar todo, para terminar con ese sufrimiento.

Euralia: Deneb fue muy valiente, durante todo este tiempo te estuvo protegiendo porque creyó que podían cambiar el curso, tus padres estuvieron a tu lado de principio a fin porque creyeron en ti, incluso Silver y Roser cambiaron sus objetivos y también se sacrificaron por ti, todos ellos creen en ti, quizás sea simple atracción de confianza, pero has encendido una llama de esperanza que no se apagara y ahora está dentro de mí y dentro de ti también.

Haniel: Ellos no significan nada para mí.

Euralia: Sacrificaron sus vidas por ti Daniel, muchas vidas se han sacrificado, no permitas que todo esto haya sido en vano, juntos podemos proteger la paz y la alegría de las personas y esos seres tan especiales que habitan la faz, Daniel tú me mostraste que ellos forman parte de mí, cada ser de cada especie son parte de mí es por todas ellas que no me daré por vencida.

Arnau: Pierdes el tiempo.

Daemian: Si vas a exterminarnos hazlo ahora mismo, lo que nos mantenía animados a seguir ha desaparecido.

Euralia: ¿Se van a rendir tan pronto? Díganme de que ha servido la revolución que ustedes iniciaron.

Haniel: No lo haré…

Ciro: Haniel…

Euralia: ¿Qué dijiste?

Arnau: ¿Qué fue lo que dijo?

Haniel: No lo haré, no es tiempo de que tome su energía vital.

Euralia: Entonces…

Haniel: Primero les mostraré el terror del silencio.

—Una extraña energía comenzó a rodear a Haniel y a Euralia, donde cuatro siluetas aparecieron volando a su alrededor y gradualmente se fueron materializando.

Aqua: No tan deprisa.
Haniel: ¿Eh?
Ventus: Euralia nuestro deber es pelear a tu lado.
Euralia: Ustedes están con vida.
Terra: Mientras tu estés con vida nosotros viviremos.
Ignis: Así es y pelearemos una y otra vez…
Aqua: Es verdad, existe mucho mal y desigualdad en este mundo, pero si trabajamos juntos podemos eliminarlo, podemos construir un mundo más equitativo.
Arnau: ¿Qué pueden hacer?
Daemian: No son nada comparado con el poder que él posee.
Euralia: Guardianes elementales.
Haniel: Puedo percibir su esencia, Ignis, Ventus, Terra, Aqua los cuatro elementos naturales de este planeta encargados de proteger a Euralia.
Terra: Ultimate Guardian ¿Estas con nosotros o en contra?
Euralia: ¿Terra?
Ignis: No nos gustaría ser parte del silencio.
Euralia: Ignis.
Ventus: Haniel, creemos firmemente en nuestra convicción y daremos lo mejor de nosotros por ella.
Euralia: Ventus.
Aqua: ¡Jamás nos rendiremos!
Euralia: Aqua.
Haniel: Agua, Tierra, Viento, Fuego, los guardianes elementales han aparecido.
Euralia: Zita, Oriol, Columbae, Itziar ¡Han regresado!
Haniel: ¿Por qué lo hacen, por qué se empeñan siempre en hacer cosas que van en contra?
Aqua: No permitiremos que suceda lo mismo como en los otros planetas, desde muy pequeño tuve el deseo de cambiar al mundo de alguna u otra forma y hoy que estoy en este camino, te aseguro que haré lo que este a mi alcance para lograrlo.

Haniel: ¿Y qué harán?

Aqua: No ignoraremos a las personas que habitan este mundo, esas personas que como nosotros protegen al universo.

Haniel: ¿A qué te refieres?

Aqua: Si no peleamos por defender este planeta entonces estaremos aportando a la destrucción del mismo universo.

Ventus: Tiene razón, poco a poco ira muriendo hasta extinguirse por completo, si eso sucede el Universo simplemente dejara de existir.

Haniel: Pero el espacio es un lugar inmenso que día a día engendra nueva vida en sus entrañas y la destrucción es parte fundamental, pues de ella nueva vida nacerá, cuando todo esto desaparezca se habrá ganado la lucha por la supervivencia.

Terra: Que contradictorio es todo esto, el camino ha sido largo para poder llegar a la verdad, pero el momento es tan corto para disfrutarla, durante todo este tiempo las personas han sido presas de tiranos y pensamientos erróneos que los han ido separando uno del otro, esa falta de verdad ha enmudecido su libertad, el disfrutar y compartir equitativamente y de manera consiente.

Haniel: Miles de años les ha tomado para crecer como especie y he notado que desde un principio las diferencias entre ustedes se marcaron totalmente, el día de hoy son más las barreras que los puentes; se han negado el natural derecho a escuchar al infinito adoptando falsas promesas que los separan de la verdad; el poco desarrollo que han experimentado no es suficiente, por lo contrario se han limitado al máximo, el valor que le dan a las cosas no es el valor que se merecen, siempre han subestimado y dado mal uso de todo, su confusión es tan clara que hasta tienen miedo a ser expuestos ante la verdad.

Euralia: Son los malos dirigentes que les han guiado por mal camino.

Ignis: Millones han perecido por decisiones de unos cuantos, siempre me pregunte ¿Por qué las personas de este mundo se dejan manipular tan fácilmente por psicópatas, avariciosos de poder y corruptos? ellos lo siguen permitiendo ¿Por qué no se dan el valor correcto y se hacen respetar así mismos?

Haniel: Los personajes que mantienen el poder para si no les interesa nada más, no tienen respeto hacia nadie ni nada, ellos todavía sabiendo que existen métodos eficaces positivos deciden entonces hacer las cosas sin tomar en cuenta las repercusiones que caerán sobre otros mientras que el resto de la población actúan como marionetas, se pierden en su ignorancia y se convierten en conformistas que viven a las malas decisiones y acciones de quienes creen merecerlo todo.

Aqua: Es verdad…

Haniel: Claro que es verdad, pero nadie se atreve a hablar y decir las cosas tal como son porque tienen temor de que un ser oscuro les arrebate lo más preciado "su energía vital". Arnau, Daemian, ustedes han desobedecido las leyes del universo, han contribuido a la esclavitud y terror que estas personas sedientas de poder han causado al resto de las especies y al planeta mismo. Dense cuenta, esta es la razón del porque estamos aquí y es esto también por lo que tenemos que actuar y erradicar cuanto antes.

—Mientras hablaban una tensión comenzó a rodearlos haciendo que Euralia tomara distancia, ráfagas de viento invadieron el lugar.

Aqua: Ah…

Haniel: Repruebo a todas esas criaturas, repruebo el mal que existe en la sociedad y entre los pueblos que habitan este planeta.

Aqua: Ahora comprendo, es por eso por lo que estoy en esta batalla, porque mi deber es proteger a todos no importa si tenga que entregar mi energía vital en este momento, no solo por mí sino también por ti.

Terra: ¿Qué?

Ventus: Aqua…

Haniel: ¿Por mí?

Aqua: Sí.

Haniel: Yo no dudaría ni un segundo en autodestruirme si me convirtiera en una amenaza.

Aqua: ¿Querías saber que era vivir entre nosotros no es así?

Daemian: Seremos aniquilados de cualquier manera…

Aqua: Esta es la realidad, todo esto que has descubierto es una gran telaraña que nos cubre y no nos permite salir y ver la luz del sol. Haniel, the ultímate guardián, libéranos del poder que nos atormenta y controla a su antojo. En tus manos está el ignorarlo y destruirlo o atender nuestro llamado y ayudarnos a despertar con la verdad.

Arnau: Es verdad, cometimos un error al querer tomar el planeta olvidándonos de nuestra obligación primordial.

Daemian: Nos hemos impregnado del mal, hemos traído devastación por nuestra avaricia, les dimos la espalda a todos esos seres inocentes que ocupaban de nuestra ayuda, nos perdimos por nuestra experiencia en vidas pasadas.

Haniel: Escuchen, nuestro deber es proteger a todos, es la razón de nuestra existencia.

Aqua: ¡Sí!

Euralia: ¿AEblue?

—Haniel enciende su cuerpo en un fulgor y desde él las ráfagas de viento se intensifican, ráfagas que llevan fuego; edificios y construcciones comienzan a desmoronarse como galletas mientras que él se encapsula lentamente en una esfera.

Arnau: ¡Maldito, muere! ¡Creíste que me iba a quedar sin hacer algo, después de que terminaste a sangre fría con nuestra legión completa!

—Arnau grita mientras sus movimientos se muestran en cámara lenta, creando un potente ataque el cual lo lanza hacia Haniel. Arnau lleno de rabia libera tal ataque consumiendo su propia energía. Tal ataque pego directamente, logrando desaparecer la esfera en la cual Haniel se había encapsulado; aunque al extinguirse tal ataque, Haniel pudo apreciarse sin rasguño alguno y mirando sin parpadear al exhausto Arnau.

Daemian: ¡Maldición!

Arnau: Ni siquiera pude hacerte un rasguño…

Haniel: ¿Qué no te has cansado aún? Sabiendo lo que está a punto de suceder.

—Sin pensarlo dos veces, Haniel extiende su mano y dispara un flash que se aproxima rápidamente a Arnau, este al ver venir aquel ataque recapitula en su mente su arribo al planeta tierra donde tuvieron la oportunidad de exterminar a Deneb y el ataque a Daniel, de cada uno de los integrantes de la gran familia: Copper, Silver, Gold, Roser y Ander; además de su reaparición saliendo del cuerpo de Ander.

Arnau: Tuvimos tantas oportunidades de evitar tu venida y aun así no supimos aprovecharlas.

—Mientras que aquel flash incandescente se acercaba más y más, Arnau con un rostro lleno de ira mira también una sombra que se interponía en el camino.

Daemian: Ya no te preocupes más. —Su cuerpo comenzó a desintegrarse al interponerse para proteger a Arnau de aquel ataque. Arnau: ¡Daemian! —Sin mucha diferencia de tiempo y con aquel mismo ataque el cuerpo de Arnau fue destruido también.

Euralia: ¡Daemian, Arnau! —La venda que cubría sus ojos cae.

—El cuerpo de aquellos dos al desintegrarse libero su energía y esta fue a donde Haniel adhiriéndosele al cuerpo.

Terra: Si no hacemos algo ahora todo desaparecerá…
Ignis: Debemos defendernos...
Euralia: ¿Ah?
Ventus: Esta es la razón de nuestro nacimiento.
Aqua: Debemos recobrar esta tierra.

—En ese momento, Euralia quien tenía sus manos junto a su pecho, hacia una plegaria, partiendo de ella una espesa capa de luz azul/verde se esparce sobre el globo y medio cuerpo, de la cintura a la cabeza se levanta colosalmente saliendo del mundo y teniendo como fondo al sistema solar, mira detenidamente hacia el infinito y rayos de energía comienzan a salir disparados de ella al compás del latir de su corazón.

Euralia: ¿Cuál es la razón del porque nacimos en esta galaxia? Fuimos elegidos para ser protectores en este sistema solar y hoy al descubrir la verdad del universo no podemos dejar ir este planeta así nada más, somos la última esperanza; si nos damos por vencidos sin pelear por defender este planeta automáticamente nuestra existencia habrá sido en vano, sin embargo, si nos mantenemos de pie en la última batalla seguro el orgullo de ser llamado guardián nos hará mandar una señal al espacio, un mensaje de amor que se propagara por el universo;

entiendo el porqué de tu aparición, has venido para evitar que otros sistemas sean impregnados de esa maldad que nos ha carcomido el corazón pero hay algo más que nos motiva a seguir con vida y es el poder comprender ¿Cuál es la razón del porqué este universo existe?
Haniel: ¡Entonces sacrifícate en nombre del universo!

—De regreso al plano de pelea.

Aqua: ¡Euralia!
Euralia: ¡Lo único que sacrificaré serán mis puños, porque estamos decididos a proteger este mundo a toda costa!
Terra: ¡Así es, no nos daremos por vencidos!
Ventus: ¡Pelearemos con todas nuestras fuerzas!
Ignis: ¡Te demostraremos de lo que somos capaces!
Aqua: ¡Protegeremos la energía vital!

Haniel: ¿A qué le tienen miedo?

Euralia: ¡Guardianes Elementales!
Aqua: ¡Elementum Aqua!
Ignis: ¡Elementum Ignis!
Ventus: ¡Elementum Ventus!
Terra: ¡Elementum Terra!

Haniel: Les mostraré la verdad.

Euralia: ¡Ultimate Guardian!
Aqua: Tienes que creer para poder crear.
Ignis: Nuestro deber es proteger la energía vital.
Ventus: No somos el centro del universo sino parte de él.
Terra: El llamado se ha escuchado, ultimate guardian.

—Los elementales brillan en una esencia esplendorosa, salen en forma de espiral volando en conjunto con Euralia hacia Haniel, por su parte este con una gran intensidad comienza a resplandecer más y más, mientras Ciro se adhiere a ella, un gran estruendo resuena sacudiendo el suelo y los mares, en una toma amplia se ve como las nubes que cubrían al planeta tierra van siendo removidas por los rayos de luz que se miran romper las nubes e ir a gran velocidad por el mundo. La luz se dispara fuera del planeta tierra alcanzando los límites del sistema solar, llegando al suelo de los ocho planetas restantes y con la vía láctea de fondo para terminar con una colosal explosión que se esparce hacia los cuatro puntos cardinales del espacio.

Después de tanto tiempo, Aquí estoy.

"SOMOS SERES INSPIRADOS EN LA LIBERTAD DE LAS AVES, ATADOS AL AMOR, DOMESTICADOS PERO SEDIENTOS DE VERDAD".

Jorge Silva.

Aequor Blue

The Ultimate Guardian, acto final.

Solía temer a las calaveras y esqueletos, hasta que comprendí que mi cuerpo es fuerte gracias a esos huesos. Temía morir, pero en ocasiones deseaba quitarme la vida.

Permanecía al lado de alguien sin besos de por medio, siendo a través de ellos mi mejor manera de expresar mi amor.

Le temía a la noche y a la oscuridad, hasta que aprecie en ella el resplandor más bello de las estrellas.

Solía temer, hasta que tuve el valor de enfrentarme a mí mismo.

La motivación que despierta la fuerza interior que poseemos, el poder aequor.

"Ni el inmenso abismo y frio del espacio me hace olvidar la calidez de tu corazón Hita."

Cero.

Los guardianes legendarios Daemian y Arnau, encargados de guiar a la raza humana hacia la prosperidad y mantener un equilibrio emocional entre todas las especies, perdieron su enfoque durante el primer y segundo ciclo de vida en este sistema solar donde por igual fueron arrasados al silencio; cuando el tercer ciclo dio inicio con el despertar de Naturae, el corazón del planeta tierra, una porción del pasado permaneció en el recuerdo de estos dos guardianes, uniendo fuerzas para persuadir a los humanos hacia su propia destrucción, además de robar y almacenar la energía vital de ellos hasta lograr el poder necesario, entonces abrir el portal a este plano para sus súbditos que en los ciclos pasados sufrieron el cataclismo a consecuencia de la raza humana. Daemian y Arnau, encontraron en Ander las cualidades aptas para lograr sus planes y así lo utilizaron como vaso receptor, Ander formó "la gran familia legendaria", la cual aniquila y roba a los humanos su energía para sus ya conocidos propósitos; nombró a sus cuatro comandantes Gold, Silver, Roser y Copper; con ayuda de las Animated Shadows y las calamidades para lograr sus objetivos.

Los guardianes elementales dirigidos por Naturae, son la personificación de los elementos naturales del planeta tierra. Son la respuesta al llamado de auxilio causado por la cadena de destrucción que la humanidad ha dado inicio. Oriol guardián del elemento viento "Ventus", fue el primero en aparecer, su fuerza, madurez y disciplina a corta edad lo llevó a convertirse en el guardián de aire y bajo su identidad secreta como fotógrafo profesional le facilita viajar por el mundo desempeñando su función primordial. Zita, guardiana del elemento fuego "Ignis", es la segunda en aparecer y la más cercana a Naturae; su identidad secreta como cantante le ayuda a reunirse con sus camaradas. Columbae, guardiana del elemento tierra "Terra", es la tercer en aparecer, sus padres mueren en un accidente aéreo en donde ella descubre qué puede recibir visiones del futuro, al cumplir su mayoría de edad se convierte en presidenta de la aerolínea que sus padres formaron lo que le facilita viajar por el mundo a donde sus visiones la llevan a encontrarse con el cuarto guardian. Itziar, guardián del elemento agua "Aqua" es el cuarto en despertar, Estudiante de Oceanografía y activista ambiental, también fue rescatado por Columbae y es él, la conexión con la familia legendaria al ser el objetivo principal de Copper, su endereza le convierte en el líder del grupo de los guardianes elementales.

Grupo aequor, Deneb "aequor red" aparece frente a Daniel, cuando este tiene apenas catorce años, para despertarlo como aequor blue, iniciando un viaje de entrenamiento en donde toman su atención directa a proteger a los seres vulnerables de las garras de las Animated Shadows. Nathaniel y Zaiel, aparecen junto con Maya sin dar muchas explicaciones, son estos dos quienes ponen presión a Deneb para que entregue la llave que promete liberar al planeta Tierra del peligro en el que se encuentra; fusionándose los tres en un mismo cuerpo despiertan a "The ultimate guardian".

The ultimate guardian, tiene como misión proteger la energía vital, la cual no solo nos mantiene con vida, sino que es la misma que se expande a través del universo, evitando que la amenaza pase los límites del sistema solar y exponga al cosmos.

La batalla cobro la vida de una gran parte de la población en el mundo, incluyendo a guardianes como Aequor Red, Gold, Silver, Copper, Roser, Ander, Arnau, y Daemian. Maya desciende de los primeros pobladores de la tierra, dando su cuerpo en ofrenda al sol, al fundirse con Naturae da paso a Euralia, el ángel de la tierra y sus habitantes.

Euralia junto con los guardianes elementales pelean por proteger al mundo del mismo sistema de purificación que existe como norma ante la amenaza, confiando en que cediendo solo aceleraran la extinción de la vida en el basto espacio.

Cree en ti.
Tienes el valor y la fuerza para realizar tus sueños
 la victoria alcanzarás.
Caer, subir, seguir, la vida es así
No te detengas por nada
Llorar, reír, vivir,
sabes que puedes confiar en mí
abre las alas sin miedo
…
Siente tu fuerza interior, escribe el destino
este es el momento de luchar
rompe las barreras, enciende la llama
ve más alto hacia la libertad
este es el momento de pelear
…
puedo ver, ya tu luz, resplandece corazón
un nuevo despertar ha iniciado
una nueva transformación
un poder dentro de ti
resplandece…
Ultimate guardian.
Resplandece …
Los sueños solo se convertirán en realidad, si luchas por ellos
La felicidad, está más cerca de lo que tú crees
Encontraras el amor, si abres tu corazón
El universo está escuchando
Cree en ti, escucha tu interior
Cree en ti, eres partícula de polvo estelar
Cree en ti, cree en mi

En medio de la oscuridad y la neblina, alrededor de un monolito, tres cuerpos permanecen suspendidos por raíces con espinas mientras nubarrones permiten ver de vez en cuando el resplandor de las estrellas iluminar aquel lugar.

Hita: La marea cósmica nos ha traído de regreso a la batalla.

8 COFFEE SHOP

Daniel: En el bullicio de allá afuera con los gritos insoportables de los transeúntes, el silencio se vuelve tu mejor aliado para hacerte saber que estas con vida.

Cuando sin querer te duermes a medio día y la noción del tiempo te abandona, despiertas preguntándote ¿Qué día es hoy? Ayer, mañana o quizás desperté dentro de un sueño; todo es tan absurdo, es uno de esos sueños en los que sabes lo que pasa a tu alrededor, sueños que se repiten una y otra vez en lapsos de meses, de años, que recuerdas con claridad como aquella película que ya habías olvidado pero que al escuchar la banda sonora o ver un par de escenas recobras tus emociones vividas. De igual manera allá afuera están los sonidos de siempre no sé si aún no se dan cuenta que ya lo sé todo, no sé entonces sí existo o tan solo soy un extra más en esta escenografía de pacotilla, y todo esto también; me da risa porque no pongo resistencia alguna, prefiero quedarme callado y ver hasta dónde puedo llegar sin decirles qué me he dado cuenta de todo, hasta donde el universo se mostrará o hasta cuándo me atreveré a aceptar que he sido un tonto y cobarde.

Quisiera ignorar la realidad y ser como la brisa del mar cuando el viento se la lleva a donde él quiere sin poner resistencia alguna y evaporarme en el camino, sin importarme nada. Quiero tan solo tener esa experiencia esta realidad tan limitada en la que vivo, puedo hacer tanto como quiera, pero me siento perdido, y me da coraje conmigo mismo, y es que sé lo que quiero, pero no sé porque me da miedo luchar por todo eso; es esa falta de amor, que me dejo llevar por el ritmo que otros han impuesto. Sé que vivimos en una sociedad llena de mentiras engañados por el poder y la avaricia de unos cuantos, y aun así no lucho por lo que quiero, por desenmascararlos. Como quisiera gritar al aire y exponerlos, confrontarlos, son basura que se exalta, asusta y corre, cuando la justicia se anuncia.

Si pudiera desaparecer a quienes contaminan, matan, engañan, y se aprovechan de los seres más vulnerables, inclusive a todo aquel que tira basura en la calle sin el mínimo remordimiento, lo haría.

Se que no soy un títere porque puedo distinguir entre lo real y la fantasía, pero en muchas ocasiones soy ese cuerpo hueco que a pesar de saber diferenciar lo correcto de lo erróneo persiste en elegir lo cómodo, lo que le sirven, lo que le ofrecen, y dan sin poner resistencia alguna. Lo sé y me taladra el pensamiento cada vez que la claridad viene a mí; cuándo trató de elevar la idea y comenzar mi revolución, me autosaboteo vertiendo sobre mis excentricidades que me mantienen entumecido. Se que la sociedad en la que vivo jamás cambiara sino es que primero cambio yo.

Allá afuera todo quedó en silencio ni las aves cantan, ni los niños ríen, el bullicio de la calle se apagó como si se hubieran enterado de todo, de que me he dado cuenta de esta realidad cruel y cruda en la que hemos sumergido al mundo, es una farsa y todos lo saben, pero muy pocos se atreven a hablar de ello y yo...

Mamá: ¡Daniel, Daniel!

Daniel: ¿Qué pasa? Apenas son las cinco de la mañana, ah, las cinco, ¡Es muy tarde!

Mamá: Solamente faltas tú tienes tres minutos jovencito.

-Daniel despierta a los gritos de su mamá para ir a la panadería y comenzar el primer día en la apertura de su cafetería, si quiere convertirse en el mejor barista tendrá que sacrificarse y levantarse temprano para vivir su pasión al máximo.

Papá: Tuviste una buena idea en querer extender el negocio familiar ahora no sólo hornearemos pan, sino que has incorporado todo un mundo nuevo, tu abuelo está muy orgulloso, eres el mejor cafetero de la zona y pensar que de niño querías ser doctor.

Mamá: Pero ver sangre en una herida le da pavor y también quiso ser corredor de autos, pero la velocidad y las curvas no es lo suyo.

Papá: Las matemáticas tampoco es lo suyo por eso eligió la carrera de filosofía.

Daniel: ¿Pueden parar por favor?

Mamá: Bueno, lo importante es que tienes salud.

Papá: ¿Que más puedes decir?

Daniel: ¡Sólo sé qué quiero convertirme en el mejor barista y ésta es mi oportunidad de lograrlo, ha llegado la hora de entrar en acción, abramos las puertas ahora!

Cliente 1: Hola, ¿Tienen pan fresco?

Daniel: Bienvenida a Júpiter, claro que sí, mi abuelo los acaba de hornear, también tenemos café.

Cliente 1: Gracias, pero sólo necesito el baguette.

Cliente 2: ¿Hola, tienen bebidas calientes?

Daniel: Claro, le puedo preparar un delicioso café latte, una mocha, un cortado, quizás un café americano.

Cliente 2: Bueno yo no tomo café, solo necesito un té verde.

Daniel: Ah, desde luego, aquí tiene gracias por venir a Júpiter.

Papá: No comas ansias, nuestra clientela no está acostumbrada a tus bebidas.

Mamá: Tienes que ser paciente, no te desanimes y da lo mejor de ti.

Daniel: ¡Si!

-Luego de cuatro horas y sin poder servir una sola taza de café, después de atender a un buen número de clientes, llega un personaje que lo hace despertar.

Azul: Croissant, baguette, crostata, concha, coffee crumb cake, muffin de arándanos, pan de elote, tiramisú, pastelito de guayaba, citrus cardamomo, cheese danish, butter pecan cookies, flan, canelé, basque cheesecake ¡Qué maravilla! -Sus ojos totalmente abiertos dejaba notar su pasión por aquellos panecillos y postres.

Daniel: Gracias por venir ¿Qué te doy? -Lo dice sin motivación alguna.

Azul: El aroma de tu café ha impregnado la ciudad, ¿Qué me recomendarías tomar?

Daniel: ¿Sí ya te oí, qué pan es el que quieres? ¿Ah, dijiste café?

Azul: Sí, bueno esta es una cafetería, dime que es lo usualmente recomiendas a tus clientes.

Daniel: ¿De verdad? Bueno te puedo ofrecer un cortado qué es mi favorito, quizás un pour-over, o un matcha latte con un poco de miel, ghee, maca, chaga y ashawanda; Pero como el clima lo amerita te recomiendo mejor un cold brew coffee con crema batida hecha en casa, le llamo L.A crema. ¡Aquí tienes, te fascinará! Para ser sincero su nombre es un juego de palabras.

Azul: ¡Genial, se ve delicioso! Ah, pero si es Júpiter.

Daniel: Pudiste verlo, esta bebida te da la oportunidad de ver al planeta Júpiter de cerca, mi sueño es convertirme en el mejor barista de esta zona, sabes, eres la primera persona que entra a comprar un café en todo el día.

Azul: A comprar, eh qué pena.

Daniel: No te preocupes mis papás dicen que tenga paciencia, que es cuestión de tiempo.

Azul: Lo que pasa es que no traigo dinero, tan sólo entre por el letrero en tu ventana dice que buscas ayuda.

Daniel: Ah es eso, necesito una persona que me ayude con la caja de cobros.

Azul: Creí que necesitabas algún cocinero estrella.

Daniel: Lo siento, nosotros solo vendemos pan, pastelillos y bebidas.

Azul: ¿Teniendo todo este espacio? Por favor permíteme mostrarte lo que puedo hacer.

-Aquel joven se quitó de la espalda la gran mochila de campaña que llevaba cargando y sacó sus herramientas de trabajo, así como ingredientes frescos, en un dos por tres preparo frente a Daniel, cocino sobre una parrilla de viaje y sirvió una sopa caliente.

Azul: ¡Perfecto, tomaré este baguette y algo de mantequilla y listo!
Daniel: Wow eres eficiente.
Azul: Simplemente el mejor, vamos prueba, es una sopa de champiñones.
Daniel: ¡Los champiñones son mis favoritos y esta es la mejor sopa que he probado en toda mi vida!
Azul: También se preparar emparedado, adornar platos de fruta y queso, y otras cosas qué estoy seguro le darán una muy buena proyección a tu café.
Daniel: No sé quién eres, pero a partir de hoy serás parte del equipo.
-Estirando su brazo para cerrar el trato y azul corresponde.
Azul: ¡Qué bien! ¿Y cuántos más somos en el equipo?
Daniel: Hasta hoy solo nosotros dos.
Azul: Qué torpe. -Se pega en la frente.
Daniel: En un par de meses se llevará a cabo una competencia para elegir a the ultimate barista y por ende para señalar al mejor café de la zona, y yo quiero poner en alto el nombre de Júpiter.
Azul: Estoy seguro de que cumplirás tu sueño, cuenta conmigo.

-Los días pasaron y todo marchaba a la perfección, la clientela fue creciendo, a todos les gustaba las bebidas con expreso y todo lo horneado en la panadería, el trabajo producido por azul era certero, todos estaban felices por la innovación y la variedad del menú. Pero conforme paso el tiempo tanta perfección despertaba dudas en Daniel, esta magnífica rutina le parecía fuera de lo común preguntándose internamente si era posible, no había crímenes ni emergencias, todo era armonía. Así los días pasaron hasta llegar el día de la competencia, el concurso en dónde se elegía a la mejor o al mejor barista de la región.

Azul: Qué emoción, hoy es el gran día, creo que estoy más nervioso yo que tú.
Daniel: No creo que deba, sabes, ayer me di cuenta de algo, cada día se parece más al de ayer la misma clientela llega y pide lo mismo, la

misma rutina todos los días, también me doy cuenta de los nuevos rostros que se acercan, siempre a la misma hora como el sol y las estrellas, mira la calle no hay ni una sola basura en el suelo, desde que abrimos no he escuchado a ninguna niña o niño llorar, hacer berrinche. La patrulla del puerto siempre está ahí estacionada sin actividad, en el hospital no hay ni un solo paciente o persona que necesite ayuda. Inclusive los animales son libres sin preocupación y no es que prefiera un mundo caótico pero la perfección me obliga a pensar qué algo está fuera de lugar.

Mamá: Hola ¿Qué hacen aquí muchachos? Creí que ya estarían en el auditorio.

Papá: No hay mucho tráfico, pero los competidores deben llegar más temprano, es mejor que se vayan pronto, nosotros cerraremos el café y nos veremos allá.

Azul: Sí, vamos Daniel.

Daniel: Papá, mamá, saben me gusta despertarme por las madrugadas ayudar a mis abuelos a preparar la masa para el pan y con su ayuda abrir el café, me gusta mirar el amanecer cuando los primeros rayos del sol se abren paso por las calles vacías, alentando a las personas a iniciar su día. me gusta servir el café caliente aun en los días lluviosos o soleados, este es sin lugar a duda el mundo ideal que siempre he anhelado.

Mamá: ¿De qué hablas?

Daniel: Yo…

Azul: No le haga caso señora, son sus nervios. ¡Nos vemos allá!

Daniel: Adiós. -Siendo empujado por Azul, hasta desaparecer de la vista de sus padres.

-Una vez llegado al recinto docenas de participantes van siendo descalificados en las diferentes rondas del concurso dejando en la final a cuatro finalistas al título de the ultimate barista, entre fanfarrias y con aquella algarabía el público ovaciona a esos cuatro.

Azul: Esta es la última etapa, tienes que dar lo mejor de ti. Creo que nuestra porra es la más grande que vino a apoyar, mira, allá están muchos de nuestra clientela.

Daniel: Si.

Azul: ¡Por Júpiter!

Daniel: ¡Por Júpiter!

Jurado: Es para mí un honor estar frente a ustedes, de antemano les digo que han puesto muy en alto el nombre de su establecimiento, démosles un aplauso a los cuatro finalistas: de santuario de café, Sandra; de Saeta brunch, Al; de perro café, Rita; y de Júpiter, Daniel.

Mamá: ¡Da lo mejor de ti!

Papá: ¡Ese es mi hijo!

Jurado: Muy bien esta siguiente bebida será la prueba final, por favor pongan atención y den lo mejor de ustedes, sírvanme y explíquenme en su proceso que es un cortado, ¡Ahora!

Sandra: Un cortado es una bebida que mezcla la misma cantidad de expreso y leche caliente.

Al: También es conocido cómo Gibraltar, la leche no es tan espumosa o de lo contrario se llamaría machiatto.

Rita: La función de la leche es de neutralizar la acidez del café, el cortado principalmente se toma en países de habla hispana, pero ya es un favorito a nivel mundial.

Daniel: El cortado es una bebida de 4 a 6 onzas, personalmente me gusta tomarlo sin azúcar y de preferencia no muy caliente, pues me da la oportunidad de saborear y apreciar el aroma del café.

Jurado: ¡Tiempo! En un momento tendremos el nombre de quien merece el título "The ultimate barista"; nuestro jurado evaluara su trabajo. Y ya tenemos los resultados, señores la persona que se lleva este título es: ¡Daniel de Júpiter!

Abuelos: ¡Lo hiciste!

Daniel: ¿Por qué no me alegra? Esto parece un sueño, sí todo esto es lo que siempre he anhelado ¿Por qué? ¿Por qué esto me asusta?

Azul: Daniel.

-En ese momento todos comenzaron a desaparecer, Daniel y Azul se elevaron fuera de aquel recinto flotando en el aire.

Azul: ¿Desde cuándo te diste cuenta?

Daniel: Desde el momento en que me sentí vivo, no entiendo, he estado aquí sabiéndolo y no tuve el valor para confrontarlo quizás porque no me gustaría que este sueño termine.

Azul: No tiene que ser así.

Daniel: ¿Eh?

Azul: Tu entrenamiento ha terminado.

Daniel: ¿Entrenamiento?

Azul: Si, aquel que iniciaste junto al vigía Deneb. Tuviste las agallas para emprender un viaje sin retorno, el momento ha llegado ahora que estas preparado tendrás la oportunidad de pelear, este lugar que has creado es tu proyecto de vida.

-Ambos vuelan a lo largo de la costa, luego se elevan más para apreciar a la distancia el puerto en el que viven.

Daniel: Que hermoso lugar, pero hay algo que estoy olvidando, quiero recordar, pero no puedo.

Azul: Todos tus recuerdos regresaran.

Daniel: Azul.

Azul: Este es el núcleo a donde llega toda energía vital.

Daniel: Todo es tan perfecto ¿Es esto el paraíso?

Azul: No, ni el cielo ni el infierno existen, este mundo habita dentro de ti.

Daniel: No lo entiendo, entonces ¿Por qué pude degustar tus platillos o quemarme con el café?

Azul: Todo esto es tan solo un holograma que refleja la realidad que quieres ver.

Daniel: Ah, algo me decía que tanta buena ventura no era normal.

Azul: Todo ser que hayas conocido, luego de liberar su energía volviste a encontrar aquí. Así es como funciona, toda energía regresa al núcleo…

Daniel: Esa luz ¿Quién está llamando?

Azul: Esta dimensión permanece ligada al mundo que conoces. Quizás fueron sus llamados los que despertaron tu consciente, ahora es el tiempo de regresar.

Daniel: ¡Esa voz me llama una vez más!

Azul: Dime ¿Es el mundo de afuera tal como lo describes aquí?

Daniel: El mundo de allá afuera, ahora lo recuerdo, es un lugar muy particular y diferente. Las personas son cálidas como los rayos del sol, frías como la nieve escarcha, suaves como el algodón, aunque frágiles son fuertes cuando se trata de defender y amar.

Azul: La manera en que has pintado a la humanidad aquí es muy colorida.

Daniel: Son muy especiales, es por ello por lo que quiero proteger ese mundo.

Azul: Aquí todos son iguales, nadie es más que otro, nadie lastima y nadie muere porque están en el estado más puro de la energía, mientras que allá son vulnerables por la interacción entre materia/energía y la inestabilidad que causa este fenómeno es lo que lleva al caos y la destrucción.

Daniel: El caos es también parte del orden, ya que, sin eso lo otro no sería posible. Son los corazones corruptos los que mantienen en decadencia al planeta, si logramos erradicar la maldad...

Azul: Tienes mucha fe en las personas.

Daniel: Si, porque parece que a cada una de ellas les dieron la misma tarea. El universo mismo intentando trabajar su trauma, repitiéndose una y otra vez hasta encontrar la persona que lograra salvarlo todo. La maldad en algunos motiva a otros a actuar con bien creando el balance que existe ahora; aunque la destrucción, ¿No sería mejor entonces separar de una vez toda energía individual de sus cuerpos, para evitarla?

Azul: No, porque entonces nada existiría, somos el resultado de esa revolución, quizás tienes razón, no porque algunos sean malos quiere decir que todos tengan que pagar la misma condena. Destruir es tan solo parte del proceso para crear.

Daniel: La destrucción es parte fundamental para la creación, vivimos en una revolución.

Azul: Este lugar permanece dentro de ti jamás se borrará, puedes regresar tantas veces quieras o mejor aún, transforma tu realidad en el mundo que quieres habitar.

Daniel: ¿A qué te refieres?

Azul: Este lugar y todo lo que habita aquí es tan solo un reflejo del mundo que conoces y el cual quieres proteger, increíble que seas tan distraído. ¡Tu objetivo jamás fue el de convertirte en the ultimate barista!

Daniel: ¿Entonces?

-Una energía aparece, resplandeciendo muy en lo alto sobre ellos.

Azul: Nuestros sueños y deseos solo se cumplen si nos esforzamos, si luchamos. Es el tiempo de cumplir con tu propósito, pase lo que pase no te des por vencido, cuenta conmigo.

Daniel: Azul.

Azul: ¡Recuerda quién eres, y cuál es tu objetivo!

El momento ha llegado, seres ególatras este no es el final del mundo; el planeta tierra no es más que el escenario del coloso evento celestial, el gran cataclismo universal.

Cero.

9 JÚPITER

-De regreso al plano terrestre.

Euralia: ¡Guardian!
Ignis: No te escuchara, Euralia. Nosotros somos quienes atendieron al llamado, somos quienes pelearan para defender nuestro hogar, el lugar donde nos reunimos.
Terra: No me quedare con los brazos cruzados, puedo sentir mi sangre fluir, es la sangre de mis padres, nosotros protegeremos el lugar donde reímos y lloramos.
Ventus: Jamás me rendiré, le prometí a Tristán un mundo nuevo, sin el peligro alguno que atente contra nuestro amor y lo cumpliré, nosotros protegeremos el lugar donde aprendimos a amar.
Aqua: La muerte de todos aquellos que pelearon por proteger este planeta no será en vano, nuestro deber es pelear con todas nuestras fuerzas, por el mundo que nos vio nacer. Nosotros protegeremos nuestro hogar.
Euralia: ¡Elementales, no hay marcha atrás, este es el momento para decidir el futuro del planeta tierra!
Ignis: ¡Hagámoslo juntos!
Aqua: ¡Ultimate guardian!
Terra: ¡Recibe este golpe!
Ventus: ¡El ataque de los guardianes elementales!
Ultimate Guardian: Es una pena ver morir a un planeta tan hermoso, aunque primitivo, Daemian y Arnau tenían razón, pero ya es muy tarde, el mundo llego a su fin.

-Enciende un ataque.

Todos: ¡Amor Terrenal!

-La energía de Euralia y los guardianes elementales se concentró en aquel ataque, drenando sus cuerpos.

Ultimate Guardian: La energía de la tierra es el sentimiento más cálido de todo el sistema solar.

-Una luz incandescente detrás de the ultimate guardian aparece impactando, a la misma vez de que su poder se activa y el ataque de los elementales se unen creando una violenta explosión que se expande dispersando las nubes y arrasando con todo a su paso a diez millas a la redonda; dejando devastación y colapso. Mostrando un cielo estrellado en donde los planetas se encuentran alineados, el mundo en crisis muestra las principales ciudades en crisis.

Atónita Euralia se reincorpora con sigilo. Al buscar a sus guardianes se da cuenta de la devastación que se creó con aquella explosión de energía, agotada cae rendida. Un destello la envuelve para desaparecer después con ella.

Un perro color café corre por medio de aquella destrucción, utilizando su olfato se muestra así mismo el camino a seguir, aunque tropieza con escombros no se da por vencido y corre aún más rápido, hasta que en medio de la nada se detiene, justo al lugar donde Euralia había estado momentos antes atravesando el lugar encuentra a su compañera.

Kosmo: Esto es muy triste, Zita.

-A lo lejos percibe tres grupos acercándose, son manadas de animales de diferentes especies que llegan justo antes del amanecer; aquella escena puede interpretarse como una ofrenda ya que del océano una ballena en su lomo lleva a Aqua inconsciente, acompañado de delfines, tortugas y muchas otras especies marinas a su costado. De los cielos una parvada de aves trae consigo al guardian Ventus inconsciente, entre ellas águilas, buitres, luciérnagas, mariposas, tucanes, y loros. Mientras que mulas, felinos, caballos, venados, conejos, y muchas otras especies terrestres traen consigo a Terra inconsciente también.

Kosmo: Zita, respóndeme por favor. Ya veo, tus amigos también han caído.

Yeray: ¿En dónde estoy?

Kosmo: ¡Ah!
Yeray: Luz… de sol.
Kosmo: ¡Zita, vamos despierta!
Yeray: Mi cuerpo está muy adormecido.

-Mientras tanto aquellas tres manadas de animales con cuidado dejaban muy cerca de Ignis y Kosmo a los otros tres elementales.

Kosmo: Los han traído hasta aquí ¿Por qué?
Yeray: Que impresionante. -Sus ojos se entrecierran al resplandor del sol.
Kosmo: No dejare que les hagas daño.
Yeray: ¿Eres tú, Kosmo?
Kosmo: ¡Eh!
Yeray: Ah, esa persona…
Kosmo: No te le acerques.

-Ambos impactos han evitado que "The ultimate guardian" pudiera completar su ataque, aturdido permanece flotando en el aire.

Yeray: Así que este es el planeta tierra. -Entre los incandescentes rayos de luz una figura se ve acercándose con Euralia inconsciente, cubierta en un campo de energía.
Ultimate Guardian: Has irrumpido mi tarea.

-Ambos se miran fijamente mientras a su alrededor los rayos del sol invaden el lugar, en tanto los guardianes de igual manera permanecen inconscientes bajo la custodia de Kosmo.

Yeray: "¿Cuál es el propósito de nuestra existencia? Desde el primer momento en que pude razonar, me pregunté ¿Cuál es la razón por la cual estoy aquí? Nuestra vida debe tener un sentido y significado, porque vivir tan solo por vivir vanamente, no me llena. Mi vida tiene un sentido mayor, las estrellas me lo dicen; no basta vivir para morir, amar u odiar. El universo me dio la oportunidad de decidir el camino, de darle significado; soy el guardian de la expansión, la revolución y la benevolencia, soy el guerrero libertador, que lleva como estandarte la verdad absoluta. Soy Yeray, soberano guardian de Júpiter."
Ultimate Guardian: ¡Júpiter ha despertado!

Yeray: Nunca detendremos el mal si actuamos con maldad aun en nombre del bien es momento de que muestres la verdad, ¡Estruendo de Júpiter! -Deja caer un rayo aun con mayor potencia que lo golpea directamente, creando una fuerte explosión que lo ciega por el gran resplandor.

Ultimate Guardian: ¡Ah!

Yeray: El aroma de este planeta es tan peculiar, fresco y jovial.

Ultimate Guardian: ¿Qué estas tratando de hacer?

Yeray: Yo. -Cae desplomado a suelo, consciente pero muy drenado de energía.

Ultimate Guardian: Permaneciste en letargo por mucho tiempo, es natural que desvaríes, luego de aparecer me confrontas directamente, como si yo fuese quien hiciera lo incorrecto.

Yeray: Tanto tiempo he pasado sumergido en aquella tormenta imparable, pero pude escuchar un llamado, y sin saber cómo me trajo aquí.

Ultimate Guardian: Demasiado tarde, el tercer ciclo ha llegado a su fin, hubiera sido preferible que te quedaras dormido, así no tendrías que ver la triste muerte de la tierra, ahora tu planeta de igual manera tendrá que perecer pues lo has expuesto. Has despertado en el peor de los momentos.

Yeray: Mi deber es protegerla. -Refiriéndose al corazón del planeta tierra.

Ultimate Guardian: Que curioso, Ciro de cierta manera intervino para darle las fuerzas necesarias convirtiéndose en Euralia y así enfrentarse a mí, la oportunidad para pelear, valerse por sí misma sin embargo no pudo lograrlo. Ahora llegas casi moribundo arrojándote sin pensar a una muerte segura. La verdad es que Euralia no tiene alguna posibilidad contra mí, Ciro ha sido un cobarde al abandonar la pelea, y tú no tienes la fuerza suficiente para enfrentarme.

Yeray: ¿Euralia? Dime que tan grande ha sido su falta.

Ultimate Guardian: Los seres que habitan esta tierra han sido corrompidos, sus corazones se corroen; no podemos arriesgar que el mal que habita en este lugar salga de los límites del sistema solar…

Yeray: Tienes razón, aunque mi deber es protegerla no puedo romper las reglas universales.

Ultimate Guardian: Yo soy encargado de purificar este… ¿Qué dices?

Yeray: ¿De verdad quieres terminar con este planeta?

Ultimate Guardian: No creo que tengas las fuerzas para pelear y evitarlo.

Yeray: Ciro no metió las manos, quizá yo tampoco deba hacerlo, no tengo la fuerza para enfrentarte ahora.

Ultimate Guardian: Entonces hazte a un lado y deja que termine con esto de una vez por todas.

Yeray: Haz tu trabajo, guardian.

Kosmo: Zita, Zita despierta. No sé qué está sucediendo, por favor despierta.

Ignis: Ah, ¿Kosmo eres tú?

Kosmo: Sí.

Ignis: Pero, estas hablando…

Kosmo: Ah, sí bueno yo…

Ignis: No te preocupes ¿Euralia y los demás?

Yeray: ¿Qué estas esperando?

Kosmo: Ellos acabaran con todo, Zita.

Ignis: Kosmo, mi cuerpo no responde, hemos perdido la batalla no pudimos protegerla, y ahora todo será destruido sin alguien que se oponga.

Yeray: Guardiana del fuego, nuestro único deber es el de proteger la energía vital que mantendrá al cosmos con vida, esa es nuestra misión primordial, no importa las inclemencias de la tormenta, nuestro objetivo siempre será el mismo.

Kosmo: Zita, él es el guardian de Júpiter y no le importo sacrificar su propio planeta. Creí que venía a proteger, pero no es así.

Yeray: ¿Acaso te olvidaste de mí?

Ignis: Kosmo, no tengo el poder suficiente para pelear.

Kosmo: ¡Zita!

Ultimate Guardian: ¡Transmutación Aequor!

-Una gran concentración de energía rodea a The ultimate guardian elevándose en el aire rápidamente ante los ojos incrédulos de Ignis, y Yeray de Júpiter, el poder de aquellos dos estaba tan desgastado que sus cuerpos apenas podían sostenerse sin siquiera cubrir a Euralia o a los elementales. Entonces tras una explosión, un resplandor cegador creo una onda que se esparció por doquier lo cubrió todo a su paso mientras que the ultimate guardian lanzaba un grito ensordecedor, lo que de cierta forma despertó a los otros elementales.

Luego de aquella explosión The ultimate guardian aparece donde el
monolito que se encuentra en otra dimensión llega iluminando con
aquel resplandor incandescente, suspendido en el aire y con los ojos
cerrados, baja adhiriéndose a tal monumento. Un brillo desmorona
aquella pieza y luz viaja hasta los tres cuerpos suspendidos entre
espinas, liberadas aquellas figuras bajan suavemente al ras del suelo.

Azul: Somos un eco consciente que viaja a través de las estrellas, este
es el momento en que la verdad será revelada, abriendo las puertas a
la batalla, esta es la razón de nuestro nacimiento en este planeta.

-Un burbujeo en el mar llama la atención de Júpiter, mientras que en
el cielo un portal se abre de nuevo.

Aequor blue: Los elementales han despertado.
Terra: ¿Aequor blue?
Ignis: ¡Daniel!

-Tan pronto como aequor blue apareció, dirigió su atención a Yeray.

Ventus: Ha regresado en sí.
Aqua: Aequor blue.
Yeray: Ah.
Ignis: Guardian.
Yeray: Todos hemos sido guiados hasta aquí.
Aequor blue: Así es.

-En la misma altura a donde había llegado aequor blue, una luz
palpitaba mientras la onda terminaba de cubrir al mundo hasta
disiparse. Esta misma onda hizo brillar a cada uno de los personajes
al adherirse a ellos, personas alrededor del mundo fueron también
llamadas por estas ondas de energía a salir de sus escondites, entre
ellos Tristán quien estaba a cargo de un refugio donde la mayoría
eran menores de edad que habían perdido a sus padres durante los
ataques de las Animated Shadows, él acompañado por otros cuantos
mayores de edad cuidaban a los más vulnerables.

Tristán: Esta con vida, puedo sentirlo ¡Oriol sigue con vida!

Mujer 1: Es verdad que no tenemos la certeza de que pasara con el futuro, pero si en nuestras manos esta luchar por ello, entonces debemos hacerlo.

Mujer 2: Algunos de nosotros aún tenemos a alguien especial cerca, desafortunadamente muchas personas han perdido a sus seres queridos.

Hombre 1: Si esa persona especial sigue con vida, no dudes en luchar por estar juntos.

Hombre 2: Toma la oportunidad de llegar a él.

Mujer 1: ¡Tristán no esperes a que el mundo cambie para bien, lucha para lograrlo!

Tristán: Gracias por todo, haré lo posible por llegar a él.

Ignis: ¡Euralia, guardianes!

Yeray: Ah, ya despertó. -Mirando con recelo hacia el mar, pronto giro su mirada hasta donde Euralia se encontraba.

Euralia: ¿Ah?

Ignis: Aun seguimos con vida...

Yeray: Así que tú eres Euralia.

-Terra y Ventus rápidamente bloquean su camino protegiendo a su dirigente, mientras que Aqua le ayuda a reincorporarse, permaneciendo en guardia desconfiado.

Euralia: Soy el ángel de esta tierra y sus habitantes.

Aqua: ¡Y nosotros sus guardianes!

Yeray: ¿Qué tanta verdad hay en tus palabras?

Ignis: ¿Ah?

Yeray: Este planeta sigue en peligro.

-Sin más pasa a Ignis de largo, cuando Terra y Ventus bloquean su paso, ambos salen disparados por la inercia a los costados quedando de frente a Aqua.

Aqua: Torrente...

Yeray: Demasiado lento.

-Gira sobre el eje de Aqua para alcanzar a Euralia cuando Ventus y su ráfaga de viento logra crear una barrera de aire filosa que evita su paso, tomándola salen ambos volando.

Terra: ¡Estruendo Terrenal!
Ignis: No pude verlo antes, debo enfocarme.

-Un golpe llameante le sigue, desencadenando una serie de ataques de aquellos cuatro en contra de Júpiter, el cual se ha recuperado progresivamente, su agilidad los ponía en aprietos.

Yeray: ¿Es eso lo mejor que pueden hacer? -Estirando sus brazos.
Aqua: Está leyendo nuestros ataques.
Ventus: Es demasiado rápido.
Terra: Si utilizamos nuestros ataques al máximo, es posible que nos desgastemos tanto que no podamos protegerla.
Yeray: Se hacen llamar guardianes elementales del planeta tierra, lo único que veo es a cuatro seres que se dan por vencidos sin darlo todo antes de la pelea. Jamás podrán proteger ni a ella ni a nadie, no pueden estar dependiendo de alguien más.
Ignis: "Debemos proteger la energía vital a toda costa" eso me dijiste antes de que ellos despertaran.
Yeray: Siguen dormidos, el poder no surge de tus manos sino de su interior comprendan que para proteger este planeta es necesario contar con un espacio seguro de lo contrario todo perecerá.
Terra: The ultimate guardian quiso destruir el ultimo planeta del sistema solar con la única intención de mantener ese orden, sin embargo, hemos peleado y abogado por una segunda oportunidad.
Yeray: Los milagros no existen, lo que paso con the ultimate guardian, fue un sello de protección para detener el mal, sin tener que exponer al planeta tierra.
Terra: Ah.
Yeray: No hay segundas oportunidades, les puedo asegurar. El planeta tierra parece ser la utopía perfecta, presumo que no han podido llegar a ese punto por el convenio, el tercer ciclo del sistema solar ha llegado con ciertos límites y reglas, aun así, no es motivo suficiente para mantener a su planeta en decadencia, debieron de actuar con cautela, pero no han sido lo suficiente astutos para mantenerla a salvo.

Euralia: ¿Tu eres?

Yeray: Soy el señor del trueno, patriarca del planeta de la abundancia y la justicia.

Euralia: ¿Júpiter?

Yeray: He atendido tu llamado de auxilio, es una pena encontrar este bello planeta en estas condiciones tan deplorables, con tantas anomalías. En un momento te atenderé como se debe, primero me encargare de ellos.

Ventus: ¡Ráfaga de Viento!

Yeray: Ventus, guardian que rige el lado este, percibo que eres el más valiente de los cuatro es posible que hayas despertado antes que ellos, es por eso por lo que quieres protegerlos exponiéndote primero a los embates que pueda causarte, además de valorar mi fuerza para encontrar puntos débiles donde ellos puedan atacar, sin lugar a duda eres muy astuto, pero sacrificar tu vida por ellos no será suficiente para derrotarme.

Ventus: Ahora lo veo.

-Sin esperar Yeray lanza un ataque directo, el cual trata de ser esquivado por Ventus, pero termina por alcanzarlo y aquel cae estrepitosamente a tierra.

Ignis: ¡Ventus!

-Sin dudarlo Ignis se lanza al ataque con su serpiente de fuego e inicia una emboscada la cual es sin mucho esfuerzo extinguida por Yeray, quien contrataca de una manera brutal, arrojándola a tierra.

Yeray: Ignis, guardian que rige el lado sur, puedo percibir tu ardiente pasión por protegerla, te has tomado tu papel muy en serio que has marcado una línea de superioridad, crees ser la única que puede derrotarme, dudas de tus compañeros y eso te ha creado un hueco que solo crees tu poder llenar, déjame decirte que tu arrogancia no es suficiente para derrotarme.

Ignis: Es mi única misión.

-Cuando Ignis cae, Aqua intenta amortiguar su caída volando a abrazarla y ambos golpean el suelo.

Terra: ¡Ignis!
Yeray: Eres la siguiente Terra, guardian que rige el lado norte.

-Sin aviso alguno, un ataque filoso del Torrente Marino de Aqua se cruza.

Yeray: Aqua, guardian que rige el lado oeste.
Aqua: Terra.
Terra: Si, ¡Terra Estruendo!
Yeray: Ya veo, Terra la nobleza y misticismo que te caracteriza han creado un velo que esconde la fuerza dentro de ti, intentas absorber la pena, tristeza y dolor de quienes te rodean en silencio, con la posibilidad de no verlos sufrir, de no sentir la soledad que tu experimentas, eso no funcionara conmigo, si quieres derrotarme tendrás que pelear sin compasión, no puedes salvar a nadie sino te salvas a ti misma primero. Y tú guardian Aqua, el cuarto en aparecer; has llegado remilgando y haciendo hincapié en lo que a ti te afecta, ignorando el esfuerzo y sacrificio de los demás, autonombrándote líder sin haber pedido su autorización; también puedo ver tu deseo de protegerlos, de dirigirlos y pides su ayuda haciéndolos dar su máximo, sin embargo, frente a mí no eres más que un niño que de igual manera necesita dirección, tus ganas de proteger no son lo suficiente para derrotarme.

-Yeray contrataca sin compasión a ambos, estos tratando de esquivar terminan siendo presa, a su vez son arrojados al suelo como los otros.

Yeray: Aqua, Terra, Ventus, Ignis ¿De verdad ellos son tus guardianes? Quizá de quien ella debe protegerse es de ustedes al no ser capaces de cumplir con su trabajo.
Ignis: Aqua.
Aqua: Debemos de arriesgarnos de lo contrario seremos presa fácil.
Ventus: Estoy de acuerdo, pero, creo que alguien debe quedarse con ella.
Terra: Ignis…
Ignis: Debemos darlo todo, ¡Unamos nuestros poderes!

-Los cuatro emanan energía en un tono que los identifica personalmente.

Ignis: Ellos tienen las mismas intenciones que yo, pero su fuerza...

Ventus: ¿Seré tan valiente como parece? El ir al frente me evita ver su dolor...

Terra: Siempre he servido como un escudo, pero ¿Quién me protegerá?

Aqua: Desde pequeño tuve que responsabilizarme, si tan solo ellos se hubieran esforzado más.

Yeray: Veamos si son capaces de protegerla. -Rayos comienzan a emerger, mientras su ropaje se hondea por la creciente estática.

Euralia: Elementales...

Yeray: He sido llamado a proteger este planeta, ¡Reciban la furia del trueno!

-Rápidamente los cuatro se interponen, recibiendo tal ataque.

Euralia: ¡Oh no!

Ventus: ¡Ah!

Ignis: ¡Su poder!

Terra: ¡Es muy pesado!

Aqua: ¿Qué intentas hacer?

Yeray: ¡Despierten!

Aqua: ¿Ah?

-Sin más Yeray se gira, al notar a lo lejos, muy cerca de la playa burbujas que se hacen notar en medio del mar; es a donde dirige su ataque.

Yeray: Ellos también han llegado puedo sentir una energía negativa desde ese lugar.

-En el lugar donde Yeray de Júpiter ha lanzado su ataque, un burbujeo se desencadena y una esfera emerge del mar, revelando dentro de ella la silueta de una mujer, dicha burbuja dispersa el agua de encima quedando transparente, lo que permite ver con claridad a la mujer dentro.

Aqua: ¡Pero si es mi madre!

Ventus: ¿Qué?

Terra: ¿Crees que sea posible?

Aqua: ¡Es ella! -Apresurándose hasta acercarse a ella.

Yeray: ¿Qué es lo que está haciendo?

Terra: Su madre había desaparecido hace mucho tiempo, ¿Qué pudo haber causado esa hibernación?

Ventus: Debemos estar alertas, tanto puede ser una guardian como un enemigo.

Ignis ¡Aqua, debes mantener tu distancia!

Aqua: Madre ¿eres tú?

-Ella permanencia escuchando el sonido de las olas que llegaban a la playa, luego de un momento abre los ojos, sin habla, una gran desesperación la invade lo que motiva a Aqua a abrazarla.

Aqua: Todo estará bien, aquí estoy.

-El cuerpo de aquella mujer comienza a convulsionar, en aquel trance se libera del abrazo de Aqua rechazándolo. Su cuerpo se acurruca para luego extenderse mientras que atrapa a Aqua del cuello.

Cero: ¿Quién eres tú para acercarte a mí?

Aqua: Mamá, ah.

AEblue: Yo me encargo, ¡Esferas legendarias…!

Aqua: ¡Espera!

Yeray: ¿Qué?

Aqua: Ella es mi madre, no te atrevas.

Ignis: Aqua, ella puede ser el enemigo.

AEblue: Dime quién eres.

Cero: Soy Cero.

Aqua: ¡Ese no es tu nombre!

Kosmo: ¡Ah, Cero!

Ignis: Eh.

Yeray: ¡Júpiter! -Dirige su ataque a pesar del pedido de Aqua.

-Cero detiene el ataque con su mano derecha, luego de dominarlo es redirigido hacia ellos.

Yeray: Estamos frente al enemigo.

Aqua: ¿Cómo puede ser posible?

Cero: Volvemos a encontrarnos, es mejor que no huyan.

Yeray: No se refiere a mí.
Ventus: ¿Te refieres a tu hijo?
AEblue: Cero, ¿Qué es lo que quieres aquí?
Cero: Todos ustedes son simple bazofia.
Yeray: Me pregunto ¿Quién es Cero?
Kosmo: Cero.
AEblue: Estamos aquí para erradicar a las amenazas.
Ignis: ¡Serpiente de Fuego!
Cero: Ya veo. -Sin pensarlo arroja a Itziar contra aquel llameante ataque.
Ventus: ¡Ráfaga de viento!
Terra: ¡Terra Estruendo!
Aqua: ¡Es mi madre! -Por voluntad propia se interpone, recibiendo los ataques de Ventus y Terra.
Cero: ¿Ah?
Euralia: Aqua, ella no es la misma mujer que te dio la vida.
Cero: Así que allí estas.
Kosmo: Debemos irnos.
Cero: No será tan fácil, bajo mi control están los cuatro pilares que sostienen el firmamento, ya no hay lugar ni tiempo para huir, este sistema solar ha llegado a su destino.

-Una espesa neblina cubrió todo alrededor no permitiendo que los rayos del sol entrasen, el mar agitado creo un brumazón helado.

Terra: ¿Qué está sucediendo?
Kosmo: ¿Hasta cuándo tendremos que dejar huir?
Ignis: ¿Kosmo?
Yeray: ¿Kosmo?
Kosmo: Estamos tan cerca aun sin la oportunidad de mirarnos de frente, debemos escapar ahora. -Viendo a Euralia.
Cero: ¡No tan rápido!

-Pequeños brazos de energía se extendían más y más desde Cero, a la vez que se eleva, como dagas estos brazos se lanzaron apuntando a Kosmo y Euralia.

AEblue: ¡Barrera de aequor!

Yeray: ¡Revolución! -Abriéndose camino junto con AEblue, ambos se interponen.

Kosmo: Ah…

Ignis: Es nuestro turno, ¡Serpiente de Fuego!

Terra: Aqua, lo siento.

Ventus: Allí viene otro ataque.

Aqua: Aunque tienes su cuerpo, sé que mi madre no me atacaría de esta manera.

AEblue: Aqua.

Aqua: Mi deber es el de proteger esta tierra, ¡Torrente Marino!

Ventus: ¡Ráfaga de Viento!

Cero: Así que este es el cuerpo de tu madre, ay que tonto.

-Utilizando sus garras de ataque, captura a los cuatro elementales.

Terra: Nuestros cuerpos no reaccionan como quisiéramos, pero, debemos proteger a Euralia.

AEblue: ¡Esferas legendarias aequor!

Cero: ¿A esto le llamas ataque?

Yeray: ¡Júpiter, Revolución!

-Cero parecía no sufrir algún daño, al contrario, los tentáculos que sostenían a los elementales se engrosaron, haciéndolos gritar por la presión ejercida.

Yeray: ¿Te has dado cuenta?

AEblue: Si.

Yeray: Entonces cambiemos de táctica.

-Al azote de aquellos tentáculos, cuales tomaron grosor, su fuerza de la misma manera se intensifico. Yeray y AEblue se lanzan para liberarlos, aunque no es tan fácil pues al primer contacto varios tentáculos más aparecen, Yeray y AEblue esquivan uno a uno el intento de Cero por atraparlos. Al dejar una entrada en el vaivén de ataques, dos de los tentáculos se apresuran para atrapar a Euralia a lo que Kosmo reacciona alarmantemente.

Euralia: ¡Ah!

Ignis: Oh no.

Ventus: ¡No!

Yeray: Euralia.

Kosmo: ¡No! -Al interponerse para proteger a Euralia, su cuerpo comienza a irradiar una energía tan reluciente.

AEblue: Puedo sentir una gran fuerza.

Yeray: ¡Ciro!

Ciro: Soy la estrella guardian de este sistema de planetas, estas en mi territorio.

Cero: Estas brillando tan lejos de tu lugar de origen, así como todos ustedes; has llegado justo a tiempo para la gran batalla.

Ignis: Sus brazos ejercen tanta presión.

Aqua: ¡Ah, Euralia!

Terra: ¡Terra…! ¡Ah! -Al tratar de liberarse recibe una mayor presión que impide su escape.

Cero: El sistema solar es la arena en donde los convertiré en polvo estelar tomare su energía muy pronto. -Desapareciendo junto con los elementales.

Euralia: ¿A dónde se fueron?

Ciro: La situación no mejorara.

-Aquel resplandor desplegado por Kosmo ha disipado las nubes, gradualmente su luz se torna tenue. Mostrando su cuerpo transformado con cuerpo humano.

AEblue: ¿Qué?

Yeray: Ha tomado forma humana…

Ciro: Sea bienvenido.

Yeray: Ah…

AEblue: Este sentimiento tan cálido me es muy familiar.

Kosmo: Zita, se ha marchado.

Ciro: Los cuatro han sido capturados ya.

Kosmo: ¿Hacia dónde debemos ir? El espacio funge como un reloj colosal, en donde los ciclos se repetirán una y otra vez, no importa en que posición se encuentre o como se quiera interferir, todo regresa al curso original. No importa cuánto corramos o en qué dirección lo hagamos la vorágine celestial hará su arribo, mejor dicho, somos arrastrados por la marea cósmica en círculos, no hay lugar a donde huir.

Ciro: Tuvimos una oportunidad para retirarnos de aquí, al finalizar el segundo ciclo de este sistema planetario, siento no haberlo hecho.

AEblue: Las estrellas brillan diferente desde este punto.

Kosmo: Han hecho lo que ha estado a su alcance.

Yeray: Soy patriarca del planeta Júpiter.

Kosmo: Aun te recuerdo Yeray.

Yeray: Ah, dime que podemos hacer.

Kosmo: Lo intentamos, "el odio crea la guerra, y con ella el cataclismo hace su arribo", si permanecemos más tiempo aquí expondremos a Hita y yo no puedo permitirlo, no puedo destruirlo todo solo por una breve interacción, aunque a veces quisiera...

AEblue: Kosmo, siento que nos conocemos desde hace mucho tiempo.

Kosmo: Es correcto.

AEblue: Nosotros te protegeremos.

Kosmo: Gracias por traer el sentimiento de esperanza a nosotros, desde el primer momento de expansión del universo, no hemos tenido ni un momento de paz, tu intervención nos ilumino a todos, lograste con tu intención despertar el poder de la energía vital, es por eso por lo que este sistema planetario existe. Aunque ahora no lo parezca, realmente me has dado motivos para creer de algún día poder encontrarme con ella, en algún lugar dentro de este inmenso espacio. Por ahora será mejor despedirnos.

AEblue: Kosmo…

Euralia: Nosotros nos quedaremos como escudo mientras ustedes se van, Ciro por favor.

Kosmo: Ah…

Euralia: Me entregare por completo, utilizare la energía de este planeta para protegerte.

Kosmo: Quiero abrazarte, pero no voy a exponerla, algún día lograremos reunirnos ¿Verdad aequor blue? Algún día seré capaz de abrazarla y nunca más soltarla.

Euralia: ¡Kosmo!

Kosmo: Muchas gracias, fue un placer conocerlos. Quizá nos volvamos a encontrar como aquel día AEblue, no perderé la esperanza.

Kosmo: Adiós, guardianes.

Ciro: Le acompañaré hasta donde mis rayos alcancen.

Yeray: La primer y última misión juntos, Ciro.

Ciro: No se den por vencidos tan fácilmente, pero antes de irme.
Euralia: ¡Ciro!
Ciro: Es momento que tomes tu posición en esta batalla, junto a tus guerreros.

-Hace llegar hasta ellos a dos luces que surcan la superficie desde puntos opuestos.

Luh: Somos los guardianes de este planeta.
Nah: Listos para retomar nuestras posiciones.
Yeray: ¿Los guardianes de este planeta?
Ciro: Luh, Nah sean bienvenidos.
AEblue: Luh, y Nah... ¡Luna!
Euralia: Ah...
Ciro: Luh, y Nah son los guardianes de este mundo, personificación del satélite natural del planeta tierra que junto a su matriarca son protagonistas del tercer ciclo, Naturae bienvenida de regreso.
Naturae: ¿A dónde fue Maya? Entonces los elementales.
Kosmo: Gracias por todo Naturae...

-Sin esperar más vuela junto a Ciro hacia el espacio los cuales se pierden entre los rayos del sol.

0. AMOR

Naturae: Que triste.
Luh: Es un honor el poder estar a su lado corazón del planeta tierra.
Naturae: Luh, estas lágrimas.
Nah: Es un honor para nosotros estar con ustedes en esta batalla también, patriarca de Júpiter Yeray, y señor guardian de la energía vital aequor blue.
Naturae: ¿Qué sucederá ahora? ¿Qué pasara con Zita, Columbae, Oriol, Itziar, Maya y Ella?
Nah: Ella sigue en el planeta, ha ido al santuario sagrado, el cuerpo de Zita y los demás morirán una vez que despierten, Azul nos habló de los diferentes resultados en la pelea.
AEblue: ¿Dijiste Azul?
Luh: Nos compartió mucho durante todo este tiempo.
Naturae: No entiendo, ¿Pueden decirme que los llevo a callarse? Pudimos haber evitado tanto sufrimiento.

-Un momento tenso dejo sin palabras a todos.

Naturae: Perdón no es su culpa, quizá me encariñé con aquellos cuatro, y siento dolor de no poder hacer algo por ellos, sus sueños, su vida; dejaron todo por cumplir con su misión, Columbae, Itziar, Oriol, Zita.
Luh-Nah: Cero se estará alistando y dentro de poco lo destruirá todo, Kosmo podría sucumbir ante tal poder arrasador, por eso Ciro fue el indicado en caso de evacuación por su poder, pero también se autodestruirá por el gran bien común, en si todos en caso de quedar sin opciones de luchas debemos optar por autodestruirnos, eso podría desacelerar y terminar con la pelea en esta ocasión.
Yeray: Oh no.
Luh-Nah: AEblue usted también debe irse pues se le ha encomendado la misión de proteger la energía vital.

AEblue: De ninguna manera.

Luh-Nah: Yeray patriarca del planeta Júpiter, Naturae matriarca del planeta Tierra y nosotros, nos quedaremos para formar un campo de fuerza cárcel para darles más tiempo a Ciro y Kosmo de alejarse.

Yeray: Es nuestra misión.

Naturae: No tenemos otra opción que aceptarla.

Luh-Nah: Así es.

AEblue: He fallado.

Luh-Nah: ¡Ah, enemigos! -Listos para derribar a aquello que se acerca.

AEblue: Espera, es una avioneta.

-La piel se le eriza y sus ojos se le llenan de lágrimas a Naturae cuando de aquella nave baja un joven gritando.

Tristán: ¡Oriol, Oriol! -Parando a medio camino, temblando de miedo.

Luh-Nah: Oriol, ya no está aquí.

Tristán: Más vale que no le hayan hecho nada malo o se las verán conmigo, díganme en donde esta Oriol.

AEblue: Que valiente eres.

Tristán: Vamos ¿díganme en dónde está?

Yeray: No somos enemigos, pero Oriol ya no está aquí.

Luh-Nah: Él ha sido llevado junto a los otros al núcleo externo de la tierra, al eje terrestre. Ya no hay nada que puedas hacer por él.

Tristán: Entonces todavía no llego a mi destino, ustedes son especiales como él, sus compañeros ¿verdad? si lo ven antes que yo díganle que lo estoy buscando. Perdón por mi irrespetuosidad sé que ustedes son muy poderosos y yo apenas un humano; pero él es muy importante para mí y es mi deber apoyarlo, mi nombre es Tristán.

Naturae: Tristán, Oriol es un hombre muy afortunado.

Tristán: Nosotros somos los afortunados por tener a alguien que expone su propia vida para proteger a todos sin importar recibir algo a cambio, alguien que lo da todo y va adelante recibiendo los embates directamente, sirviendo como escudo.

AEblue: Deneb, Roser, Silver, Kosmo, Ciro.

Yeray: Ío, Calisto, Europa, Ganimedes.

Naturae: Zita, Columbae, Itziar, Oriol.

Tristán: Todos tenemos alguien por quien luchar, estoy seguro de que todos ellos siguen luchando por nosotros, por eso no puedo darme por vencido, esa fue nuestra promesa.

AEblue: Esa es la promesa, siempre lo ha sido.

Naturae: Debemos darlo todo, por ellos.

Yeray: Todos ellos lucharon por nosotros sin recibir nada a cambio.

AEblue: Por eso no debemos rendirnos, ni ahora ni nunca. Debemos luchar por todas las personas, porque todos son importantes, todos aportan a la causa de mantener la llama de la esperanza encendida, la energía vital que anima a todo el universo.

Tristán: Se que no tenemos poderes como ustedes, pero muchos sobrevivientes estamos listos para pelear por nuestro planeta.

Naturae: Muchas gracias, Tristán, nos has recordado nuestro deber.

Luh-Nah: Nos está llamando.

-De pronto una esfera de luz los envuelve a todos, incluyendo a Tristán y los teletransporta al santuario sagrado.

Nota: Luh y Nah quienes son los guardianes directos que protegen a la matriarca del planeta Tierra, son gemelos masculino y femenino, hablan al mismo tiempo es por ello por lo que durante el dialogo veras "Luh-Nah".

Cero: Oegin, Sugin, Nogin, Esgin; está tratando de escapar.

-Cero se encuentra sobre una roca negra y plana de 963 pies a la redonda, en el centro de ella los elementales flotaban desanimados.

Luh-Nah: Bienvenidos al santuario sagrado, su casa principal señora.

Naturae: Ah.

Luh-Nah: Este lugar fue construido para usted, los nativos sabían acerca de su llegada, construyeron en este espacio su casa y a los costados las casas de sus hermanos y hermanas guardianes edificaron no solo en representación del sistema solar sino del cosmos, los nativos descubrieron a través de las estrellas no solo el origen del todo sino también se enteraron del mal que aquejaba.

-Mientras Luh-Nah relataban la historia de la ciudadela, en cada pirámide se erguía el holograma de los guardianes de los planetas, el sol, la luna y a partir de ellos el cosmos y estrellas fugaces.

Luh-Nah: Los nativos descifraron los enigmas que están impresos en las estrellas, el mensaje de que el planeta de la esperanza nacería, los cataclismos que destruyeron al primer y segundo ciclo; también sabían que la plaga que acarrea el mal pronto llegaría a exterminarlos.
Júpiter: ¿Seremos capaces de exterminar al mal?
Maya: Ciro, tu, y tantos más vinieron desde muy lejos siguiendo un sueño, lamento que el ciclo reinicie una vez más. Kosmo ha iniciado su viaje ya, parece que no importa cuánto se expanda el espacio, la marea cósmica siempre nos traerá de regreso al centro de nuevo, al inicio de todo.
AEblue: Hemos decidido enfrentar al enemigo, basta de correr y esconderse.
Maya: Guardian tanto tiempo. Eras apenas un grano de polvo estelar la última vez que te vi.
AEblue: Polvo estelar.
Maya: Fuiste tu quien encendió la llama de la esperanza.
Naturae: Aequor blue.
Tristán: ¿La llama de la esperanza?
Maya: Eres la razón del porque hoy estamos aquí.

-Relata.

Era yo, mi ser, la conciencia, la energía y la materia, el todo; no recuerdo cuanto tiempo transcurrió antes de saber que existía, de reconocer que era, y fue hasta entonces que me di cuenta de que existía y nada más. Yo me sentía en mí, y Cero fue entonces, con su sentimiento como un pensamiento apareció y mi yo materia se desquebrajo y con ello llego la luz y la oscuridad, la rocosa y densa parte de mi piel por primera vez experimentaba el calor y el frio. La interacción entre la materia y la energía acelero una fricción que ocasiono el nacimiento del cosmos, un nuevo ser magnético que no permitió la unión jamás entre nosotros, el tratar de acercarnos uno del otro nos repelía en su lugar. Fue incomprensible e ideático el proceso al cual nos enfrentamos, la intención de Cero era adherirse a mi como fue, y a mí me llamaba la atención la evolución del cosmos en lo que Cero no estaba de acuerdo, en el vaivén y fricción se dio cuenta de que la expansión del cosmos lo acercaba más a mí que era lo que anhelaba, por mi parte en la decisión de estar junto a cosmos y ver su desenvolvimiento dio paso a la creación de cuatro elementos notorios que experimente, el calor, el frio, la materia y el campo magnético, que cuando entraban en contacto conmigo y cosmos permitían un acercamiento. Pronto Cero se dio cuenta puso en práctica su dominio para crear una onda expansiva que se esparció cada vez más poniendo de por medio mayor espacio con el cosmos.

Desde entonces cada vez que yo invocaba a los cuatro elementos cósmicos para acercarme a Kosmo, Cero se interponía y creo cataclismos de mayor amplitud, acelerando la expansión del universo.

Convirtiendo esta dinámica en una batalla, creando un ciclo en donde tenemos la oportunidad de reencontrarnos en donde todo comenzó. Sin embargo, en la última pelea justo cuando Kosmo y yo estuvimos cerca, Cero por su parte también se acercó tanto que estuvo a punto de atraparnos, justo en ese momento un diminuto grano de polvo estelar con una interacción mínima evito que fuéramos atrapados por Cero. Ese personaje eres tú aequor blue.

AEblue: ¿Yo?

Maya: Si, tu pequeña contribución creo una onda expansiva que se esparció por doquier. Kosmo te otorgo entonces el cargo de ser el guardian de la energía vital por aquel acto, fue así como sin ser aplastado por Cero escapaste y comenzaste el viaje hasta llegar al nuevo lugar donde nos reencontraríamos de nuevo; para nuestra sorpresa activaste la intención de protegernos y así otros guardianes de diferentes partes del espacio te siguieron.

Júpiter, Ciro y todos los demás guardianes acordaron en erguir un santuario en el cual podríamos reunirnos, un lugar seguro, fuera del dominio de Cero.

AEblue: Quisimos hacerlo de una forma segura ocultando todo recuerdo e información, pero en el primer intento el mal también lo hiso y despertó conforme se acercaba su reencuentro.

Júpiter: De la misma manera durante el segundo ciclo en mi planeta creímos haber encontrado el balance perfecto, incluso Kosmo ya había hecho su aparición. Lamentablemente el mal volvió a aparecer, fue por ello por lo que sacrificamos todo para purificar el espacio borrando las huellas que Cero podría utilizar para rastrearlos.

Maya: Así es.

Luh-Nah: Fue en ese último momento en que el guardian de la energía vital tuvo una corazonada, creo una oportunidad y aplico técnicas diferentes que a los primeros dos ciclos.

Maya: No ha sido suficiente, el mal ya ha aparecido, el odio y la avaricia han corrompido a la raza humana causando estragos y engrandeciendo a Cero.

Tristán: Nosotros…

AEblue: Tristán, señora es nuestra misión pelear por ustedes permítanos hacerlo hasta el último momento.

Maya: Mi deber es darle ventaja a Kosmo, una vez que él se encuentre a salvo el sistema solar y todo dentro de este espacio será consumido por el gran cataclismo. -Mirando hacia donde se fueron.

AEblue: ¡Entonces vamos a enfrentar al enemigo, Naturae, Luh-Nah, Yeray, Tristán en marcha!

Maya: Aequor blue, sé que el final ha llegado.

AEblue: Nosotros jamás nos rendiremos.

-Una esfera azul cubre a todos y se eleva, luego desaparece.

Maya: Kosmo…

-La esfera reaparece en los dominios de Cero.

Cero: No demoraron en llegar.

AEblue: Es el mismo lugar a donde Ander nos guio.

Cero: Desde los planetas hasta las galaxias que se encuentran esparcidos por el universo se conectan directamente con el lugar donde todo dio inicio, este lugar es el punto de conexión.

Naturae: Ah, guardianes elementales…

Tristán: ¡Oriol!

Yeray: ¡Júpiter, Golpe Supremo! -Liberando a los elementales, el resto acude a tomarlos.

Cero: ¿Qué?

Yeray: Mi poder incremento. -Observando sus manos.

Luh-Nah: ¡Efecto Lunar! -Ejerciendo fuerza gravitacional logran que Cero caiga de rodillas.

Cero: ¡Malditos!

Naturae: ¡Cadenas del mundo! -Atrapando a Cero.

Cero: ¡Ah!

Tristán: ¡Están despertando!

Ignis: Naturae.

Naturae: Ignis, Terra, Aqua.

Tristán: ¡Oriol! Creí que no te volvería a ver.

-Por un momento ambos se miran a los ojos.

Ventus: ¡Tristán!

Tristán: Me da gusto volver a verte.

Ventus: Yo…

Tristán: Esta bien, no te preocupes ahora lo entiendo todo, es tu misión pelear por el mundo, ellos lo han revelado aun podemos cambiar el desenlace en esta historia.

Ventus: Tu eres la razón por la que peleo, debí de comunicártelo desde el principio, la verdad es que no me gustaría perderte… -Se Abrazan fuertemente.

Tristán: Ah, Oriol, no lo vuelvas a hacer, no vuelvas a irte de mi lado ¿me oyes?

Ventus: Si.

Yeray: ¡Júpiter, Golpe Supremo! -Es interrumpido antes de completar el ataque.

Cero: Itziar ayúdame por favor.

Aqua: ¿Ah?

Cero: Te extrañe, durante todos estos años te extrañe, hijo.

Aqua: ¡Espera!

Yeray: Eh.

Terra: Aqua.

Aqua: Detente, por favor.

Yeray: Guardian, esa persona ya no es tu madre, es tan solo el recipiente de algo siniestro.

Aqua: ¿Y crees que no lo sé?

AEblue: Ah.

Cero: Itziar.

Naturae: Aqua…

-Cero aprovecha el momento, liberándose de las cadenas de Naturae grita invocando su propio poder, repentinamente una extraña fuerza la inmoviliza

Cero: ¡Crees que solamente sus poderes se intensificaron, los míos también! No entienden que todo se ha perdido para ustedes.

Aqua: Existe una razón por la cual las heridas no sanan.

Cero: Hijo dame la mano. -Tratando de manipularlo.

Aqua: La razón es que no nos enfrentamos a lo que nos causa esas heridas.

Terra: Aqua.

Aqua: Me hiere haber perdido a mi madre, jamás pude superarlo y cuando creí haberlo dejado en el pasado; vienes tomando su apariencia removiendo las costras en mi corazón. Ya se que es tan solo una imagen de ella, pero me duele.

AEblue: Eh.

Aqua: No somos de hierro, somos guardianes de carne y huesos, tenemos sentimientos y por ello te quiero dar las gracias.

Cero: ¿Qué?

Aqua: Porque me has dado la oportunidad de volver a ver su rostro, hace mucho me despedí de ella y por eso no voy a permitir que vuelvas a utilizar su imagen ¡Torrente Marino!

Terra: Aqua…

Yeray: Ha roto sus cadenas.

AEblue: Aun existe la posibilidad para la redención.

Cero: ¡Ah maldito! -Sale disparada, esfumándose en el aire.

-Aquel sublime ataque de Aqua, despertó a todos.

Terra: ¡Increíble!

Yeray: Fuiste capaz de enfrentarte a tu miedo.

Aqua: ¿Qué debemos hacer para salvar la tierra?

Luh-Nah: Ella tiene compañía ahora mismo.

AEblue: ¡Vamos!

-Utilizando su esfera teletransporta a todos de regreso al santuario, en donde encuentra a madre rodeada de nativos del continente.

Mujer: Hemos esperado por mucho tiempo, los hombres con odio en su corazón han venido con la injusticia como estandarte a flagelar nuestra tierra, nuestra gente, al mundo. Han llegado acribillando por la espalda, imponiendo sus creencias y falsas doctrinas con terror a

nuestros pueblos, castigándonos, menospreciando nuestro color de piel, nuestra lengua, valor humano y haciendo trizas nuestra cultura.
Hombre: A pesar de todo seguimos aquí, como nos mostraron nuestros abuelos, ha sido un camino muy largo pero el viejo del agua nos cobijó bajo sus ramas y su luz nos guía el día de hoy a ti, señora. El viejo del agua, el guerrero azul nos instruyó para venir a ti.
Maya: Ustedes fueron quienes edificaron este santuario, su historia ha quedado impresa con sangre en cada roca, lo recordare por siempre.
Yeray: Que egoísta he sido.
Naturae: ¿Ah?
Yeray: Yo mismo sacrifique a mi gente, puedo ver mis manos manchadas de sangre como estas rocas.
Hombre: Valió la pena.
Yeray: Eh, aunque lo hice para proteger al cosmos, aun así, pude haber tenido un poco de piedad.
Hombre: Aun a pesar del dolor, el amor ha sido más grande que el odio señor Júpiter.
Yeray: Ah.
Mujer: Esa fue tu misión señor, proteger. El de nosotros fue mantenernos de pie ante la tormenta, por más que duela recordar el pasado debemos mantenernos firmes en el presente de esa manera sus muertes no fueron en vano. A pesar del dolor hemos cobijado con amor a las nuevas generaciones y no hablo con reproche, pero si con la intención de no olvidar lo que las masacres. No volveremos a permitirlo, no buscamos venganza en contra de sus pueblos, pero tampoco nos volveremos a dejar mancillar.

-Mientras ellos, los representantes hablaban, cuatro naves extraterrestres hicieron su arribo a aquella plaza, de ellas docenas de personas y seres no humanos bajaron.

Ignis: ¡Increíble!
AEblue: Esta energía ha impregnado todo el lugar.
Tristán: Son seres no humanos, ah, mi piel esta erizada.
Ventus: No hay porque temer.
Tristán: Si.
Mujer: El árbol de la luz y la verdad nos entregó sus frutos, los que hoy venimos a traerles como ofrenda, hemos venido desde lejos.
Hombre: Fuimos elegidos para hablar la verdad.

Yeray: Todos hemos venido desde lejos.

Ser 1: Fuimos guiados hasta aquí por el gran ser azul.

Naturae: ¿De dónde han venido?

Ser 2: Venimos de diferentes puntos del firmamento, el mensaje del origen del universo se esparce como olas allá afuera.

Ser 3: El palpitar que se percibe en el espacio viene de aquí.

Ser 4: Nuestros ancestros revelaron nuestro origen, y también...

Ser 1: Nos mostraron la misión, fuimos guiados a rastrear los resplandores celestiales.

Ser 2: Una vez localizados tres de ellos, el lugar de encuentro se nos dio a conocer.

Ser 3: Aquí en el planeta tierra aparecería el cuarto resplandor celestial.

Ser 4: Al igual que las tribus terrestres, nosotros permanecimos a la expectativa. No podíamos interferir con los designios del ser supremo.

Ser 1: Pues todo corresponde a un espacio y tiempo acordado, entonces tu eres a quien hemos buscado todo este tiempo.

Maya: Aequor blue, aquella intercesión tuya realmente modifico el proceso, marcando un antes y un después.

AEblue: ¿Podemos entonces enfrentar al enemigo?

Maya: Aequor blue...

Cero: ¡Dark Matter!

Yeray: ¡Júpiter! -Al interponerse al ataque para proteger a Maya, es lanzado a suelo por tan potente ataque.

AEblue: ¡Regreso!

Cero: Ya veo tienen visita, estos insectos siguen apareciendo de la nada, ¡Ha!

-Cero lanza un ataque, el cual es detenido por una estela de colores que se disipa gradualmente.

Ser 3: ¡Aequoris!

AEblue: ¿Aequoris?

Cero: ¿Qué?

Aequoris: ¡Arcus Pluvius!

-Cinco figuras aparecen de aquel arcoíris.

Aequoris: Somos el grupo de refuerzo que vigilan el mar cósmico, aequoris.

Naoko: Llegamos a tiempo aequor blue.

AEblue: ¿Aequoris?

Naoko: Escuchamos y respondemos a tu llamado.

AEblue: ¿Ustedes?

Aequoris 2: No estás solo, aquí estamos contigo.

AEblue: Gracias.

Aequoris 3: Se escucha a lo largo y ancho del espacio la historia del guardian que despertó para proteger a Hita en su lucha con Cero.

Maya: Pudiendo escapar de este lugar se han quedado varados en medio de la tormenta.

Aequoris 4: Todos nosotros hemos sido guiados hasta aquí por el guardian de la energía vital, sé de la responsabilidad que tiene en sus manos y lo importante que significa para el cosmos. Señora, estamos listos para pelear.

Maya: ¿Será posible el milagro? Kosmo, Kosmo ya ha iniciado su escape.

Cero: Terminare con tan aberrante promesa, ¡Dark….

Yeray: ¡Está incrementando su poder!

Naoko: ¡Aequoris!

Aequoris: ¡Celestiales reciban su despertar!

-Las cuatro ofrendas son lanzadas a los elementales, los cuales reciben energía flotante en sus manos el cual les crea una renovación en su imagen connotando su poder celestial.

Terra: Ah, es magnífico.

Ignis: Este poder, lo siento invencible.

Aqua: Sabemos lo que tenemos que hacer.

Ventus: Nuestro propósito.

-Los cuatro gritan al unísono, ¡"Poder Celestial"!

Cero: ¡Matter!

Maya: ¿Ah?

Yeray: Es una energía purificante.

Naturae: Los elementales se han transformado en Celestiales.

Luh-Nah: Su propósito y poder han sido revelados.

-El contra ataque inesperado y de tal magnitud, dejaba a todos atónitos.

Cero: ¡Ah malditos!
AEblue: Cero...
Cero: ¡Jajaja han cavado su propia tumba… ah! Itziar… -Su cuerpo se desintegro y casi al final puede escucharse sigilosamente la voz de la mamá de Aqua.
Aqua: Fue la voz de mamá…
Maya: Se ha roto el sello.
Naoko: Guardian, tienes que invocar tu poder ahora, debemos mantenernos alerta.
AEblue: Es verdad que mi poder incremento, pero sigue siendo de protección.
Aequoris: Nosotros creemos en ti aequor blue, daremos lo mejor de nosotros.
AEblue: Gracias aequoris, ¿Qué sigue ahora?
Maya: Él nos encontrara, no hay forma de evitar que él llegue aquí. Ahora es muy tarde para que ustedes escapen por más que se alejen la potencia de nuestro impacto arrasara con todo alrededor.
Naturae: Que sacrificio tan grande.
Luh-Nah: Una lluvia de fuego se acerca rápidamente.

- De pronto una esfera de fuego entro a atmosfera terrestre trayendo consigo miles de fragmentos en llamas que se esparcieron alrededor del globo, dos de ellas a máxima velocidad se impactaron en la casa del sol de frente a Maya y los demás.

Yeray: ¡Kosmo!
Naturae: ¡Ciro!
Maya: El momento que tanto temía, llego.
Ignis: ¡Ciro! -Varios corren a socorrerlos.
Ciro: Cero, está aquí.
Aqua: Hemos roto el sello, el acceso al mundo.
Maya: El miedo, el odio, y todo sentimiento negativo alimenta a Cero. Me gustaría decirles que no teman, pero es inevitable el terror que trae su presencia.
Kosmo: Permíteme verte, si todo va a terminar.

Naturae: Ah…

Maya: Kosmo.

Kosmo: ¡Permíteme verte de frente!

Maya: No debemos, aunque sea el fin de todo.

Kosmo: ¿Y después qué?

Maya: No, porque tu desaparecerías y es algo que no tengo contemplado.

Kosmo: ¿Qué importancia existe en alimentar su ego?

Maya: Todo el universo dejaría de existir.

Ciro: Y nosotros nada ganamos…

Naturae: Kosmo.

Kosmo: Pero podríamos intentarlo.

Maya: Todos morirán.

AEblue: Ah.

Mujer: Señora, debe de haber algo que podamos hacer por ustedes.

Aequoris: Así es no importa que desaparezcamos, mientras ustedes puedan reunirse.

Ser 1: Seria un honor para todos hacer algo por ustedes.

Luh-Nah: Estamos de acuerdo, Naturae.

Naturae: Desde luego, todos hemos tenido la oportunidad de vivir.

Ignis: Creo que todos pensamos igual.

Tristán: Aunque todo desapareciera, el mal también lo haría.

Ventus: Sera entonces el fin del mal.

Kosmo: Ustedes no tienen la culpa, lo siento, yo no quiero que nada malo les pase a ustedes. ¡No puedo entender tampoco como estamos tan cerca y no podemos vernos de frente!

Ignis-Yeray: Kosmo.

AEblue: ¡Esfera legendaria aequor!

Maya: ¿Qué intentas hacer?

AEblue: No es solo nuestra misión, sin ustedes ninguno de nosotros estaría aquí.

Kosmo: ¡Guardian!

Aequoris: ¡Todos acérquense, Rainbow Turbulence! -Docenas de humanos y no humanos incluyendo a Tristán crean una línea alrededor del campo protector aequor, entonces el Rainbow Turbulence se activa creando otra capa de protección.

Naturae: Nosotros también ¡Cadenas del Mundo!

Luh-Nah: Si, ¡Eclipse Lunar!

Yeray: Entendido ¡Tormenta de Júpiter!

Ciro: ¡Halo Solar!

Terra: Ahora comprendo el dolor que has cargado en tus espaldas.

Maya: Todos están haciendo esto por nosotros...

Yeray: Daremos lo mejor de nosotros.

Ventus: Debíamos de experimentar un poco de tu dolor para poder comprenderte.

Naturae: Es un honor estar a tu lado.

Maya: Aun sabiendo que todo desaparecerá...

Ciro: Lo importante es que estarán juntos.

Aqua: No podemos ser tan egoístas.

Maya: Todo por tan solo por un instante.

AEblue: Un instante, una oportunidad es lo que hará la diferencia.

Ignis: Kosmo, has que el momento perdure.

Kosmo: Zita, todos, perdón.

AEblue: No tienes por qué pedir perdón, esta es nuestra forma de demostrarles amor.

-Con cada capa agregada, el campo de protección formo un área segura para Madre y Kosmo, mientras tanto alrededor del mundo la lluvia de fuego dejaba en ruinas a lo que quedaba de la civilización humana. El cuerpo de Maya cayo exhausta pero consciente adopto una pose de respeto. La energía que se desprendió de ella se materializo mostrando completamente a Hita como un ente de piel morena y cabello negro ondeante, su rostro delicado con matices de ternura en sus ojos color miel, inicia un palpitar de energía que envuelve a Kosmo.

Kosmo: ¡Ma, Hita! -Sin pensarlo corre y se queda frente a ella por un momento.

Hita: Por fin reunidos.

Kosmo: Siempre anhele este momento.

Hita: Kosmo, eres un cálido resplandor.

Kosmo: ¡Ma! -Se abrazan fuertemente.

-La luz que irradia a partir de su abrazo hizo brillar el campo de protección inimaginablemente.

Ignis: Ha llegado. -Localizando a Cero con la mirada.

Aqua: Debemos mantenerlo alejado de la barrera.

Terra: No importa lo que pase.
Ventus: Demos lo mejor.
Cero: Puedo sentir su miedo recorrer su espina dorsal, este es el
último día que ven.
Aqua: Cero.

-Cero, de figura alta y delgada con vestimenta desgarrada, con sus
manos y antebrazos teñidos de color negro y un rostro sin ojos, el
resto de sus facciones inexpresivas mostrando frialdad.

Se lanza sin perder tiempo rodeado de una lluvia de fuego que trae
destrucción a su entorno, a lo que Aqua, Terra, Ignis y Ventus se
interponen en su camino.

Cero: Así que ustedes también se unen a la causa, guerreros celestiales
no pierdan su tiempo.
Aqua: Nuestro propósito es muy claro, no fallaremos.
Cero: Que patético ¿Cómo piensan detenerme?
Ventus: Al principio creímos que protegíamos al corazón del planeta
tierra, más tarde descubrimos que se trataba del ser más importante
en todo el universo.
Cero: ¿Y creen que a mí me importa su intención? -Pronto se ve de
frente a Ventus.
Ventus: ¡Ráfaga Celestial!

-El ataque de Ventus se activa de frente a Cero, sin embargo, es
contra atacado sin clemencia alguna. Para su fortuna Terra intercede.

Terra: ¡Estruendo Celestial!
Cero: No importan que ustedes sean los cimientos del universo, su
poder no es el necesario para enfrentarme, al contrario, ustedes
deben servirme.
Ignis: ¡Serpiente Celestial!
Cero: ¿Creen que uniendo sus fuerzas podrán derrotarme?
Aqua: ¡Torrente Celestial!
Cero: ¿De verdad lo creen Celestiales?
Ventus: ¡Ráfaga Celestial!

-No solo lluvia de fuego iniciada por Cero azota a aquel lugar, ahora algunos de los ataques de los celestiales salen disparados como proyectiles al chocar entre ellos. El planeta tierra ha perdido a sus últimos habitantes, los bosques en llamas, ciudades en ruinas y toda vida ha dejado de existir tan solo las personas dentro del campo de protección siguen con vida, nadie más.

Cero: Su poder es mío. -Cero extiende ambas manos de donde parten ondas hipersónicas que quiebran los ataques de los celestiales y sus cuerpos son impactados frenéticamente, al tiempo que aturden a cada capa de protección. Los cuatro cuerpos caen a suelo, y con heridas serias temblando tratan de ponerse de pie.

Kosmo: ¡Ah, Zita!
Ignis: Kosmo. -Sonriéndole cálidamente.
Cero: No voy a esperar más. -Un sanguinario golpe termina con ellos.
Tristán: ¡Oriol!
Kosmo: ¡No!
AEblue: Celestiales…
Cero: ¿Qué más tienen preparado para mí?

-Alzando su mano derecha, redirige centellas de fuego hacia el campo de protección, que a su vez se extienden como dagas y crea una lluvia sin cesar contra ellos.

Hita: Sin los celestiales no habrá forma de escapar. -Una explosión la aturde.
Naturae: ¡Ah, Luh-Nah! -Tiran sangre por la boca.
AEblue: Naturae…

-Los aequoris y todos los seres humanos y no humanos uno a uno fue siendo mostrado con aquellas dagas de fuego atravesando sus cuerpos, muriendo al instante, mientras Luh-Nah desvanecen de igual manera.

Naoko: No pierdan la confianza, el poder aequoris está dentro de ustedes.
AEblue: ¡Naoko!
Maya: ¡Todos!

Ser 3: Todos poseemos un fragmento de ese poder.

Ser 4: El poder aequoris no permite que te des por vencido.

Ser 2: Es el valor que nos motiva a seguir adelante.

Ser 5: Den lo mejor de sí.

Tristán: ¿Ustedes se arriesgaron?

Naoko: Aequor blue es el guardian de la energía vital.

-Significativamente el arcoíris que envolvía al campo protector se disipa.

Cero: Se arrojaron a una muerte segura.

Maya: Que cruel.

Tristán: Esos niños, todos ¿Por qué? Oriol dio lo mejor de sí por este mundo, yo tampoco me voy a rendir.

Cero: Basura, la raza humana y los seres esparcidos sobre el campo estelar son tan solo basura, ninguno de ustedes merece existir. Solo ella y yo, la paz del silencio.

Kosmo: ¿Qué es lo que quieres?

Cero: A ella.

Hita: ¿Por qué quieres destruirlo todo?

Cero: Porque son molestias, desde el momento de la creación del cosmos comencé a recibir constantes señales impertinentes y ensordecedoras que taladraban la conciencia, perturbando mi paz. Venían del cosmos y tenía que poner fin a ello. Sabía que tenía que esperar para su primer encuentro y cuando estuve a punto de aniquilarlo te rebelaste ante mi creando el primer choque cataclismo que hizo expandir al universo, y con ello mi paz termino, no solo te había perdido, sino que el maldito ruido sensorial obtenía mayor intensidad cada vez.

Iniciando mi cruzada, una vez que te destruyera no solo mi pesadilla terminaría, sino que también regresaría a ese momento en donde estaríamos solos. Ya olvidé cuantas veces he intentado eliminarte, pero en el proceso aprendí algo muy valioso esos seres basura que nacieron de ti me brindaban fuerza con sus miedos y acciones negativas, por lo que decidí enfocarme en cazarlos preparando trampas, corrompiendo los espacios destinados para el lugar de su encuentro que nunca llego.

AEblue: ¿Es el miedo y las malas acciones la fuente de tu poder?

Cero: En un principio, ya luego fue su esencia y energía ¿Acaso no te has dado cuenta de toda la energía corrupta? La energía de cada ser vivo que se ha corrompido viene a mí, haciéndome cada vez más fuerte e invencible.

AEblue: Es por eso de nuestra misión de mantener al espacio libre de mal y su propagación.

Cero: Exacto, el sistema solar se convirtió en una fuente de energía, en fin.

-Cruza sus manos para atacar.

Yeray: Aequor blue sabes que estamos aquí

Naturae: Pelearemos juntos.

Ciro: Así es.

AEblue: Muchos se han sacrificado y no permitiremos que su sacrificio sea en vano, Hita, Kosmo nosotros los protegeremos.

Kosmo: Aequor blue.

Cero: No me hagas reír.

Maya: Puedo sentir una energía creciendo en mi interior.

Tristán: ¿Es acaso este el poder aequoris?

AEblue: ¡Maya, Tristán! -Crea dos esferas y las lanza a ellos, al recibirlas estas se transforman en armas aequor.

Tristán: Bo staff…

Maya: Un arco…

AEblue: Son sus armas, utilícenlas para proteger.

Tristán-Maya: ¡Poder aequor!

-Al tomar las armas ambos despiertan como nuevos guardianes aequor.

Maya: Entendido.

Tristán: Es nuestra misión.

AEblue: Si.

-Naturae, Yeray, Ciro y Aequor blue, entonces se ven de frente a Cero.

Cero: Cataclismo.

Yeray: Vamos.

-Cero crea un aura oscura justo antes de lanzar su ataque, a lo que aquellos cuatro se interponen, donde Ciro con su "Halo Solar" bloquea el ataque y de la explosión se ve a Yeray salir disparado hacia Cero, peleando mano a mano. Naturae se une a la pelea, y le sigue Ciro; por su parte Aequor blue crea una esfera cárcel, encerrados se elevan. Una pelea en donde nadie quiere ceder, el tiempo parece transcurrir tan lento por la desgastante y aturdida pelea.

Cero: Creen que uniendo sus fuerzas van a derrotarme, no se comparen conmigo. Soy el principio y fin, punto cero en el universo.

-La interacción de aquellos logra capturar en un intento por neutralizarlo, la fuerza de Yeray toma sus manos, mientras las cadenas de Naturae lo apresan al igual que el Halo Solar de Ciro.

Ciro: ¡Ahora Aequor blue!
AEblue: ¡Si, Transmutación aequor!
Cero: ¡Ah!

-La transmutación aequor parece tener un efecto sobre Cero, pero en realidad solo lo hacía enojar, creando una explosión de energía rompe aquella esfera arrojando a todos precipitadamente a suelo excepto a Yeray al cual lo tiene tomado del cuello por estar tan cerca de él. Sin esperar Cero golpea a Yeray frenéticamente, hasta casi dejarlo inconsciente y fue por la intervención de Las cadenas de Naturae al tratar de liberarlo lo que motiva a Cero a soltarlo para ir tras ella. Al ir cayendo Yeray, se da cuenta del peligro en el que se ha expuesto su hermana.

Cero: Es la primera vez que guardianes planetarios me hacen frente, me sorprende que sigan con vida, pero no por mucho ¡Ha! - Concentra energía y la arroja hacia ella.
AEblue: ¡Naturae!

-Aquel ataque devastador se ve aproximarse rápidamente, a ella no le queda más que cubrirse por aquel resplandor. Luego del choque, explosión y humo; el boom llega hasta el resto de los personajes.

Ciro: ¡Naturae!
Yeray: ¡Ah!
Naturae: ¡Yeray!

Yeray: ¡No te atrevas a ponerle la mano encima a mi hermana!
AEblue: ¡Yeray!
Cero: Que patéticos son, veamos si podrás soportar esto ¡Dark Matter!
Yeray: ¡Ah!

-La intensidad del ataque era tal que algunos rayos de energía salieron disparados haciendo sentir a todos un poco de lo que Yeray estaba siendo presa.

Yeray: Todo ha funcionado en el orden en que debía ya veo.
Cero: No te quieres dar por vencido, yo te hare caer.
Naturae: ¡Yeray, hermano!
AEblue: Está soportando tanto.
Ciro: Es el guardian de la protección y expansión, Júpiter.
Kosmo: No parara hasta cumplir su objetivo.

-Cero incrementa la intensidad de su ataque doblegando a todos, Naturae cae a suelo, Tristán y Maya utilizan las armas que aequor blue les cedió para crear un campo protector, y ni aun así se escapan de tan potente estruendo. Ya todos aturdidos ven un cese.

Cero: ¿Qué?
AEblue: Ah.

-Tres grandes explosiones doradas bloquean el ataque de Cero, estas han venido de Yeray quien ha roto su sello personalmente liberando energía y que al hacer esto su cuerpo evoluciono dejando su imagen de un niño de 7 años, convirtiéndose en un adulto joven de 33.

Yeray: ¡Júpiter, Golpe Supremo! -Rompiendo el ataque de Cero completamente.
Ciro: Es nuestra oportunidad, vamos.
Yeray: ¡Ciro!
Ciro: ¡Impacto Solar! -Expone sus manos, antes de volar hacia su contrincante.

-Detrás de Ciro y su "Impacto Solar", los otros tres guardianes se les ve ir decididos a terminar la pelea.

Kosmo: ¿Será posible terminar con el terror de Cero?
Hita: Es la batalla que decidirá el futuro.
Maya: Guardianes.
Tristán: Ah.

-La pelea se captó ir a lo ancho y largo del planeta fuera del santuario, tratando de mantener la seguridad de Hita y Kosmo. Luego de un tiempo una esfera de fuego dorado aparece sobrevolando el santuario.

Tristán: ¿Ciro?
Maya: ¿Derrotaron a la amenaza?
Cero: Jajajajajajaja.
Kosmo: Oh no…

-La esfera de fuego dorado, se trasluce dejando ver a Cero quien trae a los cuatro guardianes abatidos, dejándolos caer desde una gran altura. Lo que incita a Tristán y Maya a abandonar su puesto y volar hacia ellos para amortiguar su caída.

Tristán: Debemos pelear.
Maya: Si.
Tristán: ¡Ciclón aequor!
Maya: ¡Flecha aequor!
Cero: No estorben. -Detiene sus ataques y lanza a ambos a suelo junto con los otros.
Tristán: Ah.
Cero: Al fin, te tengo, ¡Ha! -ataca directo a Kosmo.
Kosmo: Eh.
Hita: ¡Ah, no te atrevas!
Kosmo: ¡Hita!
Cero: No me voy a detener. -Elevándola hacia él.
Maya: ¡La capturo!
Tristán: Hita.
Cero: ¡Cataclismo Universal!
Kosmo: Ah.

-Justo antes de ser alcanzado por tal ataque, aequor blue logra interponerse a tiempo.

Kosmo: Aequor blue.
AEblue: ¡Esferas legendarias aequor!
Cero: Quieres seguir jugando, pero mi paciencia ha terminado, ¡Ha!
AEblue: ¡Ah!
Maya: ¡Flecha aequor!
Tristán: ¡Ciclón aequor!

-De un solo golpe los tres son dejados fuera de la jugada.

Cero: Quizá deba destruirte con mis propias manos, Kosmo.

-Acercándose lentamente a Kosmo, Hita permanece bajo su dominio suspendida en el aire mientras el resto de los guardianes sufren del embate de sus golpes.

Cero: Todo esto ha sido tu culpa, de nadie más.
Hita: Ah, Kosmo huye.
Cero: Eres el único a quien debemos de exterminar, si tu no hubieras aparecido nadie hubiera tenido que morir, eres el único culpable de esta guerra.
Kosmo: Yo…
Cero: Te interpusiste entre ella y yo, eso jamás te lo perdonare.
Kosmo: ¿Yo?
AEblue: estas equivocado, Cero. -Al pasar, lo toma de su vestimenta creando una pausa en su caminar.
Cero: ¿Sigues con vida? ¡Ha! -De una patada arroja a aequor blue fuera de su camino.
AEblue: Ah…
Cero: Adiós Kosmo.

-Súbitamente alguien toma a Kosmo y salta antes de ser atrapado.

Cero: ¿Quién?
Kosmo: Eh.

-Apenas y puede sonreírle sin decir una sola palabra, aequor blue salta con él.

Cero: ¡Cataclismo Universal!
AEblue: ¡Ah!
Cero: ¡No hay alguien más poderoso que yo!.
AEblue: ¡Ah!

-Una y otra vez es golpeado por tan potente y siniestro ataque, protegiendo a Kosmo. Entonces mientras despliega tal ataque Cero es golpeado por un ataque en la espalda, que nada le hace más que llamar su atención.

Cero: ¿Quién se atreve?

-A la vista nublada de aequor blue por tales golpes, cae casi perdiendo el conocimiento, aunque protegiendo a Kosmo.

AEblue: Lo siento, ya no puedo más.
Cero: ¡Los hare trizas!
Kosmo: Aequor blue.
AEblue: Kosmo, perdón.

-De pronto alguien se acerca a él, mientras que un campo apenas y bloquea el ataque constante.

Mamá: Vamos ponte de pie.
Papá: Daniel, no te des por vencido.
AEblue: Papá, Mamá…
Roser: Arriba Daniel…
Silver: Párate una vez más.
AEblue: Roser, Silver, no puedo.
Kosmo: ¿Por qué?
AEred: ¡No te des por vencido aequor blue!
AEblue: Ah, Deneb ¿Eres tú?
Cero: Pero como se atreven.
Ander: Recuerda quién eres…
Gold: Ponte de pie…
Copper: No estás solo.

Arnau-Daemian: Estamos contigo.
AEblue: Ander, Gold, Copper, Arnau, Daemian.
Luh-Nah: Confía en ti.
Naturae: Ah, Luh-Nah este cuerpo no resiste…
Naoko-aequoris: Vamos arriba.
Nereo: ¡No te rindas aequor blue!
AEblue: Ah…
Ciro: Nereo, Yaiza, Leah, Dromit, Ada, Ura, Zoe.
Yeray: Todos están aquí…
Ganimedes: Nosotros también.
Yeray: Ganimedes, Ío, Europa, Calisto.
Cero: ¿Qué significa todo esto?
Azul: Todos han recibido el mensaje.
Cero: ¿Qué?
Azul: Todos compartimos la misma promesa, proteger la energía vital.
Hita: Todos…

-Uno a uno se fueron uniendo a aequor red. A la misma ves que se miran llegar guardianes, custodios, y guerreros de otros sistemas planetarios.

AEblue: Aunque este cuerpo no quiera funcionar, no me daré por vencido.
Kosmo: Ah.
Cero: Insolente.
AEred: ¡Así se habla, este es el llamado que tanto esperaste!
Azul: ¡El momento llego!
Todos: ¡Despierta guardian!
AEblue: ¡Esferas legendarias aequor actúen!

-Al replicar esas palabras, Azul se adhiere al cuerpo de aequor blue, lo que crea que una evolución en su transformación.

AEred: ¡Finalmente ha llegado!
Cero: ¿Qué?
AEblue: El plan del universo es infinito, incluso su punto de destrucción ya que es parte fundamental para la creación y expansión,

nuestro deber es el de proteger la energía vital, al universo mismo.
Cero, señor del origen y el fin, abraza la verdad.
Cero: ¿Quién te crees que eres?
AEblue: ¡Soy aequor blue, the ultimate guardian!

-Volando hacia el choque de ataque y la barrera de sus compañeros,
recibe el impacto directo.

Cero: No eres superior a mí, pero el poder que tienes ahora es
diferente.
AEblue: No es mi poder, es el poder de la energía vital, el cosmos.
Aqua: Podemos sentir ese poder.
Ignis: El poder del cosmos.
Terra: La energía vital.
Ventus: El amor.

-Con un soplo fue capaz de detener y bloquear el ataque constante de
Cero. Arrojandose en un vuelo directo donde los cuatro celestiales se
le unen.

Aqua: Ultimate Guardian.
AEblue: Unamos nuestro poder, es nuestra misión proteger.
Ignis: ¡Serpiente Celestial!
Ventus: ¡Ráfaga Celestial!
Terra: ¡Estruendo Celestial!
Aqua: ¡Torrente Celestial!
Cerro: ¡Cataclismo Universal!

AEblue: No me daré por vencido, tengo confianza que todos
podemos crear un futuro estable, un santuario de paz y hermandad
para todos; este es el poder de la energía vital "Transmutación
aequor".

Cero: ¡Ah, malditos! -Con él se llevó a Hita.

-Envueltos en un destello los celestiales vuelan adelante abriendo
camino, la pelea toma velocidad y salen del planeta, yendo de un lugar
a otro enfrascados en una lucha a muerte.

Una lluvia de fuego cayó del cielo mientras todos observaban desde el santuario, mudos sin saber qué hacer y desesperadamente se abrazaban entre ellos sollozando. Cuando una esfera azul llego trayendo a Hita de regreso, Kosmo corrió hacia ella a abrazarla; mientras que aequor red, Tristán y todos los demás se quedan ante la expectativa, ni los celestiales ni aequor blue han vuelto. Sin embargo, en aquel agridulce momento todos crean un círculo para confortarse unos a otros.

La batalla ha terminado, finalmente Hita y Kosmo se han reunido. Los guardianes encargados de protegerlos han completado su misión y sin esperar la llegada de guardianes y naves espaciales de otros sistemas planetarios, hacen su arribo al planeta Tierra.

En los siguientes meses el santuario rebosa de vida, Tristán y Deneb se les ve trabajar arduo junto con los demás reconstruyendo nuestro mundo., el planeta tierra en recuperación a la vez que el resto de los planetas a quienes les fue otorgado una nueva oportunidad para coexistir en el sistema solar.

Somos el universo, el amor es nuestro lenguaje. Cada día tenemos una nueva oportunidad para ser nuestra mejor versión, somos tan importantes como los rayos del sol, la brisa del mar, las alas del ave y las montañas. El amor cultiva amor, la verdad cultiva justicia.

Un cometa se viene acercando y pasa muy cerca de Plutón, Neptuno, Urano, Saturno, Júpiter, y Marte hasta entrar a la atmosfera terrestre dejando una estela luminosa a su paso, se impacta muy cerca del santuario. La conmoción llama la atención de todos, cuando la esfera se trasluce descubriendo a los celestiales y aequor blue en ella.

Luh-Nah: ¡Regresaron!
Naturae: ¿Ah?
Maya: ¡Regresaron!
Naoko: ¡Los guardianes están de regreso!
Tristán: ¡Oriol!
Deneb: ¡Daniel!
Naturae: ¡Columbae, Oriol, Zita, Itziar!
Ciro: ¡Todos atiendan, los guerreros han regresado!

Kosmo: Es un milagro.

Hita: Guardian de la energía vital.

Yeray: Bienvenido a casa ultimate guardian.

-Todos los personajes aparecen a su bienvenida, así como la población que se acerca para celebrar su retorno.

Columbae: Hemos regresado.

Zita: Estamos en casa.

Oriol: Gracias por esperarnos.

Itziar: Amigos.

Tristán: ¡Bienvenidos!

Deneb: Tardaste mucho, Daniel.

AEblue: Te extrañe.

Deneb: Ya estás en casa.

Kosmo: Muchas gracias, aequor blue.

AEblue: Gracias al poder que se encuentra dentro de todos ustedes es que tuve la oportunidad de convertirme en the ultimate guardian; Sin embargo, la batalla apenas comienza.

Hita: Entonces, Cero sigue siendo una amenaza.

AEblue: Si.

Deneb: No vuelvas a separarte de mí.

AEblue: Ah, Deneb, claro que no.

Silver: Nosotros también iremos contigo, ¿Verdad Roser?

Roser: Sera un placer trabajar a tu lado ultimate guardian.

AEblue: Roser, Silver, amigos.

Yeray: Permite que nosotros también peleemos a tu lado.

AEblue: Ah, Yeray, gracias a todos; pase lo que pase daremos nuestro mejor esfuerzo, lucharemos juntos, porque esa es nuestra misión.

Mi nombre es Daniel, soy el guardian de la energía vital, aequor blue.

FIN

Para ti, que has perdido a un ser querido, estoy seguro de que se volverán a reunir de nuevo; cuando nuestro cuerpo deja de funcionar; la energía vital sigue su ciclo, jamás se destruirá pues somos parte del todo, somos el universo.

Jorge Silva.